Maria Montessori

Professora de uma Nova Era

A mulher que revolucionou a educação

Maria Montessori

Professora de uma Nova Era

A mulher que revolucionou a educação

LAURA BALDINI

Tradução de Juliana Vaz

Editora Melhoramentos

Dados Internacionais de Catalogação na Publicação (CIP)
(Câmara Brasileira do Livro, SP, Brasil)

Baldini, Laura
Maria Montessori, professora de uma nova era: a mulher que revolucionou a educação / Laura Baldini; tradução Juliana Vaz. – 1. ed. – São Paulo: Editora Melhoramentos, 2021.

Título original: Lehrerin einer neuen Zeit. Maria Montessori – Die schwerste Entscheidung ihres Lebens traf sie für das Wohl der Kinder
ISBN: 978-65-5539-316-3

1. Educação 2. Educadoras – Brasil – Biografia 3. Montessori – Método 4. Montessori, Maria, 1870-1952 5. Romance biográfico I. Título.

21-63392 CDD-371.392

Índice para catálogo sistemático:
1. Maria Montessori: Educação: Biografia 371.392

Maria Alice Ferreira – Bibliotecária – CRB-8/7964

Título original: *Lehrerin einer neuen Zeit. Maria Montessori – Die schwerste Entscheidung ihres Lebens traf sie für das Wohl der Kinder*

Tradução de © Juliana Vaz
Projeto gráfico e diagramação: Bruna Parra
Projeto gráfico de capa: © Johannes Wiebel | punchdesign, com imagens licenciadas pela shutterstock.com

1.ª edição, julho de 2021
ISBN: 978-65-5539-316-3

Atendimento ao consumidor:
Caixa Postal 729 – CEP 01031-970
São Paulo – SP – Brasil
Tel.: (11) 3874-0880
www.editoramelhoramentos.com.br
sac@melhoramentos.com.br

Impresso no Brasil

Manicômio de Ostia, proximidades de Roma, 1894

Os sinos da Chiesa Sant'Aurea anunciavam a missa vespertina. O som metálico e grave ecoava entre as casas e atravessava os muros espessos do antigo edifício que outrora fora um mosteiro. O badalar tinha algo de tranquilizador e familiar. Os sinos da igreja despertavam vagas lembranças de uma vida de liberdade, risadas e brincadeiras animadas. De um sítio com galinhas atrás das quais as crianças corriam a fim de apanhá-las. De uma oficina banhada de sol e do cheiro de madeira recém-aplainada. Mas, tão logo o badalar dos sinos esmoreceu, as imagens aprazíveis de um tempo passado também desapareceram.

Luigi achava-se encolhido sobre um colchão duro. Haviam-no prendido outra vez numa cela minúscula onde não havia nada além de uma cama simples de aço tubular. Através de uma janelinha retangular bem no alto da parede, ele via o céu azul escurecendo e anunciando o pôr do sol. Luigi não conseguia se lembrar por que estava ali outra vez. Sua permanência na cela tinha alguma coisa a ver com a mancha cor de ferrugem que acusadoramente luzia da parede cinza à sua frente. A mancha parecia um animal cujo nome, no entanto, lhe escapava à memória, assim como lhe escapavam cada vez mais à memória todas as imagens e nomes relacionados a seu passado. Talvez a mancha cor de ferrugem fosse de seu sangue.

Ele macularia a parede até o dia em que o quarto fosse repintado. Isso poderia demorar anos, pois o dinheiro era escasso, e as pessoas abrigadas ali valiam menos para as autoridades que a imundície que se acumulava nas ruas dos bairros populares de Roma. O instituto abrigava os doentes mentais da região portuária de Ostia, os idiotas e os aleijados que haviam sido encarcerados para proteger o restante da sociedade da imprevisibilidade deles*. Aos 8 anos de idade, Luigi nem de longe era o mais jovem morador do instituto. No grande salão ao lado havia crianças que tinham acabado de aprender a andar. Mas, em vez de se alegrarem com seus primeiros passos e tropeçarem sorridentes pelo quarto, elas permaneciam em suas camas encarando com olhos vazios o teto nu.

Por que Luigi não estava junto a elas? Tinha mordido outra vez? Um dos vigias o tinha xingado de monstro perigoso, de selvagem que jamais aprendera a se submeter às regras sociais. Luigi podia se lembrar vagamente do gosto de sangue. Era o dele mesmo? A única arma de Luigi era sua boca. Com ela, ele se defendia dos abusos dos adultos toda vez que estes lhe arrancavam, com suas mãos violentas, a roupa do corpo e jogavam água gelada nele para que não cheirasse mal feito um bicho. Um procedimento humilhante e doloroso que se repetia toda semana. Provavelmente, tinha sido por causa de uma mordida que o haviam enfiado numa camisa de tecido fedorenta e que pinicava. As mangas compridas estavam bem atadas na altura das costas. Luigi mal conseguia se mexer. E a mancha de sangue na parede? Luigi piscou os olhos. De seus longos cílios pendiam gotas minúsculas, escuras e secas. Sua têmpora direita pulsava. Era evidente que ele tinha batido na parede. Com cuidado, Luigi inclinou a cabeça e olhou para baixo. A camisa também estava coberta por salpicos de sangue. Quando contraiu a face, sentiu a pele sobre o olho direito esticar. Ali havia uma ferida latejante, e era bom que

* Na época em que se passa esta narrativa, os termos *doente* e *doença mental*, *idiota* e *aleijado* eram comumente utilizados, inclusive na prática clínica, e só com o tempo foram revistos e devidamente substituídos. Hoje, não são empregados com a mesma finalidade do passado. (N. da E.)

fosse assim. Ele saudou a dor como a um amigo sinalizando que estava vivo. Enquanto a sentisse, teria a certeza de que ainda não morrera. Tudo era melhor que o terrível vazio que o acompanhava dia após dia. Um vazio que agora ele só podia preencher com a inútil luta contra seus vigias.

Luigi desejou que os sinos da igreja tocassem novamente para que as doces lembranças de uma vida pela qual valia a pena lutar retornassem. Mas as imagens se tornavam mais pálidas a cada dia que ele passava ali. E não havia nada que Luigi mais temesse que o momento em que elas desapareceriam completamente. O momento em que ele, assim como as outras crianças, se resignaria e se entregaria a seu destino sem resistir. Ele pousou a cabeça sobre os joelhos e se pôs a escutar o silêncio, que era tenebroso e ameaçador como um buraco sem fundo em que se afundava lentamente. Luigi esperou pelos sinos, em algum momento eles voltariam a chamar os fiéis para rezar e o tirariam por um breve momento daquela escuridão vazia.

Roma, outono de 1894

– Onde o papai se meteu? – Maria andava ansiosa de um lado para outro na sala de jantar. A cada ruído que anunciava a passagem de um coche, ela corria até a janela comprida que dava para a rua e olhava para baixo para procurar.

– Ele logo estará de volta – disse Renilde Montessori, acalmando a filha. Ela ergueu os olhos do bordado, uma toalhinha de renda que queria colocar, mais tarde, sobre a cômoda escura de madeira de cerejeira para que as visitas pudessem logo ver que uma senhora habilidosa e dedicada administrava a casa. – Seu pai sabe que hoje tem de acompanhar você até a universidade.

– Às vezes penso que o papai se atrasa só para dificultar ainda mais meus estudos na universidade. Só que eles já são muito difíceis. Todos os dias é preciso se impor contra colegas invejosos e professores ignorantes. Nenhum deles quer ver uma mulher em suas veneráveis salas. – Maria voltou para a mesa e deixou o peso do corpo cair de um jeito nada elegante sobre uma das cadeiras. Impaciente, ela tamborilava com os dedos finos e longos sobre o tampo da mesa.

– Bobagem. Seu pai logo estará aqui. Ele sabe que você não pode ir sozinha até o Instituto de Anatomia. Nesse caso, também não adianta eu ou outra mulher irmos ao seu lado no coche. Para uma acompanhante, o que você pretende fazer é mais do que incomum, você precisa da companhia de um homem. – Com a testa franzida, Renilde censurava a mão de Maria com o olhar. – Pare com essa batucada – exigiu.

Maria pôs a mão de volta no colo, humildemente. Apesar de ter 24 anos, muitas vezes, na presença da mãe, ela se sentia como uma garotinha repreendida por seu comportamento impetuoso. No entanto, ela era uma das primeiras mulheres da Itália a estudar Medicina e, no último mês, tinha sido agraciada com o prêmio Rolli, que lhe concedera uma bolsa estatal de mil liras. Desde então, Maria tinha uma boa independência financeira em relação aos pais.

– Em qualquer outro seminário ou preleção eu não me importaria de chegar atrasada – disse Maria. Ela estava acostumada, como mulher, a só ter permissão para entrar na sala de preleções depois que todos os homens estivessem acomodados em seus lugares. Como alguns deles sempre se atrasavam, ela sempre tinha que esperar, e nunca conseguia ouvir as frases introdutórias do palestrante. – Mas em minha primeira aula no anfiteatro anatômico, e ainda por cima em uma aula particular, seria extremamente desagradável faltar com a pontualidade. O professor Bartolotti se sentiria muito ofendido.

– Eu sei, Maria. E seu pai tem pleno conhecimento das circunstâncias, acredite em mim. – Nos últimos dias não se falava de outro assunto na casa dos Montessori. Maria não desperdiçava nenhuma oportunidade de falar com a família sobre seus medos. A sala onde se examinavam cadáveres humanos era medonha aos seus olhos, um lugar que ela preferiria evitar. Mas sem as aulas de anatomia ela não concluiria o curso. Restava então a Maria ter paciência e suportar.

Renilde pôs o bordado na mesinha e olhou para a filha, encorajando-a.

– Você já foi tão longe, tenho certeza de que também vai superar essa parte do curso. – Ao contrário do marido, o funcionário das finanças Alessandro Montessori, ela se entusiasmara desde o princípio com a aspiração profissional da filha e apoiava incondicionalmente seu propósito de se tornar uma das primeiras médicas da Itália. Para Renilde, a escolha de Maria não era nenhuma surpresa. Depois de seis anos de escola primária, a filha frequentou uma escola técnica secundária e, em seguida, concluiu um curso universitário de dois anos de ciências naturais. A medicina era, então, praticamente uma consequência lógica. Alessandro Montessori tinha outra opinião, mas Renilde sentia orgulho da filha. Talvez um orgulho combinado com um traço de inveja, pois a mãe também tinha uma mente ativa e se interessava por ciências naturais. Infelizmente, não lhe fora permitido frequentar a universidade. Por esse privilégio, as mulheres da nova Itália unificada lutavam pouco a pouco.

– Enquanto espera, você poderia aproveitar e fazer um coque no cabelo – sugeriu Renilde. – A madeixa que se soltou faz você parecer não só desleixada, mas também frívola. Você não pode se permitir ser alvo de fofoca.

Maria contorceu a boca. Ela estava acostumada com as críticas da mãe sobre sua aparência. Renilde Montessori, nascida Stoppani, vinha de uma família proprietária de latifúndios em Chiaravalle, uma cidadezinha próxima a Ancona. Como muitos italianos, ela tinha a firme convicção de que a igreja católica não apenas oferecia às pessoas a única crença verdadeira, como também fixava as regras que elas deveriam seguir durante a vida. Para ela, o pudor parecia ser uma das maiores virtudes.

No exato momento em que Maria ia seguir a sugestão da mãe, ela ouviu a porta da casa se abrir no andar térreo.

– Até que enfim! – Rapidamente ela se levantou. A madeixa já não importava. Maria agarrou a bolsa de couro que usava a tiracolo, na qual levava seus livros, documentos e o estojo, e saiu correndo até a escada. Para não ter que carregar tanto peso, ela tinha dividido os livros em cadernos fininhos, dos quais sempre levava somente aqueles de que precisaria. Logo após a aprovação em um exame, ela mandava reencadernar o livro. Mesmo assim, a bolsa pesava alguns quilos.

– Maria!

– Sim? – Maria se virou para a mãe.

– Você volta para casa a tempo de jantar, não volta?

– Não sei.

– Flávia fez massa fresca ontem. Hoje à noite ela vai prepará-la com manteiga e sálvia. É um de seus pratos prediletos.

– Parece muito tentador, mamãe, mas infelizmente não posso dizer quanto tempo vou precisar ficar no anfiteatro anatômico.

Por um momento, Renilde parecia decepcionada. Não lhe agradou nem um pouco a possibilidade de ter de esperar mais que o habitual pelo retorno da filha. As conversas à noite com Maria eram o ponto alto de seu monótono cotidiano. Durante anos ela soube de cada detalhe da vida da filha, e assim também deveria ser no futuro.

– Vou esperar por você.

– Até mais tarde! – Maria mandou um beijo para a mãe, fazendo um gesto com a mão, e andou pelo corredor até a antessala, com modos que pouco lembravam os de uma dama. Durante o trajeto, ela encurtou as longas saias para não tropeçar na bainha. O reloginho dourado que usava pendurado a um cordão no pescoço balançava de um lado para o outro.

Seu pai estava no hall, ao lado da porta de entrada. Ele havia entregado a Flávia, a empregada, sua pasta, mas não tirou o chapéu. Ele também continuou segurando sua bengala na mão enluvada.

Alessandro Montessori era um homem do Estado que dava muito valor à aparência.

– Se continuar correndo desse jeito, você vai tropeçar nos próprios pés – observou, em tom de reprovação.

Maria ficou contente por ele finalmente ter voltado a falar com ela. Depois de ter comunicado ao pai, fazia mais de dois anos, que queria ser médica, ele passou semanas sem trocar uma palavra com ela e deliberadamente a ignorava quando a filha lhe pedia uma opinião. As refeições compartilhadas eram uma tortura. Felizmente, essa fase tinha ficado para trás. Para isso, dois acontecimentos foram decisivos. Primeiro, a bolsa Roll, depois, a honra que lhe fora concedida dois anos antes, na festa das flores na Villa Borghese. Na ocasião, ela entregou, em nome da universidade, uma bandeira e um buquê de flores a Margherita, a rainha da Itália. Depois disso, uma foto de Maria com a monarca foi reproduzida nos jornais. A reportagem exaltava não apenas a beleza de Margherita, mas também a graça e a elegância da jovem estudante de medicina.

Ainda que Alessandro pudesse finalmente se orgulhar da filha outra vez, os dias em que ele lhe reservara um amor afetuoso e incondicional pareciam estar definitivamente no passado. Estava muito decepcionado com a decisão dela de cursar medicina contra sua vontade. Maria já tinha se conformado com isso.

– Tenho de estar na sala de dissecação em uma hora – disse ela, ansiosa.

– Não é lugar para uma jovem – resmungou o pai.

– Agradeço a sua companhia – retrucou Maria, imperturbável.

Em vez de responder, seu pai abriu a porta de entrada da casa e deixou que ela fosse na frente. Maria pegou seu fino guarda-pó das mãos de Flávia. A empregada trabalhava havia um ano para a família Montessori. A antecessora, Sílvia, engravidara ainda solteira, motivo pelo qual teve de deixar a casa no mesmo dia em que confessou o fato. Renilde Montessori não tolerava nenhuma falha moral. Por mais progressista que fosse quanto à educação da filha, tinha ideias conservadoras sobre relacionamentos entre homens e mulheres. Maria não enfiou o casaco, apenas o jogou sobre os ombros, folgadamente. Não estava com frio. Ao contrário, estava tão ansiosa que gotas de suor corriam sobre suas têmporas. O coração batia rápido, e ela respirava menos profundamente que o normal. Talvez devesse ter amarrado o espartilho com menos força hoje de manhã. Mas ela sabia por experiência que sua imagem podia influenciar os olhares dos colegas. Quanto mais estreita sua cintura e mais feminina sua aparência, mais era admirada em vez de hostilizada ao percorrer os longos e sombrios corredores da universidade.

Maria se aproximou rapidamente do vão da escada e desceu na frente do pai os degraus em caracol até o térreo. Um coche escuro e fechado aguardava na frente da casa. Alessandro Montessori tinha acabado de vir do Ministério das Finanças, onde trabalhava como primeiro revisor. Ele normalmente ia para casa a pé, caminhando ao longo do Tibre. Para Maria, o fato de ele ter chamado um coche provava que não a deixara esperando sem necessidade. Um sentimento de gratidão a inundou.

Quando avistou Maria, o cocheiro saltou de seu assento e abriu a porta do veículo como um cavalheiro.

– *Grazie mille*! – Maria subiu no coche com desembaraço. Seu pai se sentou à sua frente, no banco de estofado vermelho, no sentido do tráfego. Assim que os dois se acomodaram, o coche deu um solavanco e saiu trepidando pela rua acidentada.

A Universidade La Sapienza, que havia sido fundada em 1303 como universidade papal, ainda se localizava perto da Santa Sé. Agora, ela pertencia ao Estado e se dividia em quatro faculdades: teologia, filosofia, direito e medicina. Naquele dia, Maria e seu pai tomaram um caminho que atravessava toda Roma, passando por algumas atrações turísticas. Em qualquer outro dia, Maria teria desfrutado da vista no coche. Ela amava aquela cidade pulsante cujos edifícios contavam a história de um passado em que o Vaticano lutara por hegemonia com os chefes seculares. Foi somente com a unificação da Itália que Roma se tornou uma capital moderna onde os conflitos bélicos não figuravam na ordem do dia. Como num gigantesco museu a céu aberto, as obras de arte se enfileiravam, uma após a outra. Mas hoje Maria não podia prestar atenção nem ao Coliseu, nem ao Fórum Romano, nem ao Castelo de Santo Ângelo, nem ao Panteão. Até mesmo quando cruzaram o Tibre, ela não dirigiu nenhum olhar ao rio.

– Você não precisa fazer essa aula prática – disse o pai em voz baixa. – Todos entenderiam se você abandonasse a universidade. Não é nenhuma vergonha escolher outra profissão.

– De jeito nenhum! – A resposta saiu como um tiro de sua boca. Depois acrescentou, com gentileza: – Aconteça o que acontecer comigo hoje, não vou desistir. Em dois anos sairei da faculdade como *dottoressa*.

Aflito, Alessandro Montessori franziu a testa avantajada. A preocupação com a filha só fazia aumentar seu aborrecimento.

– Não é nada bom uma jovem cortar corpos desnudados de cadáveres.

– Ah, papai. – Maria revirou os olhos, impaciente. – Já falamos desse assunto tantas vezes. Por que é considerado natural homens jovens dissecarem mortos, mas um escândalo quando mulheres jovens o fazem?

– Porque isso é indecente! Não quero nem imaginar o que você poderá ver.

Maria só balançou a cabeça negativamente, sem responder. Ela estava farta de uma discussão que, como sabia, não levava a lugar nenhum. Cortar um cadáver era sempre horripilante, fosse a mão de um homem ou a de uma mulher a executar o corte. Maria sabia que tinha de viver suas próprias experiências no anfiteatro anatômico. Alegadamente, não era aceitável que estudantes homens estudassem corpos desnudos na presença de uma mulher. Os professores eram da opinião de que as jovens estudantes não deveriam ver a nudez. Fazê-lo na presença de homens era considerado ainda mais obsceno. Por isso, Maria teria aulas teóricas particulares primeiro, para, em seguida, fazer as aulas práticas sozinha no anfiteatro anatômico. Ela só podia entrar na sala depois que todos os estudantes tivessem terminado suas tarefas. Se os colegas se demorassem, o Sol já teria ido embora quando finalmente a entrada de Maria no recinto seria permitida.

O coche parou em frente ao edifício de quatro andares, iluminado, da faculdade de medicina. Uma escada espaçosa conduzia até a entrada, que era flanqueada por imponentes colunas à esquerda e à direita. Maria desceu do veículo, seguida pelo pai.

– Devo acompanhar você até a sala?

Maria olhou ao redor. A praça em frente ao prédio da universidade estava relativamente vazia. Uma mãe cruzou a rua com uma criança choramingando enquanto um garotinho se debatia com um carrinho de mão carregado de peças metálicas entortadas. Ninguém estava prestando atenção nela. Maria ergueu o olhar, deslizando-o pela fachada do edifício. Por trás de uma das janelas compridas do primeiro andar ela reconheceu o vulto de um de seus professores. Ele tinha visto que Maria não chegara sozinha, o que já era suficientemente decente.

– Não, não é necessário. Obrigada.

– Quando devo vir buscar você?

– Basta mandar um coche por volta das dez horas – disse Maria. – Eu acho que a essa hora da noite ninguém vai conferir se você está no coche.

– Dez horas? – repetiu o pai, irritado.

Antes que protestasse, Maria se despediu dele e subiu a escada até a entrada.

– Tenho de me apressar! – gritou, acenando para ele.

No interior do edifício fazia frio. Ela puxou o casaco, ajustando-o em volta do corpo. Graças à espessura das paredes, o calor muitas vezes insuportável da cidade não entrava durante o verão, e no inverno a temperatura se mantinha agradável. Na primavera e no outono, porém, era inesperadamente fresco. Na frente da entrada pendia um enorme relógio, que lembrava o saguão de uma estação ferroviária impessoal. Ele não combinava nem um pouco com a rica decoração em estilo barroco do lugar. Essa parte da universidade se alojava num antigo palácio episcopal. Por falta de espaço, as quatro faculdades se espalharam por diferentes edifícios em toda Roma. Entre os endereços mais nobres da cidade estava o do palácio da faculdade de medicina. Guirlandas de pedra nos corrimões dos balaústres da escadaria e anjos rechonchudos nos nichos das janelas davam testemunho da riqueza que os antigos moradores um dia possuíram. Embora o dourado dos relevos estivesse descascando aqui e ali, ainda era possível vislumbrar o quão impressionantes tinham sido as recepções e bailes ali celebrados. Hoje, estudantes mais ou menos motivados percorriam os corredores estreitos e altos e se entrincheiravam atrás de portas pintadas de branco para estudar.

Maria subiu dois degraus de cada vez e logo chegou ao mezanino, onde, atrás de uma janela de vidro, o empregado do instituto estava sentado. Maurício era um homenzinho desleixado que havia perdido o braço direito na guerra contra os Habsburgos. Agora ele ficava o dia inteiro na minúscula cabine de madeira, lendo jornal ou comendo o pão com salame que sua mulher lhe dava todas as manhãs para levar ao trabalho. Maurício não percebeu a presença de Maria, que passou por ele e seguiu andando até o segundo andar, onde ficava a sala de dissecação. No caminho, dois estudantes vieram ao seu encontro no corredor. Andrea Testoni e Marco Balfano eram de famílias romanas abastadas e tinham começado a faculdade junto com ela. Ambos só tinham sido aprovados em metade dos exames em comparação a Maria, o que podia se explicar em razão de seu estilo de vida desregrado. Os dois preferiam passar as noites nos cafés e bares da cidade, frequentar *soirées* ou bailes em vez de estudar. Tratavam Maria com arrogância e nos últimos dois anos não a tinham cumprimentado. Por outro lado, não perdiam uma chance de complicar sua vida. Quando Andrea Testoni a avistou, deu um sorriso dissimulado. Depois se voltou para Marco Balfano, que era um palmo mais alto que ele, e falou tão alto que Maria foi obrigada a escutá-lo:

– Hoje aquela vaca de nariz empinado vai receber sua tão esperada lição.

Balfano respondeu com um sorriso. Embora Maria estivesse acostumada com a crueldade dos dois, as palavras a ofenderam. Ela não tinha feito nada para nenhum deles. O simples fato de ela ser uma mulher bastava para que os homens se sentissem com a honra ferida. Maria engoliu a raiva e passou por eles de cabeça erguida. Os saltos de seus sapatos de amarrar que terminavam no tornozelo ecoavam no chão de ladrilhos. Maria se concentrou no barulho que ela própria causava e tentou ignorar a risada maliciosa dos dois. No fim do corredor, ela se deteve. Pôs-se a escutar, com atenção. Ouviam-se vozes atrás da porta. Os colegas ainda não tinham terminado a aula prática. Ou seja, ela tinha de esperar. Nervosa, foi até uma das janelas e se apoiou no parapeito de mármore. Demorou quase uma eternidade para a porta se abrir e mais dois estudantes saírem para o corredor. Eles não deram atenção a Maria e passaram em silêncio por ela, como se ela fosse feita de ar. Os dois pareciam abatidos e estavam pálidos. Logo depois, a porta se abriu novamente. Dessa vez, quem saiu foi o professor Bartolotti.

– Ora, então a senhorita está aí – disse. Bartolotti era um homem baixo, esquelético e corcunda. Ele usava óculos finos, de metal, sobre o nariz pontudo e, por cima da armação, examinava os alunos com seus olhos de jabuticaba. Ele era um dos poucos professores que tratavam Maria com boa vontade. Não havia sido sempre assim, mas ele mudou de ideia ao perceber que Maria comparecia pontualmente a todas as aulas práticas, caprichava nas tarefas e estudava as leituras sugeridas. Desde então, Bartolotti passou a estimar sua única aluna e, opondo-se à opinião dos demais professores, sobretudo do dr. Sergi, garantiu que Maria pudesse participar das aulas de anatomia, ainda que excluída dos demais alunos.

– Entre, *signorina* Montessori, antes que escureça. – Ele escancarou a porta e chamou-a com um aceno. Sobre o paletó escuro, Bartolotti usava um jaleco já não completamente limpo em que se podia encontrar marcas de sangue e outras secreções. Maria tentou não olhar para as manchas.

Era a primeira vez que ela pisava na sala de dissecação. Até então, só tinha ouvido histórias macabras a respeito do inventário da sala e, a partir delas, criou a própria fantasia em sua imaginação extremamente fértil. Hesitante, seguiu o professorzinho pela sala comprida. O espaço era maior que o corredor e o teto era decorado com pinturas exuberantes, de cores vivas. Deusas romanas seminuas em carruagens suntuosas eram puxadas por estranhas criaturas fabulosas. Mas a atenção de Maria não se voltou para os quadros de centenas de anos, e sim para os armários que cobriam as paredes à esquerda e à direita. Recipientes de vidro de diversos tamanhos se enfileiravam nas prateleiras. O conteúdo dos recipientes lhe deu arrepios. Lá dentro flutuavam partes de corpos de defuntos: falanges, mãos, mas também vísceras e até mesmo o corpo inteiro de um recém-nascido. A cena revirou o estômago de Maria. O almoço que ela tinha comido tardiamente, horas antes, subiu-lhe à boca com um sabor ácido. Os vidros exalavam um terrível odor de sal amoníaco e de putrefação.

– A senhorita pode deixar o casaco ali atrás e vestir um dos jalecos para não sujar a sua roupa. – O professor Bartolotti estendeu o braço e apontou para uma das araras no fundo da sala, que era separado por uma série de colunas.

Maria correu para o fundo, tomando cuidado para não olhar nem para a direita nem para a esquerda. Era moralmente aceitável que partes de defuntos flutuassem para sempre dentro de vidros em vez de descansar em paz em um túmulo? Quando chegou perto da arara, pendurou seu guarda-pó e pegou um dos jalecos. A bainha estava úmida e viscosa. Ela teve um sobressalto e largou o tecido. Então pegou rapidamente seu casaco da arara, dobrou-o delicadamente e com muito esforço o enfiou em sua bolsa a tiracolo. Com certeza, sua mãe iria repreendê-la mais tarde, mas antes algumas dobras no tecido do que marcas de cadáveres. Na ponta dos dedos ela separou os jalecos uns dos outros e escolheu o que estava todo salpicado de sangue e de secreções mais claras, mas ao menos suas manchas já estavam secas. Nauseada, ela se meteu no jaleco e foi novamente ao encontro do professor. Bartolotti tinha se dirigido a uma das mesas e acendido um lampião a querosene. A luz bruxuleante fazia sombras assustadoras no tampo sujo da mesa.

– Nós não fizemos questão de limpar. De todo modo, a mesa logo estará suja outra vez – disse o professor, de passagem.

Maria apenas assentiu, balançando a cabeça. Ela preferia não abrir a boca – por medo de vomitar.

– Hoje a senhorita fará os primeiros exames de órgãos – explicou Bartolotti. – Preparamos algumas vísceras para a senhorita estudar rigorosamente. Seu objetivo é reconhecer onde se localizam importantes vasos sanguíneos e distinguir a consistência e o tamanho de um órgão saudável de um doente. Eu quero que a senhorita registre detalhadamente, por escrito, tudo o que lhe salte aos olhos. No fim do semestre lhe serão apresentadas partes de corpos. Então a senhorita terá de abrir caminho, camada por camada, até o osso, expondo cada tendão, cada músculo. Depois deste semestre a senhorita há de conhecer e nomear tanto às cegas quanto durante o sono cada ínfima parte do corpo humano.

Ele ficou em silêncio por um breve momento.

– Os resultados dessa tarefa determinam a nota do semestre.

Maria assentiu novamente com a cabeça e cravou os olhos na bacia sobre a mesa. A água em seu interior estava vermelha do sangue lavado pelos estudantes que estiveram ali antes dela. Ao lado havia uma toalha de mão, suja e amarrotada.

– Posso buscar água fresca?

– Como? – Bartolotti olhou irritado por cima da armação dos óculos.

– Eu gostaria de encher a bacia com água fresca.

– É pura perda de tempo. Está tarde, e quero ir para casa. Minha esposa está me esperando para jantar.

A ideia de comer o que quer que fosse provocou revoluções no estômago de Maria.

– O senhor não vai ficar aqui? – Maria nem tentou disfarçar o temor em sua voz. A sensação percorreu seu corpo feito uma aranha e se instalou em sua nuca. Ela ergueu os ombros.

– É claro que não, o que há para eu fazer aqui? Quem sabe observar a senhorita fatiando o fígado de um beberrão?

Maria ficou tonta. Para não perder a consciência, inspirou e expirou corajosamente. O fedor era terrível. Ela se perguntava se o vapor podia ser prejudicial a sua saúde.

– Eu vou lhe mostrar como se usa o bisturi, como manuseá-lo corretamente, sem se machucar, e em seguida o empregado do instituto trará os órgãos que preparamos para a senhorita. O restante a senhorita deve fazer sozinha. A senhorita trouxe seus livros?

Em voz baixa, Maria respondeu que sim.

– Muito bem. Então vamos começar.

Bartolotti pegou alguns instrumentos afiados num recipiente metálico em forma de rim que se encontrava na extremidade da mesa e os dispôs em uma fileira sobre o tampo sujo. Determinado, ele agarrou o primeiro escalpelo e o colocou habilmente em sua mão. Ele fez alguns movimentos que revelavam sua experiência, mostrando a Maria como segurá-lo corretamente. Então o entregou a Maria e pediu que ela fizesse o mesmo. Com os outros instrumentos, ele procedeu da mesma maneira. Depois de poucos minutos, a aula particular terminou.

– Então é isso... – disse ele, satisfeito. – Eu providenciei uma lâmpada para que a senhorita tenha luz suficiente e não precise julgar os órgãos pela forma e pelo cheiro – observou, dando risadinhas daquilo que considerava ser uma piada bem-sucedida. – Em menos de uma hora a senhorita não poderá mais ver esta mão. O Sol está se pondo.

Maria tremeu nas bases. Por que não havia na sala nenhuma cadeira ou ao menos um banquinho para descansar um pouco?

Bartolotti pôs de volta todos os instrumentos no recipiente metálico e limpou as mãos no jaleco. Nesse momento, alguém bateu à porta. Antes que ele pudesse gritar "Entre!", a porta de madeira se abriu com um rangido, e Maurício entrou. Maria se perguntou se ele abriu a porta com o queixo, pois a mão que lhe restava carregava uma grande vasilha que a fez se lembrar da fôrma que Flávia usaria, algumas semanas mais tarde, para assar o tradicional panetone no Advento. No entanto, aquela vasilha não exalava o delicioso aroma de baunilha, passas, fermento e casca de limão, mas um fedor bestial que parecia vir direto do inferno.

Fazendo um estrondo, Maurício colocou a vasilha sobre a mesa, onde um líquido escuro e gosmento balançava a ponto de quase transbordar. Sem dizer uma palavra, o empregado arrastou os pés até a porta.

– Maurício vai esperar o tempo que for preciso até a senhorita terminar aqui. Não tenha pressa e estude com calma todos os objetos de investigação.

Então o empregado murmurou palavras rudes, mas elas foram abafadas por sua farta barba, que chegava à altura do peito. Fazendo um estrondo novamente, ele bateu a porta atrás de si.

– A senhorita tem mais alguma pergunta?

A cabeça de Maria estava cheia de perguntas, mas ela não se atrevia a fazê-las. Bartolotti pegou seu relógio dourado de bolso e o abriu com impaciência. Era evidente que ele queria ir para casa e comer seu merecido jantar com a esposa. Ele logo tirou o jaleco, levou-o até a arara e o pendurou ali. Quando voltou, Maria ainda não tinha se atrevido a olhar mais detidamente a vasilha.

– Há alguns objetos excelentes para a senhorita observar – disse Bartolotti. – Estou muito curioso para ver seus apontamentos. A senhorita vai aprender um bocado, minha querida.

Maria tinha dúvidas sobre se conseguiria aprender, pois não sabia como era possível permanecer ali sem desmaiar.

– Desejo-lhe sucesso! – Bartolotti se virou para ir embora, quando mais uma coisa lhe ocorreu: – Por favor, não se esqueça de levar a lâmpada quando sair da sala. Maurício vai guardá-la. E basta jogar os órgãos retalhados no balde debaixo da mesa. A faxineira irá removê-los amanhã.

Ela se despediu do professor e, assim que ele saiu da sala, foi procurar o balde mencionado. Mas, logo que o descobriu, soltou um grito quase estridente, apavorado. No recipiente aberto havia nacos de carne de diferentes tamanhos e formatos. Maria se precipitou contra a janela e abriu bruscamente as narinas. Então se inclinou, olhando para fora, enquanto se segurava no parapeito. Avidamente, puxou o ar vespertino do outono para dentro dos pulmões. Nunca antes o cheiro de cocô de cavalo, de pão torrado e da fumaça que ascendia das inúmeras chaminés lhe pareceram tão agradáveis. Por um momento, ela fechou os olhos. Seu coração disparava. Ela sentiu o sangue pulsar por seu corpo. Foi somente quando o fedor tinha escapado por completo de suas narinas que voltou a abrir os olhos lentamente e então olhou para baixo. Um fiacre cruzava a rua acidentada fazendo barulho, uma mulher carregava uma cesta pesada cheia de tomates e pepinos amassados, prestes a transbordar. Estava maltrapilha e com o aspecto cansado. Os legumes decerto custaram muito pouco. Atrás dela vinham duas senhoras mais velhas, vestindo elegantes sobretudos. Uma delas segurava uma sombrinha fechada, que usava como bengala. As mulheres andaram por toda a calçada recém-construída, que levava somente até o cruzamento seguinte, e ali terminava diante do nada.

Maria examinou aquelas mulheres abastadas com a mesma inveja da mulher cansada de vestido surrado. Como seria bom trocar de lugar com elas! Naquele momento tudo lhe parecia mais atraente do que a sala em que se encontrava. Ela preferia carregar montes de legumes podres pela cidade do que lidar com o conteúdo repugnante da vasilha sobre a mesa. Que mal ela tinha feito para ser punida dessa maneira? Estaria agora pagando a conta por sua prepotência? As duas mulheres na rua pareciam satisfeitas com sua vida. Conversavam e riam. Por que Maria não se dava por satisfeita com as pequenezas da vida? Por que razão ela estava decidida a provar ao mundo que uma mulher podia ser uma médica tão boa quanto um homem? Maria cerrou os punhos. – Porque é verdade – disse a si mesma, atrevidamente.

De uma estreita rua transversal surgiu um acendedor de lampiões. Ele trazia uma escada dobrada debaixo do braço e, na outra mão, uma pequena lâmpada. Ele se aproximou de um dos postes, abriu a escada, subiu e começou a acender a luz. O Sol estava se pondo, em menos de meia hora ele iria desaparecer. Maria saiu da janela e voltou para a sala. Era melhor começar a estudar. Mais uma vez, o odor fétido e adocicado da putrefação invadiu suas narinas. Ela tentou não respirar muito forte, torcendo para que entrasse pouco ar em seus pulmões. Determinada, voltou à mesa. Foi bom o professor Bartolotti ter pensado na lâmpada e a deixado acesa. Afora essa fonte luminosa, a sala já estava escura. A chama bruxuleante fazia sombras sinistras nas paredes e dava a impressão de animar o interior dos vidros. As partes de corpo deformadas pareciam executar uma dança bizarra no líquido turvo. Maria se esforçou para não olhar e preferiu dar atenção à vasilha com o conteúdo medonho. Por cima havia um líquido escuro e brilhante. Ele fedia muito, como o hálito de alguém em carne e osso. Maria ignorou a ânsia de vômito e o apanhou. O órgão estava gelado e escorregadio. Com a ponta dos dedos, ela tirou o fígado da vasilha e o derrubou sobre a mesa, onde o órgão se esparramou em todas as direções, como se quisesse fugir de Maria. Ela pegou um dos escalpelos no recipiente em forma de rim e o usou para fazer o primeiro corte. Para se distrair, cantarolou a melodia de uma canção infantil. Sua própria voz soou fantasmagórica. "*Lucciola, lucciola, vien da me, ti darò il pan del re, pan del re e della regina...*"

Naquele momento, Maria teria realmente dado o pão do rei e da rainha a um bando de vagalumes apenas para não ter de ficar sozinha. Ela tentou não pensar no que estava fazendo. Não muito tempo atrás, aquele fígado tinha prestado bons serviços a um ser humano, mas agora estava dentro de uma vasilha sobre uma mesa suja. "Pense em algo bonito!", tentou, em vão, se encorajar.

Cada movimento era uma *tortura*, cada corte, um martírio. Por sua testa corria um suor frio, que pingava no tampo da mesa. Maria, porém, prosseguiu com o trabalho, registrando em seu caderno tudo o que via. Toda vez que largava o escalpelo, primeiro limpava as mãos na toalha suja e só então pegava a caneta. Ainda assim, tinha a sensação de que estava maculando para sempre seus instrumentos de escrita. Pouco a pouco, a quantidade de órgãos dentro da vasilha diminuía. Ela jogava os pedaços esmiuçados no balde ao seu lado. O trabalho lembrava o de Flávia ao preparar o bife à milanesa de domingo com uma faca de cozinha. Só que Maria não estava cortando a carne de porco, mas o fígado de uma pessoa morta.

Cada barulho da rua que entrava na sala fazia Maria estremecer. Até mesmo o tique-taque do relógio dourado que pendia do cordão em volta de seu pescoço lhe soou mais alto do que o normal. Depois do que lhe pareceu ser uma eternidade, a vasilha ficou vazia. Maria olhou para seu interior. No chão havia apenas uma secreção espessa e líquida. Aliviada, passou o pano sujo sobre a mesa e improvisou uma limpeza. Em seguida, levou a bacia com água até a pia, passando pelo corredor. Em uma das mãos ela segurava a lâmpada. Maria mal podia esperar para jogar fora aquele caldo nojento. Ela correu tão rápido que o líquido transbordou duas vezes. Ao voltar ao anfiteatro anatômico, finalmente se livrou do jaleco sujo, pendurou-o junto dos outros e saiu apressada da sala. Ela se precipitou escada abaixo e chegou ao mezanino, onde Maurício tinha adormecido em sua cabine. Quando Maria o acordou, ele se recompôs.

– Da próxima vez não esperarei por tanto tempo – resmungou, com cara de poucos amigos. Ele pegou a lâmpada da mão de Maria, e ela teve que descer o último lance de escada na penumbra. Por sorte, a luz do lampião da rua penetrou no saguão atravessando as janelas compridas. Maria saiu do prédio em disparada e inspirou o ar fresco. Ao lado do lampião a gás, o fiacre que seu pai tinha chamado já estava à sua espera. Ela preferia fazer todo o caminho para casa a pé, mas, naturalmente, era impensável caminhar sozinha pela cidade à noite. Quando o cocheiro a viu, saiu do veículo. O homem esguio tinha baixado o chapéu até cobrir a testa e apertado o sobretudo em volta dos ombros. Parecia estar com frio.

– Estou há uma hora esperando – disse ele, resmungando. – Tenho que incluir esse tempo excedente, poderia ter feito ao menos três corridas nesse período.

Maria estava exausta demais para discutir com o homem por dinheiro. Cansada, subiu no coche e olhou pela janela quando o veículo entrou em movimento. Sua cabeça estava totalmente vazia, e ela ansiava por lavar o sangue de suas mãos com água quente e sabonete perfumado. Quando o fiacre parou em frente à casa de seus pais, ela desceu e, sem hesitar, pagou uma quantia descaradamente alta. Enquanto contava as moedas da carteira para entregar ao cocheiro, ela se deu conta de que, infelizmente, aquelas noites se repetiriam. Logo teria que dissecar não apenas órgãos, mas também partes do corpo e, mais cedo ou mais tarde, uma pessoa inteira. E ela não faria isso junto com um grupo, como os outros alunos, mas completamente sozinha.

Essa visão raptou as últimas forças de Maria. Lágrimas correram por sua face, e ela só pensava em ir dormir. Ignorou o olhar incompreensível do cocheiro e saiu sem cumprimentá-lo. Andou rapidamente até a porta principal, entrou no prédio e subiu a escada em espiral até o primeiro andar.

Flávia parecia já estar esperando por ela, pois, logo que Maria bateu à porta, ela se abriu.

– Você está atrasada – observou a empregada. Flávia também parecia estar cansada. Normalmente, ela ia para a cama muito mais cedo, uma vez que devia ser a primeira a se levantar pela manhã para acender o forno e aprontar o café para a família. – Sua mãe está esperando por você na sala de jantar.

Maria não sentia a menor vontade de falar com a mãe agora. Mas não havia escapatória. Renilde tinha ouvido a filha e saído para o corredor.

– Venha, antes que a comida esfrie mais – afirmou, acenando para a filha da sala de jantar.

– Não estou com fome.

– Bobagem. Você não comeu nada o dia todo. Você precisa comer uma refeição de verdade.

– Você esqueceu seu sobretudo no coche? – Flávia olhou por trás de Maria, como se ela tivesse escondido sua roupa ali.

Cansada, Maria abriu sua bolsa de couro e revelou seu casaco amarrotado.

– Oh! – Flávia o tomou em suas mãos, franzindo a testa.

– Sinto muito – disse Maria, desculpando-se. – Acredito que você terá de passá-lo. Vou precisar dele amanhã de novo.

Flávia concordou com a cabeça, mas Maria percebeu que a criada preferia ter praguejado contra ela. O que era compreensível, uma vez que Maria havia roubado meia hora a mais de seu sono.

Renilde Montessori continuava aguardando no batente da porta da sala de jantar. Embora já fosse tarde, ela ainda estava com seu vestido apertado de tom escuro e gola rendada. Seu cabelo estava rigorosamente preso com várias presilhas feitas de chifre. Certamente, seu marido havia trocado o terno por um robe mais confortável muito antes e agora estava aconchegado na sala de estar com um jornal, um charuto e uma taça de Chianti para encerrar o dia.

– Agora venha, Maria – pediu Renilde.

Maria se arrastou, resignada, ao longo do corredor.

– Por acaso você estava chorando? – Renilde examinou o rosto da filha em busca de respostas.

– Já está tudo bem – afirmou Maria. – Mas, antes de comer, preciso ir ao banheiro. Por favor, me desculpe.

No caminho até o banheiro, ela pôde sentir o olhar apreensivo de Renilde atrás de si. Pelo que Maria conseguia se lembrar, Renilde havia feito de tudo para livrar a filha de todos os medos e preocupações. Quando Maria frequentava a Regia Scuola Tecnica Michelangelo Buonarroti, onde era a única menina, era Renilde quem a encorajava todas as noites sempre que havia uma briga com um menino. E, mais tarde, quando Maria estudava ciências naturais no Regio Istituto Tecnico Leonardo da Vinci, era Renilde quem a ouvia com paciência e a incentivava a continuar estudando, ainda que suas notas nem sempre fossem boas. Durante todas as conversas ela não só descobria coisas interessantes sobre as ciências naturais, mas também participava da vida da filha e sentia que fazia parte do mundo masculino.

Normalmente, Maria apreciava o interesse de sua mãe e estimava a sensação de segurança que ela lhe proporcionava. Mas hoje ela não queria conversar com Renilde. Antes que pudesse contar sobre suas experiências no anfiteatro anatômico, ela tinha que ter clareza sobre o que fazer a seguir. Ela sobreviveria a mais uma noite sozinha naquela sala?

Maria entrou no banheiro e se inclinou sobre a pia. Ela abriu a alavanca de bronze e logo saiu água fria da torneira. Na casa dos Montessori havia água corrente, tanto fria quanto aquecida – um luxo de que dispunham apenas algumas famílias em Roma. O pai de Maria era um funcionário público bem remunerado no alto escalão das Finanças, e o dote de sua mãe também era considerável. Maria deixou a água correr em suas mãos até que ficassem vermelho-escuras e ela não sentisse mais o frio. Ela pegou o sabonete branco, ensaboou meticulosamente cada um de seus dedos e desfrutou do aroma suave do lírio-do-vale. Várias vezes levou as mãos ao nariz, deixando cair um pouco de espuma. Depois, esfregou sabão nas bochechas e jogou água fria no rosto.

– Maria! – Alguém bateu à porta do banheiro. A silhueta da mãe era visível através do vidro fosco. – Saia de uma vez por todas do banheiro. A massa está esfriando.

– Já vou, mamãe! – Maria tirou a espuma do rosto. O fedor da putrefação finalmente desapareceu. Ela se enxugou com uma toalha macia. Em seguida, colocou os cachos úmidos que tinham escapado de seu penteado atrás das orelhas, desamarrotou a saia e mirou na parede o espelho oval com moldura dourada. A jovem que a encarava tinha, apesar do cansaço, uma beleza fora do comum. Os lábios eram carnudos e sensuais, os olhos grandes e escuros eram rodeados por cílios longos e volumosos. Porém, Maria sentia falta da assertividade que normalmente reluzia em seus olhos.

Renilde bateu outra vez à porta, impaciente. Maria abriu.

– O que você está fazendo há tanto tempo no banheiro?

– Estou me lavando.

Renilde contorceu a boca, em desaprovação.

– Venha, vamos para a sala de jantar.

– Eu não estou mesmo com fome.

– Então coma ao menos uma fatia de pão – pediu Renilde, com sua conhecida intransigência.

Maria cedeu e seguiu a mãe. Para sua grande surpresa, o pai não estava na sala de estar como era de se esperar, mas tinha se sentado à mesa, onde lia o jornal. Quando Maria entrou na sala, ele ergueu os olhos brevemente. No centro da mesa redonda havia uma travessa de porcelana tampada. A mesa estava arrumada para só uma pessoa. Ao lado de um prato raso havia um guardanapo de pano impecavelmente dobrado, talheres de prata pesados e um copo d'água em vidro lapidado que refletia a luz da luminária a querosene no teto.

– Tem certeza de que não quer comer nada?

Renilde se inclinou sobre a mesa e ergueu a tampa da travessa. Imediatamente, o aroma de sálvia, manteiga e alho se espalhou pela sala. O estômago de Maria roncou.

– Talvez eu prove um bocadinho.

Renilde assentiu com a cabeça, satisfeita. Ela apanhou uma concha e colocou uma porção generosa de massa no prato de Maria. Depois, ela pegou uma tigelinha com parmesão ralado fino e a colocou na mesa, junto com a massa, na frente de Maria.

– Sirva-se.

As imagens aterrorizantes do anfiteatro anatômico desapareceram com aquele cheiro delicioso.

– Agora, conte. Como foi sua primeira aula no Instituto de Anatomia?

– Depois, mamãe! – Maria ergueu as mãos, na defensiva. Ela inalou o odor da sálvia, e a imagem da erva com flores lilás brotou em sua mente. Isso a acalmou. A tensão das últimas horas desmoronou como um tanque militar pesando sobre seus ombros.

– Deixe-a comer primeiro – resmungou Alessandro atrás do jornal.

Maria enrolou a massa fresca com o garfo, provou um bocadinho e desfrutou do aroma que se difundiu em sua boca. A massa tinha um gosto familiar de aconchego e conforto.

Enquanto a filha comia, Renilde a observava impacientemente. Quando o prato estava quase vazio, ela não se conteve.

– O que você aprendeu hoje?

Maria desdobrou o guardanapo e limpou a manteiga dos lábios.

– Aprendi que alguns homens têm uma criatividade quase ilimitada quando querem dificultar a vida das mulheres na universidade.

Renilde cruzou as mãos sobre a mesa.

– Você pode se expressar com um pouco mais de clareza, por favor?

O pai de Maria também espiou, curioso, por cima do jornal.

– O que eles chamam de aula particular consistia em me explicar como devo segurar um escalpelo. Depois, eu tive que despedaçar, sozinha e praticamente no breu, órgãos fedorentos de defuntos, cercada por partes nojentas de cadáveres que flutuavam num líquido fétido.

Alessandro pôs o jornal sobre a mesa.

– Você não precisa fazer isso, Maria. Você pode concluir o curso e levar uma vida completamente normal.

– O que é uma vida normal? – Maria levantou a voz. Seu cansaço tinha praticamente se dissipado. – Você quer que eu me case com um homem e tenha filhos? Foi por isso que você acionou seus contatos com o ministro da educação e outros funcionários de alto escalão para que eu pudesse ser admitida na universidade?

– Não precisa me lembrar disso. – Seu olhar obscureceu. Após infinitas discussões com a esposa e a filha, ele tinha cedido à pressão e intercedido pelo ingresso de Maria na faculdade de medicina. Porém, ele preferia que a filha tivesse escolhido outro caminho. De cara amarrada, ele se levantou e foi até a mesinha sob a janela. Abriu uma gaveta minúscula e pegou uma caixa de charutos de madeira.

– Por favor, na sala de jantar não – repreendeu Renilde. – O cheiro permanece por dias a fio na sala, e a comida fica com gosto de tabaco.

Alessandro contorceu a boca, tirou um charuto da caixa e o enfiou no bolso do robe.

– Vou para a sala de estar.

Renilde sorriu para o marido, agradecida.

– Papai, quando você fuma, consegue sentir outro cheiro além do tabaco? – perguntou Maria.

– Como é que é? – Alessandro ficou parado de pé, perplexo.

– Me deixa experimentar seu charuto uma vez?

– Maria, não me diga que você vai começar a fumar? – Renilde estava indignada.

– Eu sempre pensei que o cheiro de tabaco a incomodasse – disse Alessandro, voltado para Maria. Ao contrário da esposa, ele não achava má ideia ter uma filha fumante. Não era incomum que mulheres modernas se servissem de cigarros. Em certos círculos sociais, era até de bom-tom. Quanto mais abastada fosse a mulher, mais caro cra o tabaco que consumia.

– Ainda acho o cheiro desagradável – disse Maria –, mas com certeza é mais suportável que o fedor no anfiteatro anatômico.

– Não faço ideia de como é o cheiro lá, mas normalmente quem fuma não consegue sentir mais nenhum outro cheiro – explicou o pai.

De repente, não só o cansaço de Maria havia se dissipado, mas também seu desânimo. Ela tinha um plano que queria colocar em prática já no dia seguinte.

– Você pode me dar um charuto, papai?

Alessandro Montessori voltou contrariado para a mesinha em cuja gaveta se encontrava seu estoque de tabaco.

– Se alguém lhe perguntar quem lhe deu o charuto, não quero que meu nome seja mencionado.

– Eu prometo! – Maria deu um pulo e se aproximou do pai. Antes que ele começasse a protestar, ela lhe tascou um beijo no rosto. Um gesto afetuoso de que Maria se privara nos dois últimos anos, pois havia se convencido de que Alessandro não o receberia bem.

No entanto, ela não reparou o olhar comovido do pai, pois mentalmente já estava no anfiteatro anatômico. A perspectiva de superar mais esse obstáculo a estimulava. Com extrema satisfação, apertou o charuto perto do nariz e inalou o aroma floral de tabaco.

– Assim vai dar certo – disse, confiante. Então, agradeceu à mãe o delicioso jantar e se virou para sair.

– Boa noite, mamãe. Tenho de ir para a cama. Amanhã, um dia extenuante me aguarda.

Renilde não tinha nenhuma objeção a fazer, embora estivesse extremamente curiosa para descobrir o que exatamente a filha tinha visto naquele dia. Por enquanto, ela teria de ter paciência.

Roma, outono de 1895

– *Signorina* Montessori, por favor, venha até a minha sala depois da preleção! – Sem desgrudar os olhos de seus papéis, o professor Bartolotti deu prosseguimento à sua exposição sobre higiene. A atenção dos alunos estava voltada para Maria, que, como sempre, se sentava na última fileira e só entrava na sala depois que todos os demais já estivessem sentados.

Alguns se viraram para ela e cochichavam, cobrindo a boca com a mão. Testoni e Balfano, que estavam sentados na fileira à frente de Maria, nem se deram o trabalho de sussurrar. Falavam tão alto que ela conseguia ouvir claramente palavras como "estudiosa miserável" e "mulher-macho, isso não é natural".

– Testoni, você tem algo relevante a acrescentar à minha exposição?

O rosto do estudante enrubesceu. Ele balançou a cabeça, constrangido.

– Então, pelos próximos quinze minutos fique de boca calada. É do interesse de todos nós.

Alguém na primeira fileira deu uma risadinha maliciosa. Nos intervalos, Testoni era muito falador, mas durante as aulas ele se retraía, o que tinha a ver com o fato de que estudava pouco, sempre passava nos exames somente em segunda chamada e, mesmo assim, só tirava péssimas notas. Esperava-se que ele jamais trabalhasse como médico. Assim como muitos jovens de ricas famílias patrícias de Roma, ele frequentava a universidade por puro passatempo, até o dia em que tivesse direito à herança. Era esperado que, mais cedo ou mais tarde, ele ocupasse um cargo influente na política, a exemplo do pai, que trabalhava no governo municipal e decidia como o dinheiro de contribuintes muito menos privilegiados do que ele seria usado.

Maria acompanhava a exposição sem prestar muita atenção. O que Bartolotti esperava dela? Ele lhe impingiria outras aulas práticas na sala de dissecação? Não era possível. Graças aos charutos de seu pai, ela tinha conseguido sobreviver ao semestre. Cada aula prática era uma tortura, mas ela só teve de vomitar uma vez. Depois da última aula, jurou nunca mais entrar sozinha naquela sala e sair imediatamente de qualquer ambiente em que houvesse mais de duas pessoas fumando.

Enquanto Bartolotti discorria sobre a propagação de doenças altamente contagiosas e explicava de que maneira os médicos podiam se proteger de um possível contágio, Maria desenhava espirais e círculos em seu caderno, um costume que tinha desde a escola primária. Sempre que ficava nervosa ou com problemas de concentração, sua caneta vagueava, dando voltas sobre o papel. Por vezes surgiam traçados bonitos, mas logo em seguida só saíam rabiscos confusos. Quando o professor enfim terminou sua explanação, Maria tinha enchido uma folha inteira com formas curvilíneas. Ela fechou rapidamente o caderno e o enfiou debaixo do braço, depois se levantou e saiu da sala de preleções. Ela não só tinha de ser a última a entrar na sala, como também a primeira a sair. No início da faculdade, Maria temia essas situações. Os colegas ocupavam de propósito todos os lugares, exceto o único que ficava diante do púlpito do professor, motivo pelo qual Maria tinha de atravessar a sala à vista de todos. Agora ela já não se intimidava com os olhares. Na maioria das vezes, ficava com um lugar na última fileira.

A passos rápidos, Maria se aproximou da sala do professor. Diante da porta de madeira, alta e brilhante, ela se deteve e esperou. Em poucos minutos, Bartolotti apareceu, andando lentamente. Debaixo do braço, ele tinha enfiado a pasta que acabara de usar em sua apresentação.

– Entre, minha querida – disse, atenciosamente, e abriu a porta para ela. Não era a primeira vez que Maria tinha ido à sala do professor. Numa pequena antessala, atrás de uma escrivaninha com uma pilha de papéis, ficava o secretário de Bartolotti. O homem, esguio, usava um manguito por cima da camisa cinza. A cor de seu rosto era idêntica à de sua roupa.

– Traga-nos um bule de café, por favor – pediu Bartolotti. O funcionário se levantou e saiu da sala imediatamente, como se o café fosse uma questão de vida ou morte.

O professor abriu outra porta e novamente deixou Maria entrar. Agora eles estavam no escritório de fato. A sala, que no passado havia servido a ocasiões oficiais, havia sido mobiliada por Bartolotti, que lhe dera um ar aconchegante. As paredes eram cobertas por estantes altas, diante de uma janela estreita havia uma pesada escrivaninha feita de madeira de cerejeira escura, com inúmeras gavetas e compartimentos, e na diagonal havia um sofá confortável e duas cadeiras conservadas no estilo da *Belle Époque* italiana.

– Sente-se, *signorina* Montessori. – Bartolotti apontou para o sofá. Enquanto Maria se sentava, ele puxou uma das cadeiras e ocupou o lugar à sua frente. Sobre a mesinha havia revistas especializadas, um par de óculos de leitura e uma tigela com torrone, o delicioso doce branco com pistache.

Bartolotti notou que Maria o devorava com o olhar e abriu um sorriso.

– Sirva-se.

– Obrigada, melhor não. – Maria amava doces e teria de preferência enfiado logo três torrones na boca, mas ela sabia que aqueles quitutes açucarados e extremamente tenros se alojariam instantaneamente em seus quadris enquanto ainda os comia. Ainda na semana passada ela havia comprado um novo espartilho, porque o antigo já estava frouxo. Era na cintura que se media a beleza de uma mulher. Embora Maria gostasse de torcer o nariz para as mulheres que se definiam exclusivamente pela aparência, ela própria não era imune à vaidade. A vida a tinha ensinado que muitas coisas eram mais fáceis de conquistar com uma boa aparência.

– Então, quem sabe um café? – sugeriu Bartolotti, antes de pegar um pedaço de torrone e dar uma mordida, deleitando-se. – Temos de conversar sobre um assunto muito importante. É sobre... – Ele fez silêncio quando a porta se abriu e viu que seu secretário tinha dificuldades de equilibrar em uma das mãos uma bandeja prateada enquanto fechava a porta atrás de si com a outra.

Ele levou a bandeja à mesa com cuidado, pousando-a ali. Em cima dela havia um bule de café feito de porcelana branca, duas xícaras, um jarro de leite e um açucareiro. Com extrema lentidão, ele colocou tudo sobre a mesa. Maria o observava impacientemente. Ela preferia tê-lo ajudado e lhe arrancado as xícaras da mão. Quando o secretário foi lhe servir o café, ela não se conteve.

– Obrigada – disse rapidamente, agarrando o bule. – Deixe comigo.

O secretário concordou com a cabeça, conformado, e saiu da sala. Assim que fechou a porta, Maria serviu o café, perguntou ao professor se ele queria leite e açúcar e misturou ambos dentro da xícara.

– Onde foi que eu parei? – perguntou Bartolotti.

– Num assunto importante que o senhor queria discutir comigo.

– Ah, sim. Certo. – O rosto de Bartolotti se iluminou. – Era sobre dois empregos como médica assistente no Ospedale Santo Spirito e no hospital San Salvatore al Laterano.

Maria ergueu as sobrancelhas. Ele tinha dito "médica"?

– Eu recomendei seu nome para ambos os cargos.

O coração de Maria pulou dentro do peito. Era uma grande honra para um estudante já poder trabalhar num hospital. Pouquíssimos alunos tinham esse privilégio.

– É muito generoso da parte do senhor – disse ela em voz baixa.

– Não é uma questão de generosidade, mas de objetividade. Você é, de longe, a melhor aluna deste ano. Quem deveria assumir esse trabalho, senão você?

Maria corou.

– A senhorita conseguiu os dois empregos – continuou Bartolotti. Por um breve momento, Maria ficou muda.

– São só duas horas em cada um, então a senhorita não terá problemas. Mas aprenderá muitíssimo, ganhará dinheiro e poderá se dedicar à sua reputação como médica e cirurgiã de alto nível.

Bartolotti falava com uma naturalidade que lisonjeava Maria.

– Já pode começar a trabalhar na semana que vem – continuou. – Será recebida com muita alegria e altas expectativas. A senhorita é tida em alta conta.

Maria então pegou um torrone e colocou na boca. O gosto de baunilha e açúcar lhe acalmou os nervos.

– O que a senhorita diz?

Ela não podia dizer nada por enquanto, porque o torrone tinha grudado entre seus dentes. Ela tomou um gole de café e engoliu o doce.

– Estou muito feliz – disse. – Muito obrigada, de coração.

– Se a senhorita, como suponho, mostrar do que é capaz, pode receber outra oferta de emprego numa clínica psiquiátrica no próximo semestre. Se não me falha a memória, a senhorita queria escrever seu trabalho de conclusão sobre psiquiatria. Essa posição certamente seria uma boa oportunidade para enriquecer seu trabalho com sua experiência prática.

Era admirável que Bartolotti não só tinha intervindo a favor de Maria, mas também se lembrado do tema que ela pretendia abordar em seu trabalho de conclusão. Aquele homem sentado à sua frente era o mesmo que a princípio se opôs com unhas e dentes à presença de uma jovem aluna em seus cursos? Ele supostamente havia apresentado por escrito suas hesitações ao ministro da Educação, mas felizmente suas objeções foram ignoradas. Sua opinião sobre Maria mudara radicalmente desde então.

– Tenho certeza de que honrará nossa universidade – disse Bartolotti, com plena convicção. – Todos nós estamos aguardando ansiosamente o dia em que defenderá sua tese diante da comissão examinadora.

"Todos nós" contemplava os colegas de Bartolotti? Aquelas palavras com certeza tinham sido ditas como elogios, mas elas incutiram sobretudo medo e nervosismo em Maria. O dia de sua formatura já estava sendo discutido, embora ainda faltassem alguns meses até lá.

Ela terminou o café e pousou a xícara de volta no pires com um pouco mais de força. A porcelana tiniu ameaçadoramente. Bartolotti não pareceu se incomodar. Ele se levantou, foi até sua mesa e revirou uma papelada. Debaixo de um livro encontrou o que procurava.

– Ah, aí estão eles – disse, satisfeito, e entregou a Maria dois envelopes. – Estes são os seus ingressos para a vida profissional. A senhorita ainda não é uma *dottoressa* formada, mas já arrisco dizer que trará muitas ideias enriquecedoras ao nosso mundo acadêmico.

Pouco mais tarde, Maria fez sinal para um coche que a levou para a Piazza di Spagna, onde tinha um encontro marcado no famoso Caffè Greco com Anna Salieri, sua amiga de longa data. No início do século, poetas e pintores de toda a Europa costumavam se reunir para trocar ideias naquele local. Hoje, o estabelecimento lucrava com as histórias que ainda se contavam sobre os artistas da época. Dizia-se que alguns saíam do café tarde da noite para dormir por algumas horas num quarto alugado. Depois, retornavam e continuavam trabalhando ali.

Quando Maria entrou no salão comprido, foi invadida pelo aroma de grãos de café torrados e de *cornetti* saídos do forno. Ela olhou rapidamente em volta e viu sua amiga Anna sentada numa mesinha em um dos nichos. Na verdade, era considerado impróprio uma mulher frequentar sozinha um café. No verão, as mulheres definitivamente faziam parte da clientela dos estabelecimentos ao ar livre das ruas de Roma, onde, na companhia de uma amiga, de uma mulher da família ou simplesmente de uma criada, desfrutavam de uma taça de gelato, especialidade do Sul do país. No entanto, assim que a temperatura caía e ficava frio demais para se sentar do lado de fora, as mulheres permaneciam longe dos cafés. Anna Salieri era uma exceção. Ela não dava a mínima para as normas de conduta e tinha a plena convicção de que elas só tinham sido estabelecidas para serem quebradas. Graças a seu comportamento insubordinado, os garçons do Caffè Greco tinham sido compelidos a tratá-la bem. Ela agora era uma freguesa benquista, recebida com cortesia.

Anna escolheu um lugar em frente a uma das janelas compridas que davam para a Via Condotti, uma rua comercial agitada de Roma, onde chapeleiros, sapateiros, ourives e luveiros se enfileiravam. Maria ficou muito satisfeita com a escolha de Anna. Ela adorava observar o movimento sem ter que participar. Senhoras bem-vestidas e elegantes senhores de paletó flanavam pela rua, cobiçando as vitrines com o olhar. Mensageiros passavam correndo por eles, artesãos e comerciantes atravessavam a multidão empurrando carrinhos de mercadorias enquanto charretes sacolejavam ao lado. Havia sempre algo novo a descobrir.

Anna não prestou atenção à agitação na rua. Ela folheava uma revista de moda da qual só desgrudou os olhos quando Maria se aproximou.

– Você está atrasada de novo – comentou, irritada, e fechou a revista.

– Desejo uma ótima tarde para você também! – Maria estava de bom humor. Anna não conseguia atingi-la com sua acusação. Ela tirou o sobretudo e o entregou ao garçom, que prontamente o tomou para levá-lo ao vestiário. Maria se aproximou de Anna, inclinando-se, e lhe deu dois beijos no rosto. – Eu tive um encontro com o professor Bartolotti depois da preleção.

– Não foi esse o professor que deixou você sozinha naquele anfiteatro anatômico assustador?

– Sim, exatamente.

Anna não era apenas uma das amigas mais antigas de Maria, mas também uma das mais íntimas. Elas haviam se conhecido quase vinte anos antes, na casa dos avós de Maria, quando a família de Anna morava ao lado dos Stoppani. Apesar de várias mudanças, elas jamais perderam uma à outra de vista. Mesmo na época em que Anna morou em Londres e, mais tarde, em Paris, as meninas trocaram cartas. Desde que Anna se mudara para Roma, alguns anos antes, as duas se encontravam sempre.

– Por sorte, eu tinha algo para ler – disse Anna, passando a revista para Maria. – Agora sei exatamente o que as americanas bem-vestidas estão usando.

Maria deu uma olhada na revista colorida, em cuja capa se lia *Woman's Home Companion*. Ela mostrava uma jovem com um chapéu de dimensões enormes, amarrado sob o queixo com um delicado lenço verde. Ela tinha as maçãs do rosto salientes, grandes olhos azuis e um queixo estreito. Exceto pelo nariz, ela era idêntica à amiga de Maria. O nariz de Anna era pequeno e arredondado.

– Não sei falar inglês. O que diz a revista? – perguntou Maria.

– São conselhos para a dona de casa moderna sobre como cuidar do lar de maneira eficiente e nos mínimos pormenores. Imagine só, nos Estados Unidos existem aspiradores de pó para as mulheres limparem os quartos!

– Ora essa, mas para que serve isso? Elas não conhecem vassouras no Novo Mundo? – Maria se sentou, aos risos, e começou a folhear a revista. Uma ilustração mostrava uma mulher ao lado de um aparelho em forma de cubo, do qual saía uma mangueira.

– Este aparelho deve ajudar as mulheres a poupar tempo – disse Anna. – Assim elas podem terminar a faxina num piscar de olhos e se dedicar a coisas mais agradáveis.

– O trabalho doméstico não me incomoda – opinou Maria. – Lavar ou secar a louça é uma atividade quase contemplativa. Enquanto lava, você pode organizar seus pensamentos com calma.

– Ah, Maria. – Anna fez um gesto de reprovação com a mão e riu. – Existem milhares de outras atividades em que você pode refletir sem necessariamente se sujar. Além do mais, vocês têm uma empregada. Não é Flávia quem toma conta da cozinha?

De fato, fazia algumas semanas que Maria tinha lavado a louça pela última vez. Foi num fim de semana em que Flávia tinha tirado folga para visitar a mãe doente em Florença. Maria devolveu a revista a Anna. As duas amigas não só vinham de classes sociais diferentes, mas também destoavam consideravelmente em outros aspectos. Enquanto o pai de Maria era um funcionário público de alto escalão, o pai de Anna era um grande proprietário de terras na África e atuava no serviço diplomático. Ele viera da Inglaterra, razão pela qual Anna falava um inglês perfeito. Além disso, ela dominava o francês e, claro, o italiano. Ela havia morado em Paris por alguns anos, onde fez aulas de pintura com um artista. Como a própria amiga dizia, dedicava-se exclusivamente aos prazeres da vida. Maria invejava seu talento para os idiomas e as artes plásticas. Ela, por sua vez, só falava sua língua materna e tinha dificuldades de pronunciar corretamente palavras estrangeiras. Quando lhe pediam para desenhar um cavalo, o que saía, na melhor das hipóteses, era um cachorro esquisito. Seu ponto forte eram as ciências naturais. Tinha, além disso, um talento para persuadir pessoas de suas ideias.

O garçom voltou e perguntou o que iriam pedir.

– Eu gostaria de outra xícara de chocolate quente – disse Anna. À sua frente havia uma xícara vazia e um prato com vestígios de chocolate, indicando que Anna já tinha comido uma porção de profiteroles, sua sobremesa predileta.

Maria suspirou. Anna podia comer o que quisesse sem engordar. Ela era tão estreita que as mãos grandes de um homem poderiam facilmente abraçar sua cintura.

– Eu também queria uma xícara – disse Maria. Até então ela só havia comido um pedaço do torrone branco.

– Conte sobre a conversa com seu professor – Anna pediu à amiga.

– A partir da semana que vem vou poder trabalhar em dois hospitais diferentes – relatou Maria, orgulhosa. Ela contou a Anna sobre as duas ofertas e como, enquanto estudante, se sentia honrada com a oportunidade de ganhar experiência prática como médica assistente. Para seu espanto, Anna não partilhou de seu entusiasmo. Ao contrário, parecia quase horrorizada.

– Maria – disse, duramente –, nos últimos anos você só meteu a cara nos estudos e não participou da vida social e artística de Roma. Se agora você começar a trabalhar em dois hospitais, terá menos tempo ainda para se divertir. Você só vai trabalhar, trabalhar e trabalhar cada vez mais... e um dia você vai acordar e se perguntar por que não se permitiu se divertir um pouco também.

– Mas meus estudos são uma diversão para mim – retrucou Maria. – O que eu faria num salão cultural? Além do mais, eu nem saberia sobre qual assunto conversar.

– Você está enganada! – Anna a interrompeu. – Você é uma mulher jovem. Sua vida está acontecendo agora. Você deveria sair e conhecer outros jovens. Vá a um baile ou a um concerto, a uma exposição ou ao teatro. Você não quer conhecer pessoas interessantes? – Maria fez silêncio, e Anna a fitou com olhos semicerrados. – Ou você conheceu alguém na universidade com quem tem passado o tempo e não me contou nada?

– Em meu tempo livre, fico feliz quando não tenho de encontrar nenhum daqueles alunos – resfolegou Maria, com desprezo. – A maioria deles prejudica a minha vida. Zombam de mim porque não entendem que levo a faculdade a sério e estou lá para aprender. Assim que lhes dou as costas, eles sussurram insultos contra mim, o que prova que estão mortos de inveja.

Desapontada, Anna se reclinou e cruzou os braços sobre o peito magro.

– Consigo até entender os pobres rapazes. Você é uma mulher atraente e seu desempenho acadêmico é melhor do que o de todos eles juntos. Eles devem se sentir fracassados perto de você, porque você mete medo neles.

– Se eles se esforçassem um pouco mais, tirariam notas tão boas quanto as minhas. A maioria deles só é preguiçosa. Eles acham que basta ser homem e rico para ter um diploma universitário.

– E é assim mesmo que funciona? – perguntou Anna, achando graça.

– Infelizmente, é o caso de alguns deles – disse Maria, séria.

– Você é rígida consigo mesma e com os outros.

– Se o que eu quero mesmo é terminar a universidade, então só vou conseguir se der o meu máximo. Os professores exigem o dobro de mim. Os olhos de toda a faculdade estão voltados para mim, e isso só porque sou mulher. Às vezes gostaria de ter nascido homem. Seria mais fácil.

– Pelo amor de Deus! – exclamou Anna. – Você teria que usar aqueles paletós sem graça todo dia.

Maria balançou a cabeça negativamente, atônita.

– A única coisa que vem à sua cabeça sobre a condição da mulher é a moda?

Agora foi Anna quem reagiu, ofendida.

– Você acha que eu sou tão simplória?

– Não.

– O paletó foi brincadeira, Maria. É claro que, em muitos aspectos, a vida é mais fácil para os homens, mas eu jamais trocaria de lugar com eles. Tenho orgulho e gosto de ser mulher.

O garçom trouxe uma bandeja com um bule e duas xícaras vazias. Maria sentiu o cheiro tentador do chocolate enquanto ele lhes servia a bebida.

– Você deveria ir comigo a um jantar na casa de Rina Faccio amanhã. Ela fundou uma revista feminista há pouco tempo. Tenho certeza de que você vai gostar dela. Ela é inteligente e engraçada. Outras personalidades interessantes também estarão presentes, como a escritora sueca Ellen Key e a atriz Giacinta Pezzana.

– É um evento só para mulheres? – Maria levou a colher à boca e provou do chocolate quente. Seu gosto era tão divino quanto seu aroma.

– De jeito nenhum, o que você está pensando? É claro que os homens também vão – explicou Anna. – Mas eles nem de longe são tão interessantes quanto as mulheres.

Maria lançou um olhar animado para a amiga.

– Não sei – disse ela, em voz baixa. – Na verdade, amanhã à noite eu deveria estudar para o meu próximo exame.

– Você pode deixar isso para depois – advertiu Anna. – Eu insisto para que você venha comigo e durante uma noite não fale sobre doenças, remédios e partes do corpo de cadáveres.

A menção às partes do corpo de cadáveres despertou em Maria lembranças desagradáveis. Ela torceu a boca com asco e se deu por vencida.

– Combinado. Irei com você.

– Que maravilha! – Anna bateu palmas de alegria. – Buscarei você amanhã, de fiacre, por volta das sete.

– O que devo vestir?

– Um de seus vestidos mais bonitos – revidou Anna, com uma piscadela. – Afinal de contas, você é uma mulher. – Depois, tornou a falar sério: – Em breve você se tornará uma das primeiras *dottoressas* da Itália. Você será assunto em toda a Europa. Quero ostentar minha amiga famosa.

Maria se sentiu lisonjeada com o entusiasmo genuíno da amiga. Ela iria com Anna ao salão cultural e só estudaria depois. Algumas horas de distração certamente não lhe fariam mal. Talvez até aumentassem sua motivação.

Manicômio de Ostia, proximidades de Roma, 1895

Os gritos haviam finalmente diminuído de intensidade, mas o silêncio também tinha algo de opressor. Luigi estava de volta ao grande salão que abrigava as demais crianças da instituição. Todas estavam em suas camas. Algumas tinham ido voluntariamente, outras tinham sido colocadas em camas com grades de onde só podiam sair se pedissem ajuda. Ninguém se atrevia a dar um pio, por mais discreto que fosse. Os ruídos das últimas horas reverberavam em seus ouvidos como uma assombração. Eram gritos de medo e de sofrimento. Eram lamentos, súplicas e prantos. Um pedido de misericórdia. A resposta vinha sempre como novas agressões.

Não se tratava de bofetadas ou de chicotadas, mas de golpes desferidos com cabos e fios amarrados a uma cadeira. A esse tratamento os vigias e médicos chamavam de "terapia do eletrochoque". Quando foi transferido da solitária para o grande dormitório, Luigi pôde vislumbrar por um breve momento aquela sala terapêutica. A porta estava aberta, e o que o menino presenciou foi horripilante. Uma cadeira de madeira em que se podia amarrar pessoas com cintas de couro. Ao lado, um aparato moderno cuja função Luigi desconhecia. Aquela sala era reservada aos pacientes notadamente inquietos, que arranhavam a si mesmos a ponto de sangrar, ou que davam cabeçadas na parede. Àqueles que gritavam e andavam em círculos, que não permitiam que os vigias os tocassem e se defendiam de seus excessos.

Na noite anterior, o vigia corpulento que lhes trazia comida duas vezes por dia tinha dito a Luigi:

– Se você continuar se comportando como um selvagem, vai acabar indo para lá também. Na cadeira, seu cérebro será endireitado. – Ele tinha apontado para a porta, referindo-se à sala do outro lado do corredor. Luigi logo fez silêncio. Ele era uma daquelas crianças sem nome, cujos pais ninguém sabia quem eram. Até mesmo aqui, no fim do mundo, ele valia menos que os outros. Ele tinha ido para a cama tranquilamente e, desde então, não tinha se movido. Hoje, ele também não protestaria quando fossem buscá-lo e jogassem nele água fria. Era sábado, dia de dar banho nas crianças para que todas estivessem limpas no Dia do Senhor. Luigi ficaria peladinho da silva e suportaria calado tanto a vergonha quanto o gélido jato d'água. Em seguida, ele iria para a cama e esperaria pelo badalar dos sinos da Basílica. Com alguma sorte, o escaravelho que havia acabado de andar pela parede retornaria. Sua carapaça de listras marrons e suas características antenas tinham reativado a breve e vaga lembrança de uma tarde ensolarada e livre de preocupações. Mas ela imediatamente se dissipou. O cérebro de Luigi não podia mais ser endireitado. Havia sido destruído, muito tempo atrás, pelo medo constante em que vivia. Em pouco tempo, todas as suas lembranças estariam perdidas. Ele já não seria capaz de pensar e não teria mais medo. Era provavelmente essa a sensação que se tinha ao morrer. Era uma loucura, mas essa ideia também lhe oferecia algum tipo de consolo.

Roma, 1895

Às sete da noite em ponto, o fiacre estava em frente à casa da família Montessori. Anna abriu a porta do veículo e acenou para que a amiga entrasse. Por pouco, Maria não tinha ficado pronta a tempo. Ela estava ocupada demais com os apontamentos do hospital. Desde que começara a trabalhar como médica assistente, ela tentava registrar por escrito tudo o que lhe parecia digno de menção. No dia anterior, ela tinha aprendido a identificar três diferentes erupções cutâneas em crianças e os seus respectivos tratamentos. Se uma criança apresentava pústulas acompanhadas de coceira, fazia uma enorme diferença saber se era por falta de banho, por causa de uma doença infantil ou por intolerância a determinados alimentos. A maioria das irritações cutâneas podia ser explicada pela falta de higiene. Era chocante a pouca importância que alguns pais davam ao asseio. Foi somente quando sua mãe bateu na porta do quarto, lembrando-a de seu encontro com Anna, que Maria se levantou num pulo e procurou um vestido apropriado e o broche com um lápis-lazúli.

– Você não precisa de nenhum broche – advertiu Renilde. – A única joia que convém a uma jovem respeitável como você é o crucifixo. É melhor você usá-lo pendurado a uma corrente de ouro em volta do pescoço. – Maria abriu mão do broche e se enfiou no vestido verde-esmeralda com mangas de renda preta. Colocou a corrente de ouro em volta do pescoço, sem vacilar. Apesar das críticas da mãe, ela prendeu o cabelo com uma presilha de filigrana, em forma de borboleta, com pedras de vidro lapidado.

Para a alegria de Maria, Anna imediatamente notou sua presilha.

– Que joia mais linda – disse. – Você deveria usá-la mais vezes, ela caiu muito bem em você.

– Obrigada.

Assim que Maria se sentou ao lado de Anna, o fiacre arrancou. Radiante, Anna agarrou as mãos de Maria.

– Estou tão feliz com a sua companhia – disse. – Há quanto tempo não saíamos juntas à noite?

Maria refletiu longamente.

– Receio que já faça muito tempo. Não vejo a hora de comer – admitiu, quando seu estômago roncou alto.

– Oh, sinto muito – disse Anna. – Eu me enganei quando disse que iríamos a um jantar. Vamos a um concerto de música de câmara.

Dessa vez, o estômago de Maria roncou tão alto que Anna conseguiu ouvir.

– Mas com certeza serão servidos antepastos e bebidas – disse, consolando a amiga, embora Maria suspeitasse de que não ficaria satisfeita.

O fiacre seguiu ao longo do Rio Tibre e depois virou em direção à Villa Borghese. A casa de Rina Faccio ficava atrás dos imensos jardins. O cocheiro guiou o fiacre até um pátio interno quadrangular e finalmente parou. Enquanto Anna pagava, Maria olhou ao redor. No meio do pátio havia um poço e várias laranjeiras que faziam sombra no verão. Anna se adiantou e caminhou até a estreita escada de madeira que levava ao primeiro andar do edifício. Da janela entreaberta de um apartamento saía o cheiro de carne assada, e Maria ficou com água na boca. Infelizmente, porém, Anna passou por aquele cômodo e rumou decidida à outra extremidade do corredor. Antes que batesse à porta, ela se abriu. Um rapaz parou diante delas. Ele era alto e tinha ombros largos, um bigode elegante e vestia roupas que pareciam caras. Estava sem o paletó, o que mostrava o quão informal era o evento e o quão modernos seus frequentadores. Ele vestia apenas o colete preto sobre uma camisa branca e tinha arregaçado as mangas relaxadamente.

– Boa noite – disse o rapaz, encantado. Seus olhos castanho-escuros primeiro analisaram Anna, depois perscrutaram Maria.

– Giuseppe, onde você colocou o abridor de garrafa?

O rapaz se virou para o interior do apartamento, de onde vinha aquela voz feminina.

– Vou procurá-lo agora mesmo – disse. – Em seguida, virou-se novamente para Anna e Maria. – Por favor, entrem. – Ele abriu a porta de ponta a ponta e deu um passo para o lado. Nesse momento, uma empregada se aproximou.

– Ah, o senhor já abriu – percebeu, constrangida.

– Eu estava bem ao lado da porta – desculpou-se o rapaz.

– Giuseppe! – A voz vinda da sala estava perdendo a paciência.

– Por favor, me desculpem! – O rapaz fez uma reverência. – Espero que possamos conversar e nos conhecer mais tarde. – Depois, saiu pelo corredor e desapareceu na última sala.

Intrigada, Maria o seguiu com o olhar. Ela não estava acostumada a frequentar *soirées* como aquela. Teria exagerado no visual? Ela olhou para si mesma, insegura.

– Posso levar o casaco da senhorita? – A empregada lhe estendeu o braço e aguardou. Anna já havia tirado o sobretudo e o entregado à moça. Maria observou a amiga com atenção. Ela estava usando um vestido de festa deslumbrante, com várias camadas de renda clara; comparado com ele, o de Maria parecia simples. Aliviada, tirou o casaco e o entregou à empregada.

– Os convidados estão no salão. Devo acompanhá-las?

– Não é preciso – disse Anna. – Nós conhecemos o caminho. – Ela agarrou a mão de Maria, guiando-a pelo corredor escuro e estreito. Em ambos os lados havia retratos de pessoas que Maria desconhecia. Mas também havia pinturas de paisagem em estilo moderno. Maria pensou encontrar semelhanças com os impressionistas franceses. Talvez aquela vista litorânea fosse de Claude Monet. Maria baixou os olhos diante da pintura seguinte, envergonhada. Na imagem, uma mulher estonteante usava um vestido revelador. Estava deitada lascivamente sobre um canapé e tinha uma semelhança espantosa com uma conhecida atriz cujo nome infelizmente não lhe vinha à mente. Aquela pintura era apropriada para um quarto, talvez para um salão, mas de modo algum para um corredor por onde todas as visitas passavam. Para a casa de que tipo de gente tinha sido levada?

Anna parecia decifrar seus pensamentos. Ela ficou parada e sussurrou no ouvido de Maria:

– Não olhe tão assustada. Esta é a Duse.

– Eleonora Duse? – perguntou Maria, comovida. Quando criança, ela venerava aquela atriz que já na tenra idade de 4 anos tinha estado no palco e interpretado o papel da menina Cosette em *Os Miseráveis*, de Victor Hugo. Por muitos anos, Maria tinha certeza de que queria se tornar atriz. Agora ela estava aliviada por aquilo não ter passado de um sonho de infância.

– Vamos, Maria. – Anna puxou-a novamente. – Você é uma mulher moderna. Em muitos aspectos, você é mais avançada do que todos os que estão aqui presentes discursando eloquentemente sobre os direitos da mulher. Não se mostre mais conservadora do que você de fato é.

Vozes e gargalhadas saíam da sala no final do corredor. Quando Anna e Maria entraram, ninguém pareceu notá-las a princípio. Uma espessa nuvem de fumaça pairava sobre os presentes. Aquele cheiro de tabaco era familiar a Maria. Ele despertava memórias desagradáveis da sala de anatomia, e ela quis dar meia-volta.

Cerca de vinte pessoas se amontoavam no salão elegantemente mobiliado. Elas ocupavam cadeiras e sofás estofados, ou permaneciam de pé, reunidas em pequenos grupos. Muitas tinham taças de espumante nas mãos enquanto conversavam. Em cima de uma mesa comprida, sob uma janela que dava para a Villa Borghese, havia enormes bandejas de prata com diversas iguarias. Maria quis ir direto para lá, mas uma mulher com uma roupa chamativa e um adereço de plumas na cabeça veio na direção das duas amigas.

– Anna, *my dear*! – disse ela, esfuziante. – *How nice to meet you.* Que bom que você trouxe sua amiga. Imagino que ela seja a *dottoressa*.

A mulher se virou para Maria e lhe estendeu a mão.

– Meu nome é Vivian Sforzi. É um prazer conhecê-la.

– O prazer é todo meu. Eu me chamo Maria Montessori. – Maria tomou sua mão, que apertava com uma força fora do comum.

– Eu sei, minha querida. Anna já nos contou muito sobre a senhorita. Todas nós estamos ávidas por conhecê-la. – A *signora* Sforzi deu uma piscadela para Anna, enquanto Maria lançou um olhar de reprovação à amiga. Que histórias Anna teria espalhado sobre ela?

– Espero que ela só tenha relatado coisas boas – disse, preventivamente.

Vivian Sforzi riu.

– Mas é claro! – Afavelmente, ela colocou a mão de Maria sobre seu antebraço, como se ela fosse uma amiga de muitos anos e não alguém que acabara de conhecer. E baixou a voz: – Ou a senhorita tem segredos obscuros de que ninguém pode saber? Eu seria a primeira a querer ouvi-los.

– Não, é claro que não – retrucou Maria, horrorizada.

– Que pena – suspirou Sforzi –, mas nada impede que isso mude no futuro. – Ela deu as costas para Maria e voltou ao seu pequeno grupo, que estava de pé.

Cismada, Maria manteve-se distante.

– Venha comigo, a Rina Faccio está ali atrás. Você precisa conhecê-la – disse Anna, levando a amiga para o sofá onde uma moça vestida com roupas supostamente masculinas estava sentada. Ela usava uma saia escura e uma blusa fechada até o último botão. Em volta do pescoço, tinha amarrado uma gravata. Maria conhecia essas roupas dos jornais. Eram parecidas com as das inglesas que lutavam pelos direitos das mulheres, chamadas sufragistas. Mas, no caso daquela mulher, as roupas contrastavam profundamente com sua feminilidade aparente. Ela tinha olhos vivos e chamativos, lábios carnudos e um corpo delicado, quase etéreo. Maria não pôde deixar de pensar nas histórias élficas que tinha lido na infância. Quando a moça avistou Anna, levantou-se. Só então Maria percebeu que ela tinha um cigarro na mão.

– Que bom que você veio, Anna – disse Rina Faccio. – E esta deve ser a jovem médica. – Ela também sabia sobre a formação de Maria.

– Primeiro tenho de escrever minha tese de doutorado e defendê-la diante da comissão examinadora – explicou Maria. Incomodava-a o fato de que todos a abordavam como se ela fosse uma médica já formada.

– Não seja tão modesta – disse Rina Faccio. – Esse é um dos maiores erros que nós, mulheres, com frequência cometemos. Nós diminuímos nossa importância. Menosprezar seus próprios feitos é algo que jamais passaria pela cabeça de um homem. Muito pelo contrário, na maioria dos casos eles só realizam insignificâncias e ainda assim conseguem dar a elas um peso de elefante.

– Não menosprezo meus feitos, de jeito nenhum – defendeu-se Maria. – Só me atenho à verdade.

– E ela é extraordinária, se o que Anna diz for real. A senhorita conseguiu se impor como mulher em um mundo dominado por homens. Entrará para a história como uma das primeiras médicas da Itália. Minhas congratulações.

Maria ficou constrangida. Na voz daquela mulher, seus feitos pareciam heroicos.

– Não há por que se enrubescer – continuou Rina Faccio. – Todos nós estamos muito orgulhosos da senhorita.

Maria se perguntou se o "todos nós" da senhorita Faccio incluía os presentes no salão. Havia mais pessoas informadas de seu curso universitário? Ela se virou para Anna em busca de ajuda, mas a amiga tinha acabado de ser abordada por um elegante rapaz e se dirigiu com ele ao bufê.

– Anna não lhe contou que eu acabei de fundar uma revista feminista? – continuou Rita Faccio.

– Sim – admitiu Maria.

– Já passou da hora de atentarmos para o tema dos direitos femininos na Itália. Toda vez que volto de uma viagem da Inglaterra ou da França tenho a impressão de retornar à mais sombria e cruel Idade Média.

Aquelas palavras eram dramáticas e exageradas, mas Maria sabia que Rina Faccio tinha razão quanto a isso. E Roma, ainda por cima, era o lugar mais avançado do país. No sul, havia regiões em que se tinha a total convicção de que as mulheres nasciam pura e exclusivamente para servir aos homens. Elas levavam uma vida de escravas, não tinham direitos e eram subjugadas.

– Venha cá, minha querida, sente-se – pediu Rina Faccio.

Relutante, Maria se sentou ao seu lado no sofá. Ela deu uma piscadela para Anna, com inveja da amiga que já tinha levado uma *bruschetta* à boca.

– Avise-me quando será sua defesa diante da comissão examinadora. Ela será pública, certo?

– Sim, naturalmente. – Como todas as defesas de conclusão de curso, a sua também seria aberta ao público. Maria nunca tivera dúvidas quanto a isso, muito pelo contrário. Ela era de grande interesse público, e alguns homens com certeza estavam ávidos por esmiuçar e criticar cada uma de suas frases.

– Excelente. Tenho um amigo que trabalha na *Gazzetta*, pedirei a ele que escreva um artigo sobre a senhorita. Tenho certeza de que a senhorita será um grande exemplo para muitas mulheres na Itália. – Ela deu uma tragada no cigarro, virou-se, afastando-se de Maria, e soltou a fumaça outra vez. – Também gostaria de fazer uma entrevista com a senhorita e publicar na minha revista.

– É uma honra – disse Maria, lisonjeada.

– A senhorita será a primeira, e milhares de mulheres virão depois. Um dia, haverá tantas mulheres quanto homens trabalhando nos hospitais de Roma.

A profecia parecia bastante exagerada aos ouvidos de Maria, mas ela achou aquele otimismo revigorante. Era muito diferente das reações que enfrentava na universidade.

– Não lhe dê ouvidos – disse uma voz grave ao lado de Maria.

– É bonita demais para se deixar contagiar pelas ideias doentias da senhorita Faccio.

Maria teve de olhar para cima porque o homem que acabara de falar era um palmo mais alto que ela. Ela estimou sua idade em cerca de 35 anos. A arrogância que deixava transparecer era avassaladora.

– *Signor* Roncalli, ainda que lute com unhas e dentes contra os direitos das mulheres, nós vamos defendê-los, custe o que custar. As mulheres têm direito ao voto tanto quanto os homens – observou Rina Faccio, que não se deixou impressionar por sua altura.

O rapaz riu, e as pontas de seu bigode vibraram.

– A senhorita está tentando me convencer de que as mulheres devem votar nas eleições e de que, além disso, seu voto tem o mesmo peso do voto masculino?

– Mas é claro – replicou a senhorita Faccio. Sua voz saía com uma naturalidade impressionante. De onde aquela moça feérica retirava força e altivez?

A risada de Roncalli atraiu um rapazinho mirrado, que não devia ter mais de 20 anos. Ele também quis expressar sua opinião.

– Está cientificamente comprovado que as mulheres são menos inteligentes que os homens – disse, com seriedade. – Se o voto delas valesse tanto quanto o nosso, a república correria o risco de sucumbir à loucura. Mulheres são incapazes de tomar decisões sensatas.

– Posso lhe assegurar que mulheres e homens têm as mesmas capacidades intelectuais – protestou Rina Faccio. – Esta moça ao meu lado é a maior prova disso. Ela é uma excelente estudante de medicina e foi distinguida com a cobiçada bolsa Rolli.

Os dois rapazes se calaram brevemente. A paz, no entanto, não durou muito.

– Um curso universitário não prova nada. – Roncalli resfolegou, indignado. – Hoje em dia qualquer malandro de origem duvidosa pode ser chamado de estudante. As mulheres não sabem pensar logicamente nem têm a capacidade de argumentar com base científica. Elas são emotivas e vivem em estado onírico.

Maria pigarreou.

– No semestre passado, passei muitas horas no anfiteatro anatômico – disse, em voz baixa. – Vi cadáveres de mulheres e de homens.

Um murmurinho correu pela sala. Mais e mais pessoas se aproximaram, interessadas em ouvir.

– Normalmente, os ossos dos homens são mais pesados – continuou Maria, imperturbada. – O mesmo vale para a massa muscular. Eu vi o fígado de alcoólatras e corações que deixaram de bater, eu aprendi como funciona a circulação sanguínea e examinei cérebros de pessoas mortas. – Ela fez uma pausa dramática e observou o rosto dos ouvintes se contorcendo de nojo. – Posso lhes garantir que as massas encefálicas de homens e mulheres são idênticas. Em peso e em tamanho.

– Aonde a senhorita quer chegar? – disse o homem, perturbado.

– Se as massas encefálicas são idênticas, isso significa que homens e mulheres têm as mesmas capacidades intelectuais. Os homens não são mais inteligentes que as mulheres.

Rina Faccio deu uma risada triunfante.

– Meu querido *signor* Roncalli, precisa admitir que é impossível contra-argumentar.

– É o maior disparate que já ouvi – observou Roncalli, falando tão baixo que apenas as pessoas que estavam em seu entorno imediato puderam ouvir. Maria ergueu os olhos. Sua breve discussão tinha atraído mais ouvintes, entre os quais o homem elegante que tinha aberto a porta para ela e para Anna anteriormente. Ela não sabia interpretar a expressão em seus olhos escuros. Podia ser de interesse, curiosidade ou até mesmo admiração.

Maria não teve tempo de descobrir, pois naquele instante a empregada entrou na sala e tocou um gongo. Pouco a pouco, fez-se silêncio. A atenção de todos estava voltada para a criada, que então elevou a voz.

– Os senhores da orquestra de câmara estão prontos e os aguardam na sala adjacente – anunciou.

Imediatamente, alguns se levantaram e seguiram a empregada. Rina Faccio também se pôs de pé. Maria esperou até que todos os convidados tivessem deixado a sala e foi sorrateiramente até o bufê, onde boa parte das iguarias já tinha sido consumida. Maria fisgou um palito de pão e duas azeitonas. Enfiou depressa tudo na boca. Só então seguiu os outros. Agora ela tinha certeza de que seu estômago não se manifestaria durante o concerto.

Era mais de meia-noite quando Anna e Maria saíram do evento e voltaram juntas de fiacre para casa.

– Você vai comigo ao próximo evento? – perguntou Anna, despedindo-se. Ela tinha bebido algumas taças de *prosecco*, e sua face brilhava como a Lua.

– Vou pensar a respeito. – Maria tinha gostado da noite, contrariando suas próprias expectativas. Após a performance vocal, ela conversou com várias pessoas interessantíssimas. Veladamente, nutria esperanças de esbarrar no rapaz elegante que abrira a porta para elas. Mas, infelizmente, não foi o que aconteceu. Por duas vezes ela o avistou de soslaio e ficou à espera de que ele logo a abordasse, mas toda vez alguém se antecipava e monopolizava suas atenções. Maria se sentiu lisonjeada com o interesse que tantos convidados haviam demonstrado por sua pessoa. Era evidente que, nos círculos intelectuais de Roma, ela era mais reconhecida do que imaginava.

– Ao menos não é uma negativa – constatou Anna, satisfeita. – Vou interpretar como um talvez ou até mesmo como um sim! – Rindo, Maria lhe mandou um beijo com um gesto. Depois fechou a porta do veículo, e o coche pôs-se novamente em movimento.

Sob a luz de um lampião a gás, Maria revirou a bolsa, procurando a chave do portão de casa. Levou quase uma eternidade até que finalmente a encontrasse.

Com dedos cansados, destrancou o portão, subiu a escadaria escura até o primeiro andar e cavoucou a fechadura da porta de entrada.

Ela tentou fazer o mínimo de barulho possível para não acordar ninguém. Na ponta dos pés, foi andando sorrateiramente até a antessala escura, pendurou seu sobretudo no gancho do cabideiro e seguiu em frente com cuidado. Ao tatear a parede e passar pela porta do quarto dos pais, esta se abriu. Maria ficou tão apavorada que soltou um grito, deu um passo para o lado e esbarrou numa cômoda. Por um triz, não derrubou no chão um grande vaso chinês com flores. No último segundo, agarrou o presente de sua tia-avó e evitou um acidente.

– Pelo amor de Deus, Maria – ralhou Renilde. – Você olhou no relógio? Sabe que horas são? Onde você esteve esse tempo todo?

Maria endireitou o vaso e esticou a toalhinha de renda branca por baixo dele. Depois, inclinou-se contra a parede e colocou a mão em seu coração acelerado.

– Mamãe, sou uma mulher adulta.

– Correção: você é uma mulher adulta e solteira que tem uma reputação a perder – resfolegou Renilde no corredor, indignada. Ela não tinha nem se dado ao trabalho de vestir um robe por cima da camisola branca, que estava fechada até o último botão. Alguns cachos grisalhos despontavam de sua touca de dormir com acabamento em renda. Na mão direita, segurava um lampião a querosene de luz bruxuleante.

– Mamãe, você não precisa se preocupar com a minha reputação – disse Maria, tentando acalmá-la. – Ela é impecável. Quando falam de mim, só mencionam os meus louros como estudante de medicina.

– E é bom que continue assim – revidou Renilde, severamente. – Seria lastimável se você arriscasse sua carreira por um pouco de diversão. Todos os longos anos de esforço por uma noite agradável.

– Não o farei – insistiu Maria.

– Como é que amanhã você vai parecer descansada se varou a noite? A jovem *dottoressa* que perdeu sua reputação antes de ascender ao círculo dos acadêmicos será alvo de intrigas.

– Ah, mamãe. Vou estar com a mesma disposição de sempre. Não se incomode com isso. – O coração de Maria tinha recuperado a calma. Ela se afastou da parede.

– É que eu me preocupo com você – explicou Renilde, num tom muito mais brando. – Todos os dias você me conta dos desafios que enfrenta para realizar seu sonho. Pense em todos esses anos de trabalho árduo. Partiria meu coração se você fracassasse pouco antes de atingir seu objetivo.

Maria tinha consciência de que devia uma parte de seu sucesso à mãe. Ela tocou delicadamente o braço de Renilde, e seu rosto relaxou.

– Sua preocupação é infundada, eu prometo, mas agora eu tenho que ir dormir. Senão, amanhã, não vou mesmo conseguir sair da cama. – Maria deu um beijo na testa da mãe e virou as costas. – Boa noite.

– Maria!

– Sim?

– Eu tenho medo de que você perca de vista seu objetivo.

– Você tem mesmo medo disso?

Renilde engoliu em seco, fazendo tanto barulho que Maria conseguiu ouvir na calada da noite.

– Sim, e tenho medo de perder você. Nós sempre fomos muito próximas.

Maria olhou para o rosto enrugado da mãe. Talvez por causa do pequeno lampião a querosene, ela de súbito lhe pareceu mais velha e mais vulnerável.

– Não há motivo para temer nenhum dos dois – assegurou. – Boa noite, mamãe.

A sala de exames do Ospedale Santo Spirito cheirava a fenol e a cloreto de cal. Maria estava trabalhando desde as primeiras horas da manhã. O dr. Bianchi, a quem ela assistia, tinha saído para almoçar havia mais de uma hora, deixando Maria sozinha. Uma mulher entrou na sala com o filho de 8 anos. O menino era tão pequeno e magricela para sua idade que se podia contar suas costelas por trás da camisa surrada.

– Há dias ele não para de tossir – explicou a mãe, preocupada. Ela falava um dialeto arrastado que Maria mal podia compreender. Segundo a ficha de anamnese, ela ainda não completara 30 anos, mas parecia já ter passado dos 40. Rugas profundas atravessavam o rosto cavado, e olheiras escuras marcavam os olhos cansados. Tinha mãos finas e avermelhadas, e sobre a têmpora havia uma cicatriz vermelho-escura que parecia recente.

Maria julgou que a mulher, que havia declarado ser lavadeira, pesava dez quilos a menos do que a média das romanas saudáveis. Sua pele apresentava escoriações e sangramentos nas pontas e nos nós dos dedos. Eram ferimentos típicos de uma lavadeira. Aquelas mulheres ficavam ao ar livre, sob qualquer temperatura, lavando tecidos com uma mistura cáustica de água e sabão.

Nervosa, a mãe olhou em volta da sala praticamente vazia. Ela lembrava um animal agitado.

– Ainda temos de esperar muito tempo pelo médico? – perguntou, em voz baixa. Sem paciência, apoiava-se cada vez em uma perna, alternadamente. Seu filho se pôs atrás dela, tentando se esconder.

– Presumo que o dr. Bianchi voltará em duas horas – disse Maria. No dia anterior, ele tinha se ausentado por três horas. Provavelmente, depois da refeição em casa, ainda tinha feito uma rápida sesta. Mas Maria calou a respeito disso. A pobre mulher já parecia tensa o suficiente.

– Meu Deus – disse, abatida, e seus olhos se umedeceram. – Não posso aguardar por tanto tempo. Se não voltar ao trabalho em uma hora, vou ser demitida. Vão me mandar para a rua. Ao menos dez outras mulheres estão na fila deste emprego.

O menino estava tão colado à mãe que quase desapareceu de vista. Mas sua tosse seca e forte o denunciava. O garoto gemia feito um cão. Logo depois, foi a mãe que começou a tossir violentamente. Por fim, ela cuspiu uma substância líquida e viscosa num lenço sujo que tirou do bolso da saia.

– Sentem-se ali – sugeriu Maria, apontando para duas cadeiras junto à parede. Atrás delas havia uma representação em cores do esqueleto humano. – Se a senhora quiser, posso examiná-los. Nesse caso, vocês não terão de esperar pelo dr. Bianchi.

A lavadeira arregalou os olhos, descrente.

– Mas a senhorita é…

– Sim, sou uma mulher. Mas estou escrevendo minha tese de doutorado e, em março, vou concluir o curso. A senhora confia em mim o suficiente ou prefere esperar?

O garoto saiu por detrás da mãe e examinou Maria com nítida curiosidade.

– Não tenha medo – disse, gentilmente. – Vou auscultar seus pulmões com este instrumento. – Maria tirou o estetoscópio que tinha pendurado em volta do pescoço e o mostrou ao garoto. – Como você se chama?

– Victorio.

– Meu nome é Maria.

Então o garoto se libertou da sombra da mãe e se aproximou de Maria. Seu rosto estava avermelhado. Talvez ele estivesse febril.

Maria se virou novamente para a mãe.

– Posso? – perguntou.

A mulher assentiu com a cabeça.

Prontamente, o garoto levantou a camisa puída e deixou que Maria o auscultasse. Compenetrada, ela segurou o estetoscópio nos ouvidos e se concentrou nos sons que saíam da caixa torácica do menino. Eram estertores ruidosos, mas não pareciam sugerir uma pneumonia nem mesmo uma tuberculose.

Nenhum dos pulmões parecia estar com água. Enquanto Maria examinava o garoto, sua mãe voltou a tossir.

Maria levantou a cabeça e olhou para ela.

– Devo auscultar a senhora também?

Com o olhar apavorado, a mulher balançou a cabeça.

– Não é preciso – disse, receosa.

– Não é assim que eu penso. Sou médica em formação.

– Estou me sentindo bem – afirmou a mulher. Ela então tossiu de novo, desta vez com tanta força que encurvou completamente o tronco. Maria se levantou e se aproximou dela.

– Seu filho está desenvolvendo uma bronquite. É desagradável, mas, se ele se aquecer, beber bastante água, tomar xarope e dormir o suficiente, logo vai se recuperar. Estou preocupada com a senhora, acima de tudo. Ele é seu único filho?

Desalentada, a lavadeira balançou a cabeça negativamente.

– Tenho outros seis.

Maria avaliou bem o peso de suas palavras e optou por um enunciado dramático.

– O que vai ser das crianças se a mãe delas abandoná-las porque morreu?

A menção da morte alcançou o efeito pretendido. A mulher estremeceu.

– Agora posso examiná-la?

A mulher ficou calada por um momento e comprimiu os lábios finos com força. Depois, voltou a tossir. Quando recuperou o ar, ela se rendeu.

– Por mim...

Ela se pôs diante de Maria, como se estivesse esperando que auscultasse seus pulmões por cima da roupa.

– A senhora precisa se despir, infelizmente. – Maria apontou para o biombo que se encontrava no canto da sala, ao lado da janela.

A mulher engoliu em seco, constrangida. Defensivamente, cruzou os braços sobre o peito.

– Se não quiser que seu filho veja a senhora nua, posso auscultá-la por trás da cobertura.

– Não é isso... – O rosto da mulher corou. Gotas de suor se formaram em sua testa. Então ela se virou de repente, foi até o biombo com passos pesados e desapareceu atrás dele. Logo depois, retornou com o tronco à mostra.

Quando Maria bateu os olhos em suas costas, compreendeu por que a mulher tivera receio de se despir.

– Pelo amor de Deus – murmurou. – Quem fez isto com a senhora?

O peito e as costas da mulher estavam cobertos por marcas de cortes, queimaduras e contusões. Algumas feridas eram mais antigas e já tinham cicatrizado, outras eram recentes, expeliam secreções e sangravam. Muitas estavam inflamadas e com pus.

– Meu marido não pode com o vinho. – Aquelas palavras deveriam servir de explicação, mas, para Maria, soavam como um grito de socorro.

– Seu marido açoita e molesta a senhora com a maior brutalidade – disse, atônita. – Se ele machucasse um homem dessa maneira, já estaria preso há muito tempo. – Maria se virou para o garoto que tornara a se sentar na cadeira e agora observava a figura do esqueleto atrás de si. Ele parecia estar se protegendo do olhar da mãe e, consequentemente, das lembranças dos momentos violentos que o aterrorizavam.

– Ele também bate nos filhos da senhora? – Maria perguntou, com curiosidade.

– Quando ele tenta, eu me coloco entre eles – explicou a mulher, erguendo a cabeça. – Na maioria das vezes consigo, mas nem sempre.

Maria sentiu o sangue lhe subir à cabeça. Como é que não se podia fazer nada contra esse tipo de violência? Aquela mulher estava totalmente entregue ao esposo espancador. A única coisa que podia fazer era pegar os sete filhos e fugir, mas uma fuga significava que todos acabariam na rua e, no pior dos casos, morreriam de fome. O salário de uma lavadeira não bastava para alimentar tantas bocas famintas.

– A senhorita vai me auscultar agora? – A mulher continuava sem roupa na frente de Maria e tremia de frio. O dr. Bianchi tinha esquecido de mandar o empregado do hospital acender o forno de ladrilhos pela manhã.

– Sim, é claro. – Maria começou a examiná-la imediatamente. Mas a mulher também não parecia sofrer de nenhuma doença grave. Mas seu estado poderia piorar drasticamente se continuasse lidando com água gelada por horas a fio de trabalho.

– A senhora e seu filho precisam ficar em repouso por uns dois dias – disse seriamente. A mulher riu, amarga, e balançou a cabeça negativamente. Ela queria se vestir. – Espere, por favor. Quero cuidar de mais alguns de seus ferimentos. Se eles inflamarem, trarão graves consequências.

Maria foi até o armário de remédios e pegou uma garrafinha com tintura de iodo e gazes novas. Dr. Bianchi era um especialista em higiene e tinha grande confiança no uso dessa tintura para tratar feridas com secreções. Ainda na semana anterior ele tinha discorrido diante de Maria sobre seus efeitos. Maria não podia errar ao usar o líquido. E simplesmente não podia economizar nas gazes, caso contrário o vestido da mulher ficaria com manchas escuras para sempre. Era decerto a única peça de roupa da lavadeira.

Enquanto cuidava do ferimento, Maria perguntou:

– Existe alguma pessoa que possa cuidar de você e de seus filhos nos próximos dias? Qualquer pessoa.

– Não existe ninguém. Lá onde eu moro cada um cuida de si.

– Onde a senhora mora?

– Em San Lorenzo.

Tratava-se de um dos bairros mais pobres da cidade. Maria nunca estivera lá, mas tinha ouvido histórias pavorosas sobre crimes urbanos e prédios sob risco de desabamento onde famílias de dez integrantes viviam em apartamentos conjugados.

Maria tentou proceder da maneira mais delicada possível, ainda assim, a mulher teve um sobressalto ao toque de suas mãos. Um novo acesso de tosse abalou seu corpo definhado.

– A senhora precisa me ouvir – exclamou Maria, com rigor na voz.

– Deite-se na cama por alguns dias. Beba bastante chá quente e durma bem. Depois disso, você vai recuperar suas forças e vai poder cuidar de seus filhos. Mentalmente, acrescentou: "E talvez consiga se separar de seu marido". Em voz alta, ela disse: – Caso contrário, a senhora vai colapsar, o que não ajuda ninguém.

– O que os meus filhos vão comer se eu não trabalhar e ganhar dinheiro? Quem vai cozinhar para eles? Eu não posso me deitar, simplesmente não posso. O que a *signorina dottoressa* imagina? Meu marido torra seu salário em bebidas. Ele não nos oferece nada além de pancadas. Eu trabalho na lavanderia e ganho algumas liras, que depois gasto comprando repolho, lentilha e óleo do verdureiro.

– Se a senhora sair para trabalhar neste estado, não vai sobreviver a este mês. Quer que seus filhos se tornem órfãos de mãe?

A mulher se calou, comovida. Seus olhos se umedeceram de novo.

– A senhora pode se vestir. – Maria foi até a escrivaninha e pegou um caderno e uma caneta. – Agora me diga o seu nome e o seu endereço exato. Depois, vá para casa e deite-se. Eu lhe prometo que vou providenciar comida quente para a senhora nos próximos três dias. É o tempo necessário para que possa voltar a trabalhar razoavelmente.

Os olhos da mulher se arregalaram, sem compreender.

– A senhora acha que seu empregador pode esperar esse tempo?

Ela não esboçou reação.

– Três dias? – repetiu Maria.

A mulher então assentiu vagarosamente com a cabeça.

– Ótimo, então me prometa que vai seguir minhas recomendações. A senhora também deve comprar xarope para tosse na farmácia. Basta um xarope barato, feito de açúcar, mel e tomilho. Tome uma colher de sopa cheia regularmente. E dê a seu filho metade da dose. Deitem-se na cama e descansem por três dias.

A mulher assentiu mais uma vez.

Maria escreveu num papel o nome de um xarope para tosse e sua composição e o entregou à mulher.

– O endereço da senhora?

– A rua em que nós moramos não tem nome.

– Como é que é?

– Ela fica na divisa com Esquilino, perto da estação Termini.

– Como posso encontrar o prédio onde a senhora mora?

– A senhorita nunca esteve mesmo em San Lorenzo – disse a mulher, balançando a cabeça. – Nós não moramos em prédios, mas em meros barracos, e a maioria deles foi erguida sem autorização municipal.

– Ainda assim, a senhora pode fazer uma descrição da sua residência?

– É a casa verde, inclinada ao lado do mercado de Federico, o verdureiro – respondeu o garoto no lugar da mãe.

– Muito bem. – Maria riu. – É um bom começo. E qual é o seu sobrenome, rapaz?

– Meu nome é Victorio Rana.

– Maravilha, família Rana na casa ao lado do mercado do verdureiro Federico, deve ser possível encontrar. – Maria anotou as informações.

Signora Rana já estava vestida novamente.

– Agora vocês vão direto para casa – advertiu Maria.

– Primeiro eu tenho de ir à igreja Santa Bibiana.

Maria esboçou um protesto, mas a mulher ergueu a palma da mão em sua direção num gesto defensivo.

– A *signorina dottoressa* não pode me impedir de agradecer à santa mãe de Deus e a todos os anjos por terem mandado o dr. Bianchi comer durante tanto tempo. Se o doutor já tivesse acabado de comer seus doces, nós nunca teríamos conhecido a senhorita. A senhorita foi enviada pelo bom Deus. – Com essas palavras, a *signora* Rana se despediu, pegou o filho pela mão e saiu da sala de exames.

– Maria, você perdeu completamente o juízo? – Horrorizada, Renilde colocou a colher de prata pesada ao lado de seu prato e, aflita, bateu com ela no prato de porcelana com filigrana, que tiniu perigosamente.

– Eu prometi àquela mulher que lhe mandaria uma refeição quente por três dias, e nada mais adequado do que eu mesma lhe entregar pessoalmente. É a oportunidade de conferir seu estado de saúde e ainda examinar seu filho. Estou preocupada com os dois.

Maria não contava com a forte reação da mãe. Renilde era uma fiel católica que pregava o amor ao próximo e frequentava as missas da tarde na igreja não apenas aos domingos, mas também durante a semana. Dava esmolas rotineiramente e condenava aqueles que não obedeciam aos mandamentos do Senhor. Como era possível que ela não aprovasse os planos de Maria? Bastava Flávia cozinhar um pouquinho mais por alguns dias. Ninguém esperava que Maria fosse levar um manjar até San Lorenzo. Uma refeição saudável, com muitos legumes, era o suficiente.

– Deve ser influência dessa gente que você conheceu no salão cultural. Colocaram essas ideias malucas na sua cabeça – queixou-se Renilde.

– Minhas escolhas só dizem respeito a mim – defendeu-se Maria. – Eu vi o sofrimento daquela mulher e quero ajudá-la. Nada mais.

– Você vai sacrificar seu precioso tempo, seu dinheiro e sua reputação. Se espalharem por aí que você distribui alimentos nos bairros populares da cidade, o povo virá bater à nossa porta. Vão fazer fila aqui, e nenhum paciente com boas condições financeiras jamais vai querer frequentar seu consultório.

Maria pretendia, depois de se formar na universidade, abrir também seu próprio consultório, além de manter suas atividades nos hospitais. Seu pai já estava ajudando-a a encontrar um endereço adequado, pois, infelizmente, a residência dos Montessori era pequena demais.

Renilde pintou outros cenários horripilantes.

– Se a comissão examinadora da universidade tomar conhecimento de suas atividades beneficentes, seu trabalho será recusado e o título de médica, negado.

Então, Maria também pôs a colher de lado. Perdera completamente o apetite. Cruzou os braços sobre o peito, irritada, e reclinou-se.

Para sua surpresa, o pai se intrometeu na discussão, amenizando-a.

– Acho que sua mãe só está irritada porque se preocupa com o que poderia lhe acontecer caso você vá aos bairros pobres da cidade – disse. – É um bando de gentalha que circula por lá. Ladrões, vagabundos, mendigos, beberrões, a escória da sociedade. Você não seria a primeira mulher a ser assaltada nesse tipo de lugar.

– Minha paciente trabalha como lavadeira. Ela tem sete bocas para alimentar. Como ela poderá fazer isso se estiver de cama, febril?

– Onde está o pai das crianças? – Renilde quis saber.

– Ele torra seu salário com bebida e bate na família.

– E é para essa casa que você quer ir? – perguntou a mãe, horrorizada. – E se o homem levantar a mão para você? Eu faço um apelo à sua consciência, Maria: afaste essa ideia.

Em vez de dar uma resposta, Maria comprimiu os lábios com força.

– Eu vou me tornar médica porque quero ajudar as pessoas, e não porque quero montar um consultório bonito no centro de Roma – disse, por fim. – Não basta eu prescrever alguns remédios àquela pobre mulher. Ela precisa de uma boa refeição, de uma cama quente e de descanso para se recuperar e se curar. Ela precisa ter certeza de que os filhos estão bem alimentados para poder ficar de cama e dormir.

– Pode até ser, mas não é o tipo de coisa que está ao seu alcance – disse Renilde, recuperando a serenidade. – Você não pode salvar o mundo. Uma estudante de medicina não basta para mudar a vida dos moradores de San Lorenzo.

– Por enquanto, trata-se de uma única família – disse Maria, insolentemente. – E vou lhe entregar comida quente, como prometi. Vou cumprir com minha palavra. – Os grandes e famintos olhos do pequeno Victorio surgiram diante de Maria. Se ela o decepcionasse, jamais se perdoaria.

– Você pode enviar um entregador – sugeriu Alessandro. – Em qualquer esquina da cidade há rapazes à espera de um serviço. Um menino forte pode levar as refeições a San Lorenzo. Nosso entregador de jornais, por exemplo, ou o pequeno Giacomo, que distribui cartas por toda a cidade em nome do ministério.

– Sua sugestão é bem-intencionada, papai – disse Maria. – Mas nenhum moço de recados é capaz de examinar a *signora* Rana e seu filho.

Quanto mais os pais de Maria argumentavam, mais segura ela se sentia. É claro que a preocupação deles era compreensível, mas ela não faria a viagem até o bairro popular sozinha. Alguém deveria acompanhá-la, e ela já sabia exatamente quem seria. Sua amiga Anna jamais se amedrontara diante de pequenas aventuras.

O interior do coche cheirava a alho, tomate e manjericão. Flávia tinha preparado uma panela enorme de polenta que Maria segurava no colo, tomando o cuidado para não virá-la, o que não era nada fácil, uma vez que o coche dava solavancos sobre uma rua esburacada e sem calçamento. Ao lado de Maria havia um cesto com pão fresco.

– Nunca estive em San Lorenzo – admitiu Anna. – Mas ouvi muitas histórias aterrorizantes sobre esse lugar. Estou ansiosa para ver o que nos aguarda.

Maria tinha tirado seu vestido mais velho do armário, por cima do qual colocou um sobretudo gasto que por muitos anos não tinha vestido. Sua amiga, antes tão elegante, usava um vestido de babados volumoso e esquisito, que talvez fosse considerado moderno na Inglaterra do início do século dezoito. Era um pouco grande demais para ela, talvez fosse de sua mãe. Sobre os ombros ela tinha enrolado um cachecol de lã.

Anna se sentou bem perto da janela e assistiu atônita aos barracos que iam surgindo. Maria também ficou horrorizada com a vista que se apresentava a ela. Uma coisa era ouvir falar da miséria humana e outra, muito diferente, era vê-la de perto. Na rua poeirenta, um grupo de crianças que brincava com o lixo sem supervisão saiu correndo atrás do coche. Nem os insultos que o cocheiro bradava conseguiam fazê-las parar. Foi só quando o homem esporeou o cavalo a acelerar e estalou o chicote que as crianças se afastaram, aos risos. Nenhuma delas estava calçada. No entanto, já era meados de novembro, e a temperatura tinha caído. Na semana anterior havia até mesmo geado uma vez à noite.

Trepidando, o coche percorreu as estreitas ruas de terra batida que, em dias de chuva, eram intransitáveis. Algumas casas sequer mereciam esse nome. A impressão que davam era a de que alguém enfiara algumas pedras e tábuas num enorme chapéu, sacudira tudo e jogara aleatoriamente na rua. Algumas janelas não tinham vidraças, e em outras havia tábuas de madeira pregadas de improviso. O cheiro de legume podre, esgoto e fezes pairava no ar. Entre as fachadas, trapos surrados em diversos tons de cinza secavam em cordas de varal esticadas. O coche parou diante de uma tenda onde se vendiam panelas amassadas, talheres enferrujados e escorredores de macarrão entortados.

– Não posso continuar – gritou o condutor ao interior do veículo. – A rua é péssima, acabaria com o meu coche.

Maria espreitou pela janela. O caminho em frente era extremamente esburacado. Ela conseguia entender a decisão do homem.

– O senhor sabe onde fica o mercadinho de um tal Federico?

– É logo ali, virando a esquina. A senhorita está praticamente diante dele. – O homem apontou para uma ruela transversal tão estreita que, se um homem alto esticasse os braços, poderia alcançar, de uma das fachadas, a oposta.

– Obrigada – disse Maria. – O senhor poderia esperar por nós? Estaremos de volta em meia hora.

– Por mim – rosnou o cocheiro. Maria e Anna saltaram do veículo. Elas carregavam juntas a panela pesada.

– Céus, esse lugar parece um depósito de lixo – disse Maria.

– Estamos em um depósito de lixo – corrigiu Anna, torcendo o nariz. Ela ergueu um pouco a saia para que o tecido não se sujasse demais.

Em frente a uma entrada sombria encontrava-se uma mendiga agachada, cuja idade Maria não sabia precisar. A vida lhe tinha deixado marcas. Ao seu lado estava uma menina, de cócoras, que não devia ter mais que 3 anos. Ela estava se entretendo com um pedaço de papel vermelho. Girava-o continuamente, fazia uma serpente, desfazia a figura e redobrava-o em forma de pirâmide. A menina estava tão imersa em sua atividade que não percebeu a presença da mãe triste ao lado nem o vira-lata que passou correndo por elas. Também ignorou Maria e Anna. Ela se dedicava ao seu pedaço de papel como uma cientista prestes a fazer uma nova descoberta. Maria observava a criança, fascinada.

– Olhe por onde anda – disse Anna, irritada. – Senão, podemos entornar a polenta, e todo o esforço terá sido em vão.

Maria olhou de novo para a rua, mas seus pensamentos ainda estavam com a menina. Ela procurava inutilmente alguma tristeza no rosto da criança. O que entretinha a menina, aliás, não era um brinquedo caro, mas um mero pedacinho de papel. No entanto, a criança estava tão imersa em sua atividade que esquecera tudo ao redor. Exatamente como quando ela se dedicava a uma tarefa complexa e se esquecia de comer.

– Aquele deve ser o verdureiro – disse Anna, finalmente. Elas tinham parado diante de uma loja minúscula, na frente da qual se empilhavam caixas de madeira cheias de cebolas. Ao lado delas havia um cesto com cabeças de repolho.

– Será que há algo aqui além de cebola e repolho?

Maria sabia que a amiga não suportava nenhum dos dois.

– Aquela caixa ali atrás tem feijão.

– Céus – exclamou Anna. – Com essa variedade, é difícil escolher. Ainda bem que o meu verdureiro, no Campo dei Fiori, vende outras mercadorias. Eu acho que morreria de fome se tivesse de fazer compras aqui.

Maria também estava grata por não ter de comprar legumes ali. O cheiro azedo que ascendia dos caixotes não era nada promissor.

Um homem gordinho de braços cruzados estava parado ao lado das cebolas e observava as duas mulheres com nítida curiosidade.

– O senhor pode nos dizer se a família Rana mora aqui? – perguntou Maria.

– Eles ficavam no primeiro andar – disse o homem, apontando para um edifício tão arruinado que Maria teve medo de que desmoronasse assim que ela entrasse.

– O que quer dizer "eles ficavam"?

– Ontem, a Rana não voltou para casa depois do trabalho. Ela sofreu um colapso na lavanderia, e ponto final.

Maria deixou cair a panela, em choque. Por sorte, Anna foi rápida como um raio e também se ajoelhou, evitando que a valiosa polenta tombasse no chão coberto por poeira.

– Ela está internada em algum hospital? – perguntou Maria, rouquejando.

– Não, ela está na câmara-ardente de Santa Bibiana. Amanhã ela irá para a vala comum. – O verdureiro falava com uma frieza chocante.

– O que aconteceu com os sete filhos? Onde estão?

Com indiferença, o homem deu de ombros.

– Sei lá, como é que eu vou saber? Eu só vi que o Rana juntou todos os filhos, pôs numa carroça e foi embora com eles. Provavelmente vai levar todos eles para algum lugar no campo. Eles precisam ajudar no trabalho da colheita. O velho Rana não tem um tostão para chamar de seu. Não consegue sustentar os sete.

– Mas ele não pode simplesmente vender os filhos – intrometeu-se Anna.

O homem contorceu a boca, fazendo uma careta feia.

– *Signorina*, eu não sei em que planeta a senhorita vive, mas posso garantir que aqui em San Lorenzo é totalmente normal se desfazer dos filhos. É melhor os pequenos trabalharem no campo; lá, ao menos, eles têm o que comer e não precisam morrer de fome. Foi a única coisa certa que o Rana fez.

– O senhor Rana voltará para o enterro de sua mulher?

– Acredito que não. – O verdureiro balançou a cabeça. – O imóvel já foi ocupado por novos inquilinos hoje de manhã. As coisas são rápidas aqui no bairro. Logo que um buraco é esvaziado, o próximo verme já toma conta.

Maria levou alguns instantes para perceber que o verdureiro falava de seres humanos. Ela se sentia atordoada. A morte da mulher tinha sido sua culpa? Talvez ela não devesse ter permitido que a mulher fosse para casa. Mas a *signora* Rana teria ficado no hospital? Maria fechou os olhos, apertando-os, e então voltou a abri-los. Ela esperava que fosse despertar de um pesadelo. Mas não estava dormindo. Tudo aquilo era completamente real. Como é que numa mesmíssima cidade algumas pessoas vendiam seus filhos, enquanto na outra extremidade de Roma pessoas bem de vida, entre as quais ela se incluía, viviam na fartura?

– O que fazemos com a polenta? – Anna arrancou Maria de seus pensamentos.

– A senhorita pode deixar a panela comigo! – disse o verdureiro, sorrindo maliciosamente.

– Vamos levar a polenta à igreja – determinou Maria. – Certamente o senhor padre saberá o que fazer com ela.

– As senhoritas querem alimentar aquele padreco? É o mais puro desperdício.

Maria não prestou mais atenção ao verdureiro e deu meia-volta. Com um breve cumprimento, ela e Anna deixaram o homem.

O padre de Santa Bibiana mal pôde acreditar em sua sorte. Com muitas palavras de gratidão, ele aceitou a polenta e a despejou em uma panela em que se servia o bodo aos pobres. Ele prometeu mencionar as generosas doadoras em seu sermão noturno, mas Maria recusou a proposta porque não queria ser identificada pelo nome. Em vez disso, ela pediu ao padre para celebrar uma missa para a falecida *signora* Rana. Ela tirou uma nota da carteira e a entregou ao clérigo.

– Aquela mulher não teve uma vida fácil. O senhor padre também poderia incluir os filhos dela na oração?

– Eu o farei, *signorina* – garantiu o padre.

Maria e Anna ainda não tinham saído da igreja quando quatro mulheres famintas se apresentaram com seus filhos para apanhar uma porção da polenta. Nessa região da cidade, as notícias de refeições gratuitas espalhavam-se tão rapidamente quanto as de chapéus de verão baratos na parte de Roma em que Maria morava.

Quando voltaram para o coche, Anna estava ansiosa para entrar. Maria também ficou feliz em deixar aquela tristeza para trás, mas sabia que voltaria um dia. As mazelas eram escandalosas. Aquele bairro precisava de médicos que tratassem a população, arquitetos que construíssem novas casas e professoras que tirassem as crianças das ruas e lhes oferecessem novas perspectivas. Havia muito a ser feito, e Maria estava decidida a acudir essas pessoas. Ela sentia que era seu dever lutar contra as injustiças sociais.

Roma, fim de fevereiro de 1896

Maria olhou para a modesta fachada da clínica psiquiátrica. O edifício lhe pareceu pouco convidativo. Por um breve momento, as grades na frente das janelas do subsolo lhe lembraram uma prisão, mas depois lhe ocorreu que outras instituições também aplicavam essas medidas de segurança para afugentar ladrões inconvenientes. No dia anterior, o professor Bartolotti havia lhe comunicado que ela fora admitida como assistente em mais um emprego. Trabalhar por algumas horas na clínica psiquiátrica lhe dava a possibilidade de pesquisar o tema de seu trabalho final não só na teoria, mas também na prática. Maria queria escrever sobre delírios e aprender mais sobre as imagens que os pacientes evocavam. Bartolotti era apaixonado pelo tema e ansiava pelo trabalho de Maria. Hoje, apenas um dia após a conversa com o professor, ela começaria no novo emprego.

O cocheiro do fiacre que a conduzira até ali não tivera a menor vergonha de lhe cobrar um valor alto, afinal, ela era uma mulher jovem que se permitia atravessar sozinha a cidade. Maria não dera nenhuma gorjeta ao homem.

Corajosa, ela subiu os degraus até a entrada, abriu a porta estreita e alta e entrou na clínica. Fazia um silêncio surpreendente lá dentro. O que Maria esperava? Ouvir a gritaria dos alucinados que eram acolhidos ali? Precavidamente, olhou à sua volta. Na área da entrada, praticamente vazia, havia uma escada simples que levava a um mezanino. Só então se podia encontrar a portaria. Maria subiu os degraus e parou diante de um homem sorridente e amigável.

– A senhorita deve ser a Montessori – disse.

– Sim, correto. – Maria não conseguia disfarçar sua surpresa. Sua chegada já era esperada.

– O professor Sciamanna anunciou a sua vinda. A senhorita precisa subir um piso a mais e seguir até o fim do corredor. – O homem continuava sorrindo. – Devo acompanhá-la?

– Não, não! – Maria fez que não, agradecendo, e seguiu apressadamente. Ela se sentia lisonjeada pelo fato de que até mesmo o porteiro sabia de sua visita. As paredes nuas repercutiam seus passos apressados. O chão era coberto por ladrilhos com desenhos em preto e branco: videiras entrelaçadas que serpenteavam quase infinitamente até o final do corredor. Mas, antes que ela chegasse lá, a porta se abriu energicamente e um senhor mais velho que usava suíças e uma casaca escura olhou por sobre a armação dos óculos em sua direção. Quando avistou Maria, seu rosto se iluminou, e ele estendeu os braços como se a jovem fosse uma velha conhecida, embora ela nunca tivesse se encontrado com o diretor da clínica.

– *Signorina* Montessori! – gritou em sua direção. – Que bom que nos achou. Entre, entre. – Alegremente, ele acenou para ela. Maria não pôde deixar de se lembrar do contador de histórias que todos os anos ia a Chiaravalle no verão, onde se sentava em frente ao Palazzo Comunale e partilhava suas histórias. Infelizmente, a mãe de Maria não simpatizava muito com o homem, e, por isso, Maria só podia ouvir suas histórias quando saía para ir ao mercado com a avó. Ela era fascinada pelas histórias e ainda se lembrava com carinho dos animais fabulosos, dos anões, dos elfos e das belas princesas que ela mesma tinha desejado ser quando criança.

– Vamos entrando! – O professor Sciamanna levou Maria para o escritório. Ao contrário do corredor parcamente mobiliado, a sala estava cheia de estantes, quadros e esculturas. Parecia um depósito de objetos de cena. Maria se sentiu completamente perdida, sem saber para onde deveria olhar primeiro. Na parede, entre figuras de divindades antigas e um elefante dourado, aparentemente indiano, havia uma cabeça de tigre empalhada. Estantes abarrotadas de livros e pergaminhos ocultavam a parede dos fundos. O piso do escritório era revestido por um tapete persa colorido, e na frente da janela havia uma cortina pesada, cor de vinho, que estava amarrada com borlas douradas.

– Vejo que você está espantada com a minha pequena coleção – observou Sciamanna, sorrindo. – Nos últimos anos viajei muito e me dei o luxo de trazer algumas lembrancinhas de cada lugar.

Maria se absteve de comentar que uma cabeça de tigre dificilmente poderia ser chamada de "lembrancinha". Seu olhar deslizou para a escrivaninha, onde havia um vaso chinês com rosas já não tão viçosas. Um rapaz que estava sentado à mesa se levantou e se aproximou de Maria. Por um breve momento, ela ficou tão admirada que quase perdeu o fôlego. À sua frente estava o rapaz elegante que na noite do concerto de música de câmara abrira a porta para ela e Anna na casa de Rina Faccio. Ele a cumprimentou tomando sua mão e levando-a à boca. Seus lábios roçaram o dorso de sua mão, e seu bigode fez cócegas em sua pele. Ela se enrubesceu.

– Estou muito feliz em revê-la – disse ele, sorrindo.

– Vocês se conhecem? – Sciamanna estava visivelmente surpreso.

– Nós nos vimos durante uma grande *soirée*, mas ainda não fomos apresentados – Maria se apressou em dizer.

– Então vou compensar o atraso – disse o professor Sciamanna. – Esta é a senhorita Maria Montessori, uma aluna da Universidade La Sapienza tida em alta conta. Ela tem uma carreira brilhante pela frente e está conduzindo uma pesquisa sobre os delírios persecutórios. E este é o dr. Giuseppe Montesano, que está conosco desde o verão passado e atualmente realiza um estudo investigativo sobre a mente de crianças acometidas pela loucura.

– Muito prazer – disse Maria, em voz mais baixa do que o normal. O rapaz provocou uma insegurança nela que até então lhe era desconhecida.

– O prazer é todo meu. – Montesano tinha uma voz grave e aveludada que soava como se estivesse acariciando os estranhos objetos da sala.

– Vamos nos sentar ou devemos lhe mostrar a clínica imediatamente? – Sciamanna olhou para Maria, hesitante.

– Eu adoraria conhecer o espaço – respondeu ela. Depois da visita guiada ela esperava que seu rosto recuperasse a cor habitual e pudesse voltar a raciocinar com clareza. Ela queria passar a Sciamanna e a Montesano a impressão de que era uma mulher confiante e não uma criança insegura que se enrubesce por qualquer bobagem.

É uma boa decisão. Vamos andando logo. – Sciamanna se levantou, mas, em vez de andar até a porta, foi até um nicho no fundo da sala, onde havia uma arara de metal em forma de girafa. De ganchos pintados de dourado pendiam vários jalecos brancos, dos quais o professor Sciamanna pegou um exemplar e vestiu com esforço. Ele parecia sofrer de dores no ombro, pois mal conseguia enfiar o braço na manga direita. Montesano se pôs ao seu lado para ajudar.

– Você deveria vestir um sobretudo também – disse Sciamanna, olhando para o vestido azul-escuro de Maria, guarnecido de renda clara nas mangas. Tratava-se de uma das melhores peças de seu guarda-roupa. – Por via de regra, nossos pacientes são inofensivos. Os perigosos de verdade ficam em celas solitárias ou são acomodados em camas com grades. Mesmo assim, é impossível saber o que se passa pela cabeça dos loucos. Na semana passada, um deles cuspiu em mim e estragou um dos meus melhores paletós. – Maria aceitou o sobretudo, agradecida, e deixou que Sciamanna a ajudasse a se vestir. O professor estava falando de pacientes ou de presidiários? As palavras "cela" e "cama com grades" a intrigaram. Montesano também vestiu um jaleco branco sobre o paletó.

– Agora, vamos! – Sciamanna segurou a porta para Maria, que saiu para o corredor. O diretor da instituição ia à frente. – Todos os nossos pacientes estão acomodados nos fundos do edifício. Aqui ficam apenas os escritórios e a administração.

– O que há no subsolo? – perguntou Maria. Ela se lembrava muito bem das grades na frente das janelas.

– Lá ficam algumas salas de tratamento.

– Que tipo de terapias são realizadas?

– As habituais: eletrochoque, terapia com água quente e fria, estímulos com fontes luminosas e ruídos particularmente altos. Temos cintos para amarrar os pacientes e várias camisas para prendê-los.

Maria engoliu em seco. O que o doutor enumerou estava mais para uma sessão de tortura do que de terapia.

– E esses procedimentos são eficazes? – perguntou ela, cautelosamente.

Sciamanna ficou parado e se virou em sua direção.

– Sim, claro – disse, com total convicção. – Do contrário, nós não os realizaríamos.

De soslaio, Maria viu que Montesano parecia duvidar da resposta do professor, mas não o contrariou.

– Por que esses procedimentos não são realizados na parte principal da clínica? – indagou Maria.

– Alguns pacientes soltam ruídos desagradáveis durante o tratamento, mesmo quando colocamos lascas de madeira entre seus dentes para que não arranquem a própria língua. Esses ruídos perturbam os outros pacientes.

Maria sentiu um gélido arrepio lhe correr a espinha. Ela tentou imaginar o quanto esses procedimentos deviam ser dolorosos para aqueles que precisavam morder uma lasca de madeira.

– Primeiro, vamos entrar na ala onde ficam os pacientes delirantes – continuou Sciamanna. – Por favor, não se assuste, *signorina*. Alguns deles têm propensão para praguejar aos berros. Assim que alguém se aproxima deles, começam a gritar e guinchar. Mas a maioria é totalmente inofensiva.

Maria acenou com a cabeça bravamente e não deixou transparecer o medo que aos poucos a invadia. "Eu dissequei cadáveres sozinha em uma sala escura", pensou consigo mesma. "Alguns poucos loucos não vão conseguir me abalar."

Subindo largos degraus de escada, eles chegaram a outro corredor que primeiro dava acesso a uma porta gradeada e depois a um pátio interno verdejante. Andaram por um caminho de cascalho até um edifício anexo de três andares, cujas janelas eram todas gradeadas. Algumas persianas estavam abertas, e um guincho estridente invadiu o pátio. As mãos de Maria suavam.

– Esta paciente chegou há uma semana – explicou Sciamanna. – Ela vem da Lombardia e acredita ser a imperatriz da Áustria. Sempre que alguém se aproxima, ela dá um grito estridente, com medo de ser atacada. Ela sempre clama por uma dama de companhia que penteie seus cabelos.

– Ela se parece com a imperatriz Elisabeth? – perguntou Maria, com curiosidade.

– Infelizmente, não – retrucou Sciamanna, divertido. – Ela se parece mais com a rainha da Inglaterra e tem cabelos iguais aos de um vira-lata.

– Oh. – Maria baixou o olhar. Quando jovem, a rainha Vitória decerto tinha sido atraente, mas as imagens que apareciam atualmente nos jornais mostravam uma mulher velha e enlutada, com um semblante fechado e visível sobrepeso.

– Essa paciente possui uma força extraordinária. Ela tem propensão para a agressividade, por isso tivemos de acomodá-la à parte. Os vigias lhe estendem a comida por uma portinhola na cela.

– Ela recebe remédios?

– Uma vez ao dia a levamos para a eletroterapia. Depois disso, ela se acalma.

Maria não respondeu. Ela imaginou que, após o procedimento com o eletrochoque, a paciente ficava esgotada demais para se defender de algo ou alguém. Montesano deu um passo na direção da porta de entrada e a abriu. Primeiro, Sciamanna entrou no edifício, depois foi a vez de Maria. Quando ela passou por Montesano, sentiu um leve odor de almíscar e cânfora, uma mistura que lhe agradava. Mas, logo que chegou ao interior do edifício, a fragrância do perfume evaporou, e ela se deparou com o fedor de urina e vômito. Para se poupar, tapou o nariz com a mão.

– Você vai se acostumar – disse o diretor da clínica. – Eu quase não sinto mais o cheiro.

– Os quartos dos pacientes não são limpos? – indagou Maria.

Sciamanna sorriu com condescendência.

– *Signorina*, eles são lavados com uma mangueira com certa regularidade, mas muitos dos nossos pacientes desaprenderam a usar o banheiro.

– Ou não foram acostumados a isso – acrescentou Montesano. Ele agora estava obscenamente próximo de Maria, como se tivesse de protegê-la contra agressores. Maria não achou essa proximidade nem um pouco desagradável. Adoraria se aproximar ainda mais dele para se esquivar daquele fedor insuportável. Ruídos desumanos saídos do piso superior agora os encontravam. Um paciente batia na grade com um objeto, outro chorava; ela ouvia uma gritaria lamuriosa. As paredes nuas repercutiam o barulho. Maria seguiu Sciamanna e Montesano por um corredor escuro. À esquerda e à direita, portas gradeadas levavam a quartos com camas de aço tubular. Ali havia pacientes deitados ou sentados. Uns cantavam ou balbuciavam, outros balançavam-se monotonamente de um lado para o outro, e outros ainda andavam em círculos. Era um espetáculo triste e perturbador. Maria tinha certeza de que uma prisão não podia ser mais deprimente do que aquilo.

– As portas estão trancadas? – perguntou.

– Estão, é claro. Se as deixássemos abertas, os loucos fugiriam – explicou Sciamanna. – A propósito, acomodamos os homens e as mulheres separados e tentamos não ocupar as celas com mais de seis pacientes – continuou Sciamanna. – Infelizmente estamos tão superlotados no momento que algumas celas comportam oito pacientes. Eles vêm de todo o país e são alocados aqui. Pessoas que não sabem falar, que têm paralisia espástica e precisam passar o dia todo na cama. Algumas delas têm bastante potencial. – Sciamanna ficou parado diante de uma cela e apontou para uma cama sob uma janela gradeada. – Aquele ali é o Pietro. Ele sabe dizer o nome e algumas frases simples.

Na cama estava um homem baixinho e atarracado que mal havia passado dos 20 anos. Ele tinha o pescoço curto e os olhos bastante afastados um do outro, e, quando viu o médico, seu rosto se iluminou. O jovem abriu um sorriso. Maria notou que sua língua parecia grande demais. Ela pendia um pouco para fora da boca.

– Ciao! – Ele acenou alegremente para o médico, se endireitou e foi andando até a porta com passos curtos e ligeiros. – Posso ir ao pátio? – perguntou o rapaz, que exalava um odor penetrante de urina. Sua maneira de falar era um pouco infantil.

– Ciao, Pietro! – disse Sciamanna, amigavelmente. – Tenho certeza de que Carlo logo vem buscar você. Vocês podem ir ao pátio por duas horas. Hoje é um dia de sol.

O sorriso se abriu ainda mais. O olhar de Pietro encontrou Maria. Desinibido, ele a examinou da cabeça aos pés.

– Ciao! – disse, estendendo a mão entre as grades. Seus dedos eram curtos demais. Maria agarrou sua mão e a apertou. Ele retribuiu.

– Meu nome é Maria – disse ela. – No futuro, virei aqui com mais frequência.

– *Signorina* Montessori é uma estudante de medicina – explicou Sciamanna.

– Eu quero que ela me examine – anunciou Pietro.

Montesano riu.

– *Signorina* Montessori está escrevendo um trabalho sobre pessoas que ouvem vozes. Sorte a sua não ser um desses pobres coitados.

– Eu consigo ouvir vozes – disse Pietro. – Quando eu quero, consigo ouvi-las.

A persistência com que tentava convencer os dois homens de que Maria deveria examiná-lo futuramente a comoveu.

– Eu prometo fazer uma visita quando vier aqui de novo – assegurou-lhe. Pietro tinha se conformado, ao menos por enquanto. Ele voltou para a cama e se sentou.

– Por que pessoas como Pietro estão atrás das grades? – perguntou. – Ele não representa nenhuma ameaça, ou por acaso representa?

– Não, Pietro não coloca ninguém em perigo – admitiu Sciamanna. – Mas a clínica é organizada de modo a acomodar todos os pacientes em quartos trancados. Seria complicado demais se tivéssemos que procurar constantemente por alguns deles. Pela cabeça de pacientes como Pietro passam as coisas mais absurdas. Ainda no mês passado, ele quis a todo custo ir ao mercado para comprar morangos frescos. Nós tivemos de passar horas explicando a ele que não estamos na época do morango. É um fruto que cresce no campo, durante a primavera. Mas ele não tem inteligência suficiente para entender isso.

Maria teve vontade de retrucar que, provavelmente, qualquer pessoa que viesse morar entre aqueles muros se esqueceria das estações do ano em pouco tempo. Mas ela guardou o comentário para si, afinal, queria a todo custo assumir o emprego de assistente e mantê-lo ao menos até que chegasse a algum tipo de conclusão para seu trabalho final. Sciamanna seguiu e então parou diante de uma porta alta de madeira.

– Este quarto existe há pouco tempo – destacou. – Eu lutei por ele e devo admitir que ele me orgulha. Em nenhum lugar da Itália você vai encontrar instalações tão modernas.

Maria se aproximou, curiosa.

– Atrás desta porta acomodamos exclusivamente crianças – explicou Sciamanna. – Ao contrário do que ocorre em outros manicômios do país, o acompanhamento das crianças e dos adultos é feito separadamente. De acordo com as descobertas científicas mais recentes, as crianças com debilidade mental** têm necessidades diferentes das dos adultos, ainda que seus diagnósticos sejam idênticos.

Ele esticou o braço e puxou para o lado o ferrolho que se encontrava na extremidade superior da porta.

– Esse mecanismo é suficiente – acrescentou ele. – Os pequenos pacientes não conseguem alcançar ali. – Energicamente, ele abriu a porta.

Maria esperava ouvir vozes descontraídas ou crianças fazendo algazarra, mas ela se deparou com um silêncio sepulcral. Cuidadosamente, entrou na sala. Assim como nas celas que havia visto, ali também havia camas simples, de aço tubular, que se enfileiravam junto às duas paredes da sala. Havia doze delas, ou seja, o dobro da quantidade do quarto dos pacientes adultos. Em cada cama havia uma criança sobre um cobertor cinza. A mais nova parecia ter, no máximo, 2 anos, a mais velha talvez tivesse 12. Eram meninas e meninos com rostos cavados e olhos tristes que apontavam para o vazio. Algumas tinham malformações, outras balançavam o tronco para frente e para trás, babando.

No meio da sala, havia uma mulher corpulenta sentada numa cadeira de braços de madeira. Estava usando um vestido escuro e tricotava. Era, aparentemente, a educadora. A cor de sua tez era cinza

** No original, "*schwachsinnig*", hoje, um xingamento em alemão. Em português, os termos utilizados pela tradutora, *débil* e *debilidade mental*, também podem ser considerados ofensivos, embora previstos em alguns diagnósticos específicos. No entanto, na época em que se passa esta narrativa, esses eram os termos de fato empregados com maior frequência, mesmo na ciência. Por isso, optou-se nesta obra por manter o vocabulário utilizado pela autora, evitando anacronismo. (N. da E.)

como a das crianças. Quando as visitas indesejadas entraram, ela ergueu os olhos de seu trabalho manual com uma expressão carrancuda e murmurou um cumprimento sem sair do lugar.

– O que é que há com essas pobres crianças? – Maria sussurrou, perplexa. – Por que elas não estão brincando?

– Elas são débeis mentais – respondeu Sciamanna. Ele pareceu não compreender a pergunta de Maria.

Então a educadora se levantou morosamente da poltrona e arrastou os pés até o diretor da clínica.

– Boa tarde, Serafina. Posso lhe apresentar a senhorita Montessori? Com o dr. Montesano, ela virá visitar nossos pequenos pacientes regularmente.

Maria estendeu a mão à mulher. Esta pareceu refletir por um momento sobre se queria segurá-la ou não. Quando finalmente o fez, Maria percebeu que Serafina não era mal-educada, mas somente lenta.

– O que as crianças fazem o dia inteiro? – indagou Maria.

Serafina encolheu os ombros.

– Nada.

– Elas ficam o dia inteiro na cama?

– Quando a empregada traz o cesto de pães, elas partem para cima dela como animaizinhos – disse Serafina. – Mas já deveriam saber há muito tempo que aqui ninguém precisa passar fome.

Maria foi até uma das camas onde havia uma garotinha com os cabelos trançados de forma desleixada e que usava um babador cinza remendado. Quando Maria chegou mais perto, a pequena se virou em sua direção, mas a atravessou com o olhar. Suas mãos estavam firmemente atadas com faixas de pano.

– Esta é a Clarissa. Ela não fala, e nós a amarramos para que não morda os dedos a ponto de sangrarem – explicou Sciamanna. – Ela foi abandonada pela mãe às portas do mosteiro de Santa Maria dei Sette Dolori. Então as freiras a trouxeram aqui.

– Você consegue me ouvir, Clarissa? – Maria se curvou, aproximando-se da menina de cerca de 6 anos, mas ela não reagiu.

Naquele momento a porta se abriu outra vez, e uma empregada entrou na sala empurrando um carrinho de cozinha. Imediatamente Clarissa ergueu a cabeça e cravou os olhos no carrinho. As demais crianças também despertaram. O mais velho pulou da cama e foi saltitando até o carrinho. Ele logo fisgou um pedaço de pão dentro de um cesto e o levou até sua cama. As outras crianças fizeram o mesmo.

– Viu só? Era isso que eu queria dizer! – Como que repreendendo, Serafina fincou as mãos em seus largos quadris. – Vocês vão logo voltar para a cama? – disse ela, levantando a voz. Agora ela falava mais rapidamente.

Transparecendo sofrimento, a educadora se virou para Maria.

– Mas o pior ainda está por vir – disse. – Logo que as crianças pegam o pão, fazem uma verdadeira lambança. Eu sempre tenho de tomá-los das mãos delas. Elas os reduzem a milhares de migalhas e ficam brincando com elas na cama.

Maria observou as crianças. O garoto que tinha se levantado primeiro agora estava ajoelhado na cama e partia o pão em pedaços de tamanhos idênticos, os quais enfileirava à sua frente com extremo cuidado. Ele dava a impressão de estar muito concentrado e cuidava para que os pedaços tivessem o mesmo tamanho e formato. A imagem da filha da mendiga que brincava com o papelzinho vermelho voltou à mente de Maria.

– Tome o pão das crianças – exigiu Sciamanna. – Os lençóis vão ficar imundos. A partir de agora só será servida comida durante as refeições. Não vai mais haver pão entre uma refeição e outra.

Maria observava o garotinho ao lado de Clarissa. Ele abriu um furo dentro do pão com o dedo indicador, depois tirou o dedo e olhou por dentro do buraco. Quando enxergou Maria, ela lhe sorriu, e por um segundo um sorriso tímido também escapou no rosto do menino.

– Talvez as crianças não estejam com fome – disse Maria, cautelosamente.

– O que a senhorita quer dizer?

– Não é possível que as crianças sintam falta de atividades que as estimulem mais?

– *Signorina* Montessori – Sciamanna agora tinha o olhar indulgente de um tio bondoso. – O que falta a essas crianças é discernimento. O que sugere que elas façam? Ganhem brinquedos?

Maria, então, se encheu de coragem. Afinal, ela era uma estudante a quem não cabia instruir o chefe da clínica psiquiátrica.

– Crianças saudáveis precisam de brincadeiras para se desenvolverem bem. Elas aguçam seu intelecto brincando.

– Aonde quer chegar?

– Não é lógico que crianças com déficit intelectual precisem do dobro de recursos?

Agora Sciamanna olhou para ela com desconfiança. Evidentemente, ela não tinha ponderado o suficiente suas palavras.

– Outro dia eu li os escritos de Édouard Séguin – intrometeu-se o dr. Montesano. – Ele realizou estudos num manicômio em Paris e fundou uma das primeiras escolas para crianças com debilidade mental.

– Você está se referindo ao aluno de Jean Itard que emigrou para os Estados Unidos?

– Não sei se ele foi um de seus alunos – admitiu Montesano. – Mas seu trabalho foi sem dúvida influenciado por ele.

– Hum. – Sciamanna cruzou os braços sobre o peito. – Você estaria porventura tomando o partido da senhorita Montessori?

– Acredito que devemos levar as observações dela a sério. O senhor mesmo lutou para que as crianças já não tivessem de conviver com os adultos. Não seria inteligente dar mais um passo à frente?

– Nós deveríamos oferecer brinquedos aos débeis mentais? – Sciamanna franziu a testa.

Montesano encolheu os ombros enquanto seus olhos foram ao encontro de Maria, que não soube interpretá-los. Ela não estava acostumada com homens que apoiassem seus objetivos enquanto futura médica. Normalmente, eles a viam como uma concorrente que devia ser combatida, por mais inteligentes que fossem suas contribuições.

– Por mim... – disse enfim Sciamanna. – Eu trouxe a senhorita Montessori para esta clínica porque ela tem uma mente arguta. – Ele se virou para Maria. – Não me decepcione, *signorina*.

– Vou me esforçar para que isso não aconteça.

Em seguida, o diretor da clínica se virou para Serafina e disse:

– Tome o pão das crianças. – E a Maria: – E você providencie brinquedos para as crianças. – Em tom de voz mais baixo, acrescentou: – Qualquer coisa que ocupe esses idiotas.

– A *signorina* tem certeza de que quer pegar emprestadas essas duas obras? – O bibliotecário examinou Maria por sobre a armação metálica dos óculos assentados em seu nariz pontudo. O manguito por cima de seu paletó tinha algumas marcas de sujeira.

– Sim, com toda a certeza. – Maria tentou não revelar sua impaciência ao homem. Mas por que ele não podia simplesmente lhe entregar os livros que desejava? Acaso pensava que ela não sabia ler?

– Com licença, *signorina*, é verdade que as duas obras foram escritas por médicos, mas o tema de que tratam é a pedagogia.

– Sei muito bem disso – revidou Maria. Ela agora batia o pé, e fazia um barulho irritante com o salto do sapato. Subitamente, ouviu-se um pigarrear raivoso vindo do interior da sala de leitura. As portas de duas folhas estavam escancaradas. Maria se esforçou para manter a calma. Ela então se inclinou sobre o balcão que a separava do bibliotecário e baixou a voz.

– Eu preciso dessas duas obras, elas tratam do ensino para crianças com debilidade mental.

– Mas você ainda é uma estudante da faculdade de medicina – insistiu o bibliotecário.

Por que interessavam a esse homem os livros que ela pegava emprestados? E mesmo se fossem romances sentimentais, a obrigação dele era simplesmente entregá-los a ela, pensou Maria. Ele não deveria aconselhá-la nem lhe ensinar nada, mas procurar o título no ficheiro e ir buscá-lo no arquivo.

– O senhor poderia providenciar os livros?

O homem coçou a testa avantajada.

– Acho que sim – disse. – Mas vai demorar um pouco. Pode se sentar por enquanto.

"Finalmente", pensou Maria. Em voz alta, disse:

– Muito obrigada.

Ela foi até uma das mesinhas redondas da sala de espera, que lhe lembrava um café, e se sentou ao lado de um revisteiro. Em cima da mesa ainda havia alguns jornais do dia. Maria agarrou o primeiro da pilha e o folheou sem grande interesse. Na segunda página, encontrou um artigo sobre o metrô de Budapeste, que estava prestes a ser inaugurado. Depois de Londres, a capital húngara também ganhara um trem que podia circular debaixo da terra e levar a população com conforto de um lugar a outro da cidade. Maria se perguntava se esse tipo de transporte seria algum dia possível em Roma. Assim que se erguia uma nova casa, encontravam-se, durante as escavações, vestígios de antigos templos, construções e igrejas medievais. Cavar um túnel lhe parecia totalmente inviável. Maria continuou folheando o jornal e se deparou com uma matéria curta sobre uma sessão pública de cinema dos irmãos Lumière, em Viena. Ela suspirou. Como ela adoraria conhecer todas essas cidades vibrantes: Berlim, Budapeste, Londres, Paris. Os nomes soavam como música em seus ouvidos. Lugares auspiciosos em que o progresso não conhecia limites. Cidades onde mulheres lutavam ativamente por seus direitos e cientistas recebiam fomentos financeiros para desenvolver suas teorias. Enquanto em Londres as mulheres iam às ruas pelo sufrágio universal, que já havia sido introduzido na Nova Zelândia, na outra extremidade do planeta, em Roma um mero bibliotecário questionava a seleção de livros de uma estudante de medicina.

Nesse momento, Testoni e Balfano entraram na sala. Enquanto Marco Balfano tinha deixado a arrogância de lado nos meses anteriores, Testoni tinha se tornado ainda mais maldoso. Ele parecia não tolerar a ideia de que uma mulher podia ser a melhor aluna da turma daquele ano.

– Ah, a aluna predileta e queridinha do professor – disse em voz baixa, porém alta o suficiente para que Maria e também o bibliotecário escutassem. – Nós todos podemos imaginar por que um velho feito o Bartolotti dá notas melhores a uma moça atraente do que a seus colegas homens. – Ele deu um assobio entre os dentes, deleitando-se, e lançou um olhar insinuante a Maria.

Seu amigo o cutucou com o cotovelo.

– Deixa disso, Andrea.

– Como assim? Ultimamente, você por acaso soube de alguma história tão escandalosa quanto essa? Uma mulher que recebe três propostas de empregos como assistente ainda durante a faculdade? Que serviços especiais será que ela tem a oferecer?

– Chega, Andrea! – advertiu Balfano. – Nós dois sabemos que a Montessori é mais estudiosa do que todos nós juntos.

– Puf! – bufou Testoni, desdenhosamente, e se dirigiu ao balcão do bibliotecário, que tinha acabado de trazer do arquivo dois calhamaços cujos títulos ele agora anotava com cuidado numa das fichas com letras caprichadas.

Émile, de Rousseau, estava sobre o balcão.

– São esses os livros de que nossa colega precisa para apresentar seu trabalho final? – Testoni riu. – O romance barato de um autor francês? – Ele quis pegar o livro, mas o bibliotecário o puxou para perto de si enquanto a armação de seus óculos escorregava sobre seu nariz pontudo.

– Espere a sua vez, por favor! – rosnou, sisudamente.

Testoni virou de costas e deu um passo na direção de Maria, que tinha acabado de dobrar o jornal.

– Você julga ser muito esperta – disse, baixinho. – Mas eu revirei sua vida, Montessori. Você não passa de uma convencida que acredita que flertar com homens abre todas as portas. Mas vou fazer com que as mais importantes se fechem para você. Todo mundo nesta cidade vai descobrir o verdadeiro motivo do seu sucesso. Meu pai trabalha no governo municipal.

– Ah, é? – disse Maria. Ela se levantou e alongou os ombros para parecer maior do que de fato era. – Então você quer anunciar publicamente que eu me esforcei mais do que você e seus amigos para conseguir minhas notas? Que fiz minhas aulas práticas à noite, sozinha na sala de anatomia, e, ao contrário de você, estou ganhando experiência prática como assistente em três diferentes empregos enquanto vocês se divertem nas casas noturnas da cidade? Vá em frente, eu mal posso esperar. – Para sua grande surpresa, ela se sentia muito tranquila. Em outras ocasiões teria engolido a raiva, virado as costas e ido embora. Mas hoje ela conseguiu não se calar. O homem à sua frente era uma figura cômica e mesquinha, e isso ela teve coragem de lhe dizer. – A única coisa que sinto quando olho para você, Testoni, é compaixão.

O rosto redondo do estudante corou. Ele tomou fôlego e se preparava para dar uma resposta quando o bibliotecário pôs o dedo sobre a boca severamente.

– Aqui reina o silêncio – advertiu, chamando Maria com um aceno. – Os livros que você deseja, *signorina*. Espero que sejam aqueles de que você precisa.

– Sem dúvida. Muito obrigada. – Maria pegou os livros depressa, segurou-os com força contra o peito e passou correndo por Testoni em direção à saída. Ela pôde sentir seu olhar hostil às suas costas. Mas, pela primeira vez, desde que começara a estudar ali, o ódio dele não a atingiu. Um dia ele também teria de aceitar que as mudanças da sociedade não podiam ser interrompidas. Se não conseguisse, o progresso acabaria passando por cima dele. Maria gostou dessa ideia. Satisfeita, saiu da biblioteca. Ela mal podia esperar para estudar as obras que acabara de pegar emprestadas.

Roma, março de 1896

Maria estava atrasada mais uma vez. Em pouco menos de uma hora ela deveria estar na clínica, mas antes disso tinha de reunir alguns objetos. Colocou rapidamente um marcador dentro do livro que estava aberto em sua escrivaninha, *Traitement Moral, Hygiène et Éducation des Idiots et des Autres Enfants Arriérés*. O volume de Édouard Séguin sobre "tratamento moral, higiene e educação de idiotas e outras crianças atrasadas" fascinava Maria.

O autor defendia que a educação se dava em uma sucessão de etapas de desenvolvimento, começando pelo movimento do corpo até a promoção do intelecto. Ele desenvolveu uma série de exercícios para o treinamento das habilidades motoras e usava instrumentos de ginástica simples, como escadas e balanços, mas também ferramentas usadas no cotidiano, como pás, carrinhos de mão e martelos, a fim de estimular a percepção sensorial e as capacidades motoras das crianças. Além disso, ele produziu tábuas com buracos variados em que se podia introduzir pregos, e figuras geométricas que deveriam ser colocadas em seus respectivos encaixes. Para o tato, ele idealizou tábuas de diferentes superfícies para que as crianças apalpassem e nomeassem.

Maria, infelizmente, não teve tempo de construir um objeto, mas ela levaria materiais para que as crianças pudessem tocar. Tecidos e superfícies variadas, talvez um novelo de lã, um pedaço de lixa, uma pena, um espelho de mão liso. Ela foi até a gaveta em que guardava bugigangas, abriu-a e revirou seu conteúdo. Na verdade, eram coisas que ela deveria ter descartado havia muito tempo ou organizado em seu devido lugar: uma pena de chapéu que encontrara na infância, um botão que tinha caído de um casaco de tricô, um dedal que deveria estar na caixinha de costura, um lápis minúsculo que agora media não mais que alguns centímetros. Enquanto ela revirava a gaveta, não percebeu que a mãe estava parada no batente da porta observando o que fazia.

– O que você está procurando, Maria?

– Não sei muito bem – admitiu Maria.

– Seu fiacre já está esperando por você na frente de casa, você deveria se aprontar.

– Sim, eu sei. – Maria continuou revirando a gaveta. Ela encontrou uma bola de gude, um pente velho com um dente faltando, um alfinete de chapéu afiado e uma concha. Rapidamente, fez tudo desaparecer dentro de um saco de pano.

– Você acha mesmo que agora é hora de arrumar suas velharias? – Renilde parecia preocupada.

– Mamãe, eu preciso de uma flanela limpa, um carretel vazio, um novelo de lã pequeno e uma escova de arame.

Renilde abriu a boca, esquecendo-se de fechá-la.

– Rápido, mamãe, por favor, tenho de levar essas coisas. O que pretendo fazer com elas, explico durante o jantar.

Apesar de confusa, Renilde foi sem resistir para a cozinha e procurou os objetos desejados.

– Se você tiver um garfo velho, também vou levar, e alguns feijões grandes e lisos e lentilhas pequenas e…

– Maria – Renilde interrompeu a filha. – Não posso lhe dar todo o meu estoque de comida.

– Vou devolver, prometo!

– Um escorredor de macarrão?

– Seria o máximo!

Pouco depois, Maria estava sentada no banco do fiacre com um saco cheio de tralhas ao lado. Maria não via a hora de despejar o conteúdo no dormitório das crianças. Ela sentiu um frio na barriga, como na infância, quando aguardava, com alegria antecipada, o momento de abrir os presentes e cortar o grande bolo de marzipã. Maria tinha grandes expectativas de que seu colega Montesano estivesse novamente na clínica. Ao lado dele, o programa seria muito mais prazeroso.

Ela não se decepcionou. Giuseppe Montesano esperava por ela já na portaria. Seu charmoso sorriso a desnorteou. Um cacho escuro lhe caiu sobre a testa.

– Sou o seu comitê de recepção – disse, sorrindo ironicamente. – A senhorita está pronta para encontrar as crianças?

– Sim, estou. – Maria ergueu o saco pesado que carregava.

– A senhorita por acaso é São Nicolau? Até onde sei, ele só volta em dezembro.

– Estou mais para Befana*** – retrucou Maria, rindo.

– Eu não acho que a senhorita se pareça com uma bruxa. – Mais uma vez, o olhar intenso de Montesano enrubesceu a face de Maria como num passe de mágica. Aquele incômodo que sentia toda vez que o encontrava estava se tornando habitual. Ela resistiu ao olhar dele por um breve momento e logo perdeu-se no castanho-escuro aveludado de seus olhos.

– Venha – disse Montesano, tomando de suas mãos o saco, cujo conteúdo tilintava auspiciosamente. – Ei, estou curioso para saber o que há aí dentro.

– Deixe-se surpreender.

Desta vez, eles não foram ao escritório do diretor da clínica, mas, em vez disso, Montesano levou Maria a um vestiário, onde ela ganhou seu armário particular. Ela tirou seu casaco de inverno e vestiu o jaleco branco que estava pendurado ali à sua espera. Então, seguiu Montesano pelo pátio até o edifício anexo, passou pelas celas gradeadas e chegou ao dormitório das crianças. Ao entrar no quarto, reinava um silêncio sepulcral como da última vez. E, como da última vez, Serafina também estava sentada numa cadeira no meio do

*** Befana é uma bruxa bondosa do folclore italiano. Amada por todos, na madrugada do dia 6 de janeiro presenteia as crianças, as que se comportaram bem e as que não se comportaram tão bem assim, com meias quentinhas e cheias de doces. (N. da E.)

quarto, tricotando. O barulho das agulhas era o único ruído que se podia ouvir. As crianças estavam quietas na cama.

– *Buongiorno!* – A voz de Maria rompeu o silêncio. Ela tomou o saco de Montesano e deu passos enérgicos até a extremidade do quarto. Ali, esvaziou-o completamente. Os objetos caíram trincolejando e estalando no piso de ladrilhos.

Um novelo de lã rolou até uma das camas. Maria correu atrás dele e o resgatou.

– Crianças, vejam só o que eu trouxe para vocês – disse Maria. – Venham, me ajudem a examinar essas coisas.

Ela abriu os braços, convidativa, mas as crianças não reagiram. Apenas Clarissa, a menina com as tranças, olhou para ela.

– Venha – disse Maria, chamando-a com um aceno. – Você também. – Ela apontou para um menino que estava na cama com Clarissa.

Por não terem certeza se lhes era de fato permitido se aproximar de uma estranha, as crianças buscaram a anuência de Serafina. Mas a educadora parecia estar aborrecida. Incrédula, ela olhava fixamente para aqueles estranhos objetos misturados no chão.

Maria se aproximou do menino ao lado de Clarissa. Ele tinha cerca de 8 anos, olhos azuis-escuros enormes e o cabelo cortado rente. Maria lhe estendeu a mão.

– Como você se chama?

– Esse é o Marcello – respondeu Serafina em seu lugar.

– Marcello, venha.

O garoto ficou olhando para a mão de Maria com medo. Após algum tempo, que pareceu ser uma eternidade, ele a agarrou e saltou da cama de maneira surpreendentemente habilidosa. Ele andou junto com Maria até os objetos que ela tinha trazido e ficou parado ali com ela. Maria segurou as saias e se sentou no chão. Apanhou aleatoriamente a escova de arame e a entregou ao menino.

– Você conhece isso? – perguntou ela.

O garoto balançou a cabeça negativamente.

– É uma escova que serve para limpar sapatos e outros objetos. As cerdas são feitas de arame, e são duras e ásperas. Pode sentir. – A palma de sua mão deslizou sobre as cerdas afiadas. Depois, ela segurou a escova diante do menino. Hesitante, ele tocou suas pontas com o dedo indicador, mas recuou imediatamente. Seus olhos ficaram ainda maiores. Ele segurou a respiração e repetiu o processo. Dessa vez, ficou mais tempo com os dedos encostados nas cerdas, soltou um riso alegre e deu um pulinho.

– Viu, as cerdas são duras.

Nesse meio-tempo, Clarissa também tinha saltado da cama e se juntado a Maria. Ela se abaixou para pegar o novelo de lã e o levantou. Com ambas as mãos, tocou no material branco e o pressionou com cautela contra o rosto.

Maria se regozijou.

– Isto é lã – explicou. – É macia e felpuda. Por isso é agradável de tocar.

Marcello se virou na direção de Clarissa e lhe mostrou a escova para que ela a trocasse pelo novelo de lã. Prontamente, a menina lhe entregou a lã, e Marcello também esfregou o novelo contra o rosto.

– São apenas dois objetos – disse Maria. – Mas eu trouxe muitos outros. Vocês conseguem encontrar outras coisas macias?

Clarissa se sentou no chão perto dela. A menina mal tinha encontrado um lugar para si quando mais crianças chegaram, até que todas se juntaram perto de Maria. Somente Bernardo, um menino que sofria de paralisia espástica em todos os membros, permaneceu na cama, desamparado. Dr. Montesano o levantou e o levou para junto das outras crianças. Depois, ele o colocou no chão, de costas viradas para a parede, e usou um travesseiro como apoio lateral para evitar que caísse e para que pudesse ver o que os outros faziam.

As crianças queriam ver o que havia saído do saco. Elas apalparam objetos pontudos, frios, lisos, ásperos, duros e macios. Uma das crianças olhou pelos buracos do escorredor de macarrão e fez pressão contra o objeto usando a língua. Maria explicava pacientemente como as coisas se chamavam e para que serviam. Ela pediu para que as crianças tocassem em tudo e as encorajou a girar as colheres, lançar esferas de um lado para o outro e desenrolar a lã. Por último, pegou o novelo de lã, levou-o até Bernardo e o passou delicadamente sobre seu antebraço. O menino, que tinha o rosto desfigurado em uma careta rígida, gorgolejou de prazer. Uma sensação de felicidade atravessou Maria. Ela esperava que as crianças mostrassem interesse, mas suas reações entusiasmadas a arrebataram. Ela ficou tão encantada com o interesse das crianças que não percebeu que ela própria estava sendo observada.

De braços cruzados, Montesano se apoiava na parede e observava Maria, admirado. Serafina não compreendia o que estava acontecendo. As crianças, que antes permaneciam na cama alheias ao mundo e olhando para o teto enquanto balbuciavam baixinho, examinaram cada objeto com extrema precisão. Elas não brigavam, mas sim reagiam às palavras de Maria. Se duas crianças puxavam alguma coisa ao mesmo tempo, um olhar era suficiente para que uma delas cedesse.

– Temos o suficiente para todos – explicou Maria, de maneira calma, porém assertiva. – Eu só vou embora quando cada um de vocês tiver examinado todas essas coisas.

Os minutos tornaram-se horas, e as crianças não queriam mais parar de explorar aquelas coisas. Nem mesmo quando a porta se abriu e a empregada entrou empurrando o carrinho de cozinha as crianças reagiram.

– O professor Sciamanna disse que as crianças só vão ganhar pão durante as refeições – explicou Serafina, acenando para que a empregada saísse. Mas Maria a deteve.

– Não, por favor. Deixe o cesto ali – pediu. – Eu explicarei ao doutor.

– Mas ele falou... – contestou Serafina.

– A senhora ouviu o que a *dottoressa* disse – Montesano se intrometeu na conversa, tomou o cesto da empregada e o levou até Maria.

– Obrigada – disse. Depois, pôs o cesto ao seu lado no chão, pegou o saco vazio e o abriu. – Agora vamos colocar todos os objetos dentro do saco – pediu às crianças. Ela mesma pegou um garfo e o fez desaparecer dentro do saco. Clarissa pressionou o novelo de lã contra o rosto e comprimiu os lábios com força.

– Amanhã brincaremos de novo com isso – prometeu Maria. – Agora nós todos merecemos um pedaço de pão.

Marcello pegou o escorredor de macarrão e o jogou no saco. Pouco a pouco, as crianças cataram todos os objetos e os devolveram a Maria. Por fim, Clarissa deixou cair a lã dentro do saco.

– Obrigada, Clarissa.

Maria pôs o saco de lado e pegou o cesto. Depois, andou de criança em criança, e cada uma delas apanhou um pedaço de pão muito civilizadamente.

– Isso é duro – disse Marcello, antes de mordê-lo com força.

Maria riu. O menino tinha aprendido a lição.

– Você tem razão, Marcello. O pão é duro. Mas deveria ser macio. Vou falar com o professor Sciamanna. Amanhã vocês vão ganhar pão quentinho.

Dr. Montesano não deixou escapar a chance de acompanhar Maria no caminho de volta para o vestiário e, depois, até a saída da clínica.

– Gostaria de levar a senhorita até a sua casa – disse. – Mas meu serviço termina somente daqui a três horas.

– Não faz mal – respondeu Maria. – Estou acostumada a atravessar a cidade de fiacre.

– Não tenho dúvidas a respeito disso. Mas eu adoraria conversar com a senhorita sobre a tarde de hoje e sobre como foi fantástica a reação das crianças à sua proposta inusitada.

– Eu só fiz o que Séguin descreve em seus livros. Ele defende que primeiro os sentidos devem ser aguçados, e, depois disso, é possível dar outros passos no aprendizado.

– A senhorita acredita que crianças com debilidade mental têm capacidade de aprender?

– Estou plenamente convencida disso. – Como o dr. Montesano poderia duvidar disso depois daquela tarde?

Ele coçou o queixo, pensativo.

– Pegar e nomear objetos é uma coisa, aprender a ler e escrever é outra, bem diferente.

– O senhor tem razão – disse Maria. – Mas acabamos de dar o primeiro passo. Outros virão, o senhor verá.

Montesano sorriu, e Maria teve a sensação de que aquele sorriso acertou seu coração em cheio. Em todo caso, ele batia perturbadoramente rápido.

– Eu adoraria que me surpreendesse, *signorina* Montessori. – Com ambas as mãos, Montesano tomou a mão direita de Maria. Os dedos dele lhe pareceram a um só tempo firmes e maleáveis. Gentilmente, levou a mão dela à boca e lhe deu um beijo de leve no dorso.

– Posso convidar a senhorita para fazer um passeio seguido de uma ida a um café nos próximos dias? – perguntou.

– Seria um prazer, mas no momento estou escrevendo meu trabalho final. Em poucas semanas tenho de apresentá-lo diante do corpo de médicos reunido.

– Estou certo de que a senhorita realizará essa façanha com brilhantismo. – A confiança de Montesano soava verdadeira.

– É o que eu também espero – disse Maria. – Sou a única mulher da faculdade. Todos os olhos se voltarão para mim, e posso lhe garantir que me farão perguntas que jamais se exigiriam de um homem. Muitos homens estão esperando para assistir ao meu fracasso.

Montesano se absteve de fazer comentários sobre suas angústias. Em vez disso, perguntou:

– Isso significa que a senhorita está me dispensando?

– Não – retrucou Maria, ligeiramente. – Só significa que o senhor precisa ter paciência. Assim que eu me formar, irei a todos os cafés da cidade com o senhor.

– Considerarei isso uma promessa e vou lhe lembrar dela no dia do seu exame.

– Mal posso esperar – disse Maria.

Roma, início de abril de 1896

– Você está mudada, Maria – disse Anna. – Seus olhos estão brilhando, literalmente.

As duas amigas estavam novamente no Caffè Greco. Fazia uma temperatura amena durante o dia, mas, logo que o Sol desapareceu por trás da Basílica de São Pedro, era impossível se sentar ao ar livre sem um cobertor para aquecer o corpo. Assim, as duas tinham mudado, uma hora antes, para uma das mesas no interior do café. Anna examinava Maria minuciosamente e não percebeu que o *semifreddo* na cumbuca à sua frente já havia derretido. Maria se ateve à sobremesa da estação, um pedaço de colomba, tradicional bolo de páscoa em forma de pomba.

– Deixe-me adivinhar. – Anna deu uma mordida em seu lábio inferior, que estava pintado de vermelho. – Você terminou de escrever seu trabalho de conclusão?

– É verdade, estou quase terminando. – Nas últimas semanas, Maria tinha se dedicado intensamente a ele.

– Mas não é isso – retrucou Anna, e continuou refletindo. – Você ensinou as crianças da clínica a contar até dez, e todas sabem ler e escrever?

Maria balançou a cabeça negativamente, aos risos.

– Elas se divertem com as coisas que ensino, e algumas sabem formar conjuntos. Por exemplo, agrupam objetos duros e descartam os macios, ou o inverso – disse.

Anna não parecia impressionada com esse feito.

– Mas tenho certeza de que alguns deles, um dia, serão capazes de ler um livro – acrescentou Maria.

– Não, também não é isso. – Insatisfeita, Anna balançou a cabeça. – Deve haver outro motivo para você estar radiante e com o visual diferente. Você comprou novas presilhas de cabelo e agora prende os cachos num coque elegante que, por sinal, cai extraordinariamente bem em você.

– Seu *semifreddo* está derretendo. – Maria apontou para a cumbuca onde uma folha de hortelã nadava num líquido branco.

Enojada, Anna a colocou de lado.

– Enfim, foi um erro – disse. – Ainda não está calor o suficiente para tomar sorvete. Vou pedir um chocolate quente.

– Uma boa escolha – opinou Maria.

O rosto de Anna se iluminou de repente.

– Eu sei! – exclamou ela, batendo na testa com a palma da mão. – Como pude ser tão estúpida?

– O que você sabe? – Maria cortou um pedaço do bolo fermentado, macio feito uma pluma, com o garfo.

– Você está apaixonada.

Em um instante, a face de Maria ruborizou.

– Psiu – disse, olhando discretamente ao redor. – Não fale tão alto.

– Arrá! – Anna vibrou. – Estou certa. É um rapaz que está fazendo seus olhos reluzirem. Deve ser por isso que você está usando um vestido novo. Aliás, ele é deslumbrante. Você não pode deixar de me contar onde o comprou. Mas, antes, quero saber tudo sobre seu admirador.

– Não tenho nada para contar – sussurrou Maria, em voz baixa.

Ela ainda olhava constrangida ao redor e só voltou a relaxar ao notar que ninguém havia ouvido as palavras altissonantes da amiga.

Anna, por sua vez, esfregava suas mãos afiladas, regozijando-se.

– Finalmente aconteceu com você. Eu pensei que você jamais se interessaria por um homem e que nutriria uma eterna paixão por seus livros. – Ela se reclinou sobre a mesa, confidencialmente. Foi então que Maria notou que Anna não tinha pintado apenas os lábios, mas também as pálpebras. Elas tinham o mesmo tom turquesa de seu vestido, bordado na barra e nas mangas, ao estilo da moda francesa, com pequenas plumas e pérolas.

– Eu não estou apaixonada – corrigiu Maria.

– Mas você está interessada em um homem.

– Também não.

– Ora, Maria, eu sempre me abri com você. Na época em que Federico Conti me cortejava, mas eu me derretia pelo irmão dele, Lorenzo, até que ele partiu para Paris para evitar se encontrar comigo.

Maria tinha de admitir que Anna sempre estivera disposta a compartilhar suas aventuras amorosas com ela, embora, retrospectivamente, ela visse algumas coisas por outro ângulo. Na verdade, tinha sido Anna quem havia fugido de Lorenzo, o que Maria se absteve de comentar. Até então ela não guardara nenhum segredo da amiga, mas também não havia nada que quisesse ocultar.

Quanto ao dr. Giuseppe Montesano, ele era apenas um colega bonito com quem gostava de passar o tempo. Ela sempre ficava ansiosa para trabalhar com ele por algumas horas na clínica, pois ambos perseguiam o mesmo objetivo. Montesano, assim como ela, também acreditava com veemência que, com o apoio necessário, as crianças acolhidas na clínica podiam apresentar capacidades cog nitivas nitidamente superiores às que até então se esperavam delas.

– Vamos, desembuche – exigiu Anna. – Como ele se chama, qual é sua profissão, de que família vem, quantos anos tem, é bonito...?

Maria interrompeu a enxurrada verbal da amiga.

– Pare!

– Eu preciso saber se o rapaz é digno de ocupar seus pensamentos.

– Eu mesma ainda não sei – admitiu Maria.

– Mas o rapaz deve ter um nome.

Maria observava seu bolo, constrangida. Ela nunca havia demorado tanto para comer um único pedaço.

– Dr. Giuseppe Montesano – disse, em voz baixa.

Com a palma da mão, Anna bateu com tanta força na mesinha de mármore que a cumbuca com o *semifreddo* derretido tiniu.

– Você o conhece? – Maria teve curiosidade de saber.

– Mas é claro! – Anna exclamou, entusiasmada. – Ele é o médico bonito que abriu a porta para nós no concerto de música de câmara. – Ela estalou a língua, expressando aprovação. – O rapaz é mesmo um pitéu.

Maria ficou sem ar, indignada.

– Anna, você está falando de um homem!

A amiga fez um gesto descontraído com a mão.

– Eu sei. E nesse caso trata-se de um exemplar dotado de uma beleza muito acima da média. Não é trivial. Tantos homens por aí feios ou tão cheios de si que parecem se banhar todos os dias em seu próprio orgulho. Montesano é bonito de se olhar e não passa às mulheres a impressão de querer ser adorado o tempo todo.

Maria não conseguiu conter o riso nesse momento. A descrição do doutor que fazia seu coração acelerar estava mais do que correta.

– Você fez uma boa escolha – continuou Anna. – Ele já fez elogios a você?

– Não, mas ele quer me levar para dar um passeio assim que eu me formar.

– A ideia foi sua ou dele?

– Eu disse que antes do exame final não terei tempo, pois tenho de estudar dia e noite. Encontros como o nosso de hoje são exceções no momento. Na verdade, agora eu também deveria estar me preparando para a defesa da minha tese em vez de estar num café comendo um bolo de páscoa.

Anna revirou os olhos. Se ela se sentia lisonjeada por Maria passar seu precioso tempo com ela, ao menos não demonstrava.

– Você deveria finalmente começar a se divertir um pouco na vida.

– Mas eu me divirto – garantiu, contando a Anna sobre suas horas na clínica psiquiátrica. Ainda na semana anterior fizera uma pequena excursão a um parque adjacente com as crianças e deixara que sentissem o gramado sob os pés e a terra entre os dedos.

– Sim, sim, sim – Anna a interrompeu. – Já ouvi essa história. O que eu quero saber é se o dr. Montesano também estava na excursão e se ele colheu e lhe ofereceu algumas flores da estação.

Agora Maria parecia estar no limite.

– Sim, ele também estava, mas não colheu nem me ofereceu nenhuma flor... – Ela sorriu ao se recordar daquele dia ensolarado de primavera.

– E o que ele fez em vez disso?

– Ele pegou algumas ervas, amarrou num pequeno ramalhete e me entregou.

– Ervas?

– Nós mostramos às crianças o cheiro e o sabor da azeda, do tomilho selvagem e da segurelha.

– Oh, que romântico – suspirou Anna. Em seguida, ela chamou o garçom com um aceno e pediu uma xícara de chocolate quente.

– Mas foi seu único gesto, eu juro! – Maria ergueu a mão solenemente. – No fundo, não sei nada sobre ele. Ele poderia ser casado e eu não suspeitaria.

– Ele é solteiro – afirmou Anna, categoricamente.

– Como você sabe disso?

Anna inclinou a cabeça, achando graça da situação.

– Você esquece que eu estudei Belas-Artes e não Medicina como você. Eu me interesso principalmente pelos acontecimentos culturais e sociais da cidade. Se existe algo de que estou informada, este algo são as famílias abastadas de Roma.

– Então o Montesano vem de uma família abastada? – Maria fez a pergunta porque tinha curiosidade de saber mais sobre o colega, não porque era importante para ela que Montesano possuísse uma fortuna digna de menção.

– Então, deixe-me pensar. – Anna cruzou as mãos e apoiou o queixo nelas. – Até onde eu sei, Giuseppe Montesano vem do sul, de Potenza. O pai é jurista, um dos irmãos é matemático, e os outros três são advogados ou também médicos, eu acho. A mãe é, como todas as outras mulheres da idade dela, mãe e dona de casa.

Maria a ouvia com atenção.

– Eu suponho que Giuseppe tenha entrado em contato com os ideais do Risorgimento no seio familiar – continuou Anna. – Se ele herdou os valores dos pais, acredita no futuro da Itália moderna e espera que a arte e a ciência possam um dia contribuir para que a nação não se torne a lanterna do continente. Como nós duas sabemos, ainda há um longo caminho a percorrer rumo ao progresso social e econômico do país.

– Da maneira como fala, dá a impressão de que você não crê nem em nosso país nem em seus ideais – disse Maria, descontente.

– Eu creio no progresso da Europa – revidou Anna. – Mas, por ser filha de uma romana e de um inglês e ter vivido dois anos em Paris, posso expressar minhas dúvidas quanto à capacidade deste país remendado de maneira tão aleatória de poder desempenhar um papel importante na cena política internacional. Como no sul há regiões em que aldeias inteiras são analfabetas, e a justiça é feita com as próprias mãos em vez de ser pelo estado, anos se passarão até que a Itália possa se igualar a países como a Inglaterra ou a França.

– Não vamos falar de política – pediu Maria. Ela gostava de Anna e a tinha em grande estima, mas as duas defendiam opiniões muito diferentes sobre alguns assuntos.

– Não era o que eu queria fazer mesmo – disse Anna, alegremente. – Eu só queria dizer que Giuseppe Montesano está em consonância com você não só profissionalmente, mas também no que diz respeito às suas convicções políticas e à sua origem familiar. Não há homem mais perfeito por quem você poderia se apaixonar. Abocanhe-o!

– Ora, Anna! – Maria fez que não, impaciente. – Eu estou longe de me apaixonar. Não tenho nem tempo para isso. Um homem é a última coisa de que eu preciso no momento.

– E mais uma vez nossa conversa termina na sua ambição doentia. Mas até nesse ponto eu acho que o seu colega Montesano está à sua altura. Pelo que ouvi dizer, ele deseja ascender na carreira. Ele se matriculou na universidade com apenas 17 anos e se formou no menor tempo possível, um aluno exemplar.

– Sei – observou Maria, na esperança de que Anna não notasse seu entusiasmo.

– O único perigo que vejo é o risco de ele se sentir ameaçado por você.

– O quê? Como? Do que você está falando? – O raciocínio de Anna estava dando saltos complexos hoje.

– Homens ambiciosos raramente toleram a ideia de que as mulheres que desejam possam ser mais bem-sucedidas do que eles próprios. A partir do momento em que seu nome ficar mais popular que o dele, haverá problemas.

Maria riu.

– Ah, Anna, mas tudo isso está num futuro distante. Agora eu preciso primeiro me formar na universidade e depois vou cuidar das crianças na clínica. Talvez eu possa ensinar algumas delas a ler e escrever. Pois de uma coisa estou convencida: a estupidez é nada mais que um produto dessas instituições.

Anna descruzou as mãos e apontou o indicador na direção de Maria.

– Que palavras incendiárias e perigosas! O dr. Montesano também pensa assim?

– Acho que o estou convencendo disso.

– Então tome cuidado para que suas ideias não acabem carregando o nome de outra pessoa, isto é, o do doutor.

– Nós trabalhamos e fazemos pesquisas juntos.

Anna se calou. Um pouco depois, continuou.

– O que você acha de lembrarmos Rina Faccio de entrar em contato com o amigo dela da *Gazzetta*? No concerto de música de câmara ela tinha prometido pedir a ele que escrevesse um artigo sobre o seu discurso de formatura. Uma matéria em um dos jornais de maior tiragem do país seria uma beleza.

– Como é? – Um pedaço da colomba ficou preso na garganta de Maria, embora o bolo fosse leve e úmido. Ela teve de tossir. – Para que isso?

– Um pouco mais de publicidade não pode fazer mal nenhum. Rina também havia prometido publicar uma entrevista com você na revista feminista dela. Se você tem uma mensagem e quer divulgá-la no mundo, convém que as pessoas já conheçam seu nome.

– Mas eu não tenho nenhuma mensagem – revidou Maria.

Anna balançou a cabeça, achando graça.

– Talvez ainda não – disse. – Mas, assim que você tiver mais tempo para suas pesquisas, você terá uma mensagem. Eu conheço você, Maria. Você vai transformar a vida dessas pobres crianças.

Maria suspirou profundamente.

– Anna, você é a melhor amiga que alguém poderia sonhar. Mas às vezes tenho medo de que a luz que você enxerga em mim não seja tão irradiante. Espero não frustrar suas expectativas.

– Ah, isso não vai acontecer. – Anna se virou para procurar o garçom. – Acho que o bom homem esqueceu de trazer meu chocolate quente. Você também quer um?

– Sim, por favor. Se você aceitar metade da minha colomba.

– É para já – disse Anna, cortando com o garfo de Maria um pedaço grande do bolo.

Manicômio de Ostia, proximidades de Roma, maio de 1896

Luigi estava exausto, deitado na cama cercada por grades. Era uma prisão dentro da prisão. Ao seu lado, um homem gritava. Ele andava em círculos e arrancava os cabelos em tufos. Havia marcas de seu sangue viscoso em todos os cantos do quarto. Luigi mal as percebia. Ele tinha se anestesiado e não sentia mais nada.

No dia anterior, os médicos o tinham arrastado até a sala de torturas e o amarrado na cadeira.

– É para ver se a teimosia sai da sua cabeça – tinham dito. Por medo do que o doutor faria consigo, Luigi havia cuspido nele. Os golpes tinham sido estarrecedores e provocado as piores dores de sua vida. Para evitar que ele gritasse, um dos vigias enfiara em sua boca uma lasca de madeira que tinha mordido com tanta força a ponto de quebrar seu dente incisivo direito, que se fora para sempre. Antigamente, eram justamente seus lindos dentes brancos que as pessoas elogiavam. Onde estavam essas pessoas agora? Ele as tinha inventado só porque desejava muito ir embora daquele lugar?

Luigi não conseguia se lembrar. Mesmo as imagens que até recentemente emergiam logo que os sinos da basílica ressoavam cessaram. Elas estavam mortas da mesma forma como ele se sentia. O homem ao seu lado voltou a gritar. Agora ele correu contra a parede, batendo a cabeça. Fez um estrondo. No mesmo instante, a porta da cela se abriu com violência. Dois vigias irromperam no quarto e agarraram o homem pelos braços.

– Pare com isso! – gritou um deles, batendo atrás da cabeça do pobre coitado. O outro se virou para o corredor e berrou: – Traga uma camisa! Um dos loucos voltou a se rebelar.

Luigi sabia o que era a "camisa". Ele já a tinha vestido muitas vezes. Sempre que tentava se defender das agressões. Mas a camisa era inofensiva se comparada à cadeira de torturas. Só de imaginar, Luigi se tremia todo. Ele não queria nunca mais ser amarrado ali. Mas o que podia fazer para evitar? Comer aquela papa insípida, mesmo que lhe causasse espasmos no estômago e preferisse regurgitar aquela lama gosmenta? Despir-se com boa vontade quando fosse "dia do banho" e, sem lamuriar, deixar que o lavassem com água gelada? Ficar na cama, quieto, por horas a fio, mesmo quando uma aranha gorda passeasse pelo teto? Não se virar para a janela mesmo quando as vozes e os ruídos vindos de fora penetravam no quarto e lhe sugeriam a vida? Luigi queria fazer de tudo, realmente de tudo, para nunca mais ter de entrar na sala de torturas.

O homem tinha parado de se rebelar nesse meio-tempo e agora se lamuriava baixinho. Os vigias o tinham amarrado feito um embrulho. Ele parecia não mais uma pessoa, mas um objeto inanimado. O sangue que pingava de seu nariz tingia de vermelho-escuro sua camisa cinza. Luigi também se enroscou, abraçou os próprios joelhos e fechou os olhos.

Algo zuniu ao seu lado. Ele abriu o olho direito indolentemente. Lá estava ele outra vez, o escaravelho que tinha visto alguns dias antes. Ele andou lentamente pela parede, abriu as asas e voou para o teto. Luigi observou o besouro. Uma melodia doce e suave soou em sua mente, ela tinha a ver com sua vida antes da prisão. Quanto tempo levaria até que essa impressão de um passado mais feliz desaparecesse? Quanto, até que ele não pudesse mais falar e também não entendesse mais os apelos dos vigias? Luigi sentia que restava apenas um pequeníssimo passo para a escuridão infinita em que nada havia, nenhuma alegria, mas também nenhuma fome e, sobretudo, nenhuma dor.

Roma, início de julho de 1896

– Alessandro, se apronte logo. O coche chega em meia hora! – Renilde foi pela terceira vez até o espelho de moldura dourada e conferiu seu penteado. Cada fio de cabelo estava em seu perfeito lugar, nada havia mudado nos últimos dez minutos.

Alessandro Montessori ainda estava de robe, sentado à mesa de jantar. Maria não supunha que ele fosse trocar de roupa para participar da defesa pública de seu trabalho final. Não era segredo para ninguém que o pai não concordava com sua escolha profissional. Por que deveria ser diferente logo no dia de seu último exame?

Renilde tirou o broche de seu vestido, poliu o esmalte na superfície com um lenço de lã e voltou a prender o adereço exatamente no mesmo lugar. Depois, ela foi ao quarto de Maria.

– Você está pronta? – perguntou, esbaforida, como se tivesse acabado de correr uma maratona. Seu nervosismo fazia com que sua voz, antes tão segura, soasse trêmula.

– Estou bem preparada para a minha apresentação – disse Maria, tranquilizando a mãe. Ela tinha a impressão de que, quanto mais nervosa a mãe ficava, mais ela se acalmava.

– Tudo depende da sua apresentação – Renilde lembrou a filha. – Seus anos de estudo podem ir por água abaixo de uma hora para a outra se você se esquecer das palavras certas. Eu não quero nem pensar nisso, seria horrível.

– Por que isso aconteceria? – retrucou Maria, ainda que tivesse pensado a mesma coisa. Nos últimos dias, todos os possíveis cenários de horror tinham passado por sua mente, mas a cada vez ela tinha se acalmado com a ideia de que não seria nenhum fim do mundo caso seu desempenho não fosse brilhante. É verdade que seria desagradável, talvez vergonhoso, mas ela não morreria por causa disso. No pior dos casos, teria de refazer seu discurso. Um mês atrás, ela tinha passado no exame específico como a melhor aluna da turma naquele ano, por que algo daria errado hoje?

Maria sabia que tinha estudado minuciosa e disciplinadamente e, nas últimas semanas, se preparado da melhor maneira. Com certeza, estava nervosa, mas ao mesmo tempo estava ávida por finalmente poder mostrar aos mais ilustres acadêmicos do que era capaz. Ela pretendia tirar o máximo proveito do momento de sua apresentação oral. Ela estaria no centro das atenções e provaria ao mundo que uma mulher podia ser uma médica tão boa quanto qualquer homem. Havia se preparado para esse momento durante anos.

– Leve sua corrente de ouro com aquele crucifixo bonito – sugeriu Renilde. – Todos os presentes na sala devem ver que você é uma boa cristã e que é grata ao Senhor por ter uma mente genial.

Na verdade, Maria preferiria dispensar qualquer joia, mas talvez a mãe tivesse razão daquela vez. O crucifixo seria uma pedra no sapato dos militantes que se opunham aos defensores dos direitos femininos. Ela não se apresentaria como uma mulher-macho combatente, mas como uma moça inteligente e charmosa que obedecia às normas sociais e ainda assim reivindicava direitos iguais para homens e mulheres. Ela usaria suas próprias armas para atingir todos os sabichões.

– Você quer ensaiar mais uma vez a sua introdução? – perguntou Renilde.

Sobre a penteadeira havia notas à mão que Maria tinha escrito para a apresentação de seu trabalho sobre os delírios persecutórios, que se intitulava *Contributo Clinico allo Studio delle Allucinazioni a Contenuto Antagonistico*. Ela tinha seguido todas as diretrizes ao redigi-lo, tinha escolhido um tema que era afim com seu curso e, ao mesmo tempo, controverso. E, já que agora ela trabalhava na clínica psiquiátrica e continuaria trabalhando no futuro, não havia ninguém capaz de questionar sua competência profissional quanto a esse tema. Na semana anterior, Maria havia recebido uma proposta para que prolongasse seu trabalho na clínica.

– Não, mamãe. Eu sei o texto de cor e poderia declamá-lo se você me acordasse no meio da madrugada.

Renilde respirou fundo. Pela primeira vez, pelo que Maria podia se lembrar, não era a mãe que acalmava a filha, mas o contrário. Renilde estava tão nervosa que era como se ela própria tivesse de fazer uma apresentação. Agitada, ela entrou no quarto, dirigiu-se a Maria e a abraçou com força. Maria podia sentir o coração de sua mãe acelerado e o cheiro da água de rosas que ela usava para perfumar os cabelos.

– Não vou envergonhar você – prometeu Maria.

– Eu sei. – A voz de sua mãe de repente ficou trêmula. Maria percebeu as lágrimas nos olhos de Renilde. – Eu tenho tanto orgulho de você, Maria. – Ela fez silêncio. – Eu queria que seu pai também pudesse lhe mostrar o quão orgulhoso...

Renilde parou por aí.

– O que você está falando aí de mim? – Alessandro estava parado no batente da porta. Ele tinha trocado o robe pelo melhor terno de seu guarda-roupa, o mesmo que usara em suas bodas de prata. Debaixo do braço ele tinha metido uma cartola. – Só vou colocá-la quando sairmos de casa – disse, desculpando-se. – Essa coisa é terrivelmente desconfortável.

Maria não se atreveu a fazer a pergunta que a mãe pronunciou por ela. A decepção seria grande demais caso o pai agora lhe explicasse que tinha de ir a um compromisso de negócios.

– Você vem? – Renilde fungou. Ela tirou um lenço do bolso da saia e deu batidinhas de leve nos olhos para secá-los.

– É evidente que estarei lá quando Maria fizer seu discurso de formatura – disse Alessandro. – Hoje será entregue à minha única filha o diploma que fará dela uma das primeiras médicas da Itália. Como eu poderia perder esse triunfo?

Seu olhar se tornou mais amoroso, e ele deixou um sorriso escapar em seus olhos escuros. Maria sentiu que uma onda de gratidão a encobria e, simultaneamente, ameaçava arrastá-la. Ela não queria chorar, seus olhos não podiam parecer avermelhados, e, ao mesmo tempo, ela sentia a garganta apertar. Seu pai tinha orgulho dela. Quando tinha sido a última vez que ele lhe dissera aquilo, daquela maneira?

– Obrigada, papai – sussurrou. Mal havia proferido aquelas palavras, Maria também precisou de um lenço. Sua mãe lhe estendeu o dela. As bordas do tecido branco eram de renda fina, que Flávia havia engomado e passado após a lavagem.

Então a empregada apareceu no corredor. Seus passos se arrastavam no piso de parquê.

– O coche chegou – disse.

– Então é melhor irmos andando antes que o condutor perca a paciência e vá embora. Seria muito descabido chegarmos atrasados hoje. – Alessandro estendeu o braço para Maria. – Posso, *signorina dottoressa*?

Maria vibrou ainda mais de felicidade. Ela pensava estar andando sobre as nuvens, tão leve era cada um de seus passos. Com total confiança, agarrou o braço do pai. Juntos, os três membros da família deixaram a casa. Tanto Maria quanto seus pais pareciam saber que depois daquela tarde nada mais seria como antes. Maria não seria mais uma estudante, mas sim uma médica formada.

Nunca antes Maria havia encontrado tantas pessoas no espaço da universidade. O evento lembrava uma pequena festa popular. Estudantes, professores, mas também numerosos ouvintes que haviam lido no jornal sobre a apresentação de uma médica estavam presentes. Todos queriam ouvir a fala da jovem e charmosa *dottoressa*. Maria também pensou ter reconhecido entre eles alguns repórteres, homens de terno segurando bloquinhos de anotação que se viraram para ela com curiosidade. Com os pais, Maria atravessou o longo corredor até o salão nobre. Quantas vezes ela o tinha percorrido sozinha nos últimos anos? Naquele dia, ela teve de abrir caminho pela multidão. Custava a crer que todas aquelas pessoas estavam reunidas ali por sua causa. Elas estavam interessadas no que ela tinha a dizer ou apenas esperavam, com perverso antegozo, que fracassasse?

De soslaio, Maria avistou Testoni. Ele a observava com o olhar hostil, e sua voz cheia de ódio chegou a seus ouvidos:

– Hoje a estudante exemplar finalmente vai se expor a tamanho ridículo que amanhã a Itália inteira irá zombar dela. Uma apresentação acadêmica de vestido. E ainda por cima um vestido feio. Que vergonha.

Desconcertada, Maria olhou para baixo. Seu vestido era feio? Era simples e escuro, sem babados nem outros floreios, mas era de uma elegância atemporal, e seu espartilho estava tão apertado que sua cintura parecia ainda mais fina do que realmente era.

Maria não conseguiu ouvir o que o estudante ao lado de Testoni respondeu, mas soou igualmente maldoso. Ele também a achava feia? Por que uma aparência bonita era tão importante para ela? Isso não era secundário? Tudo o que deveria contar naquele momento era sua apresentação. A maneira como ela defenderia a tese que pôs de pé em seu trabalho. No entanto, ela se sentia atingida por aquelas palavras maldosas. Maria olhou para os dois colegas. Testoni parecia estar abatido. Ele tinha feito sua apresentação de formatura pela manhã. Pode ser que não tenha se saído tão bem quanto desejava. De repente, Maria percebeu que não era só a atenção de Testoni que estava voltada para si, mas a de todos os outros espectadores. Eles cochichavam, cobrindo a boca com a mão. Maria pescava algumas palavras soltas no ar. Por que de repente ela escutava apenas vozes negativas?

– Mais uma daquelas mulheres que acreditam ser mais inteligentes que os homens.

– Uma mulher-macho. Eu, com certeza, não vou permitir que uma médica cuide de mim. Prefiro bater as botas do que deixar que uma dessas me toque.

– As mulheres simplesmente não foram feitas para a medicina.

– Ela deveria procurar um marido e ter filhos.

Maria tentou ignorar os comentários, mas não conseguiu. Ao contrário, tinha a impressão de ouvir cada palavra maldosa duas vezes mais alto. Tinha a sensação de que todas as pessoas que aguardavam ali lhe eram hostis. Seu coração batia mais forte, e suas mãos suavam. Sua mãe também estava mais nervosa. Maria podia ver que ela tremia ao seu lado. Onde estava a felicidade que ela tinha sentido ao sair de casa? Ela só podia tê-la perdido pelo caminho ao subir as escadas da universidade. O pai de Maria tinha uma expressão inabalável estampada no rosto. Era impossível decifrar o que havia por trás de seu semblante. Ele tinha ouvido todos os comentários hostis sobre a filha? Será que já tinha se arrependido de seu passo e preferia ter ficado em casa?

Com seus mais firmes passos, Maria se aproximou da aglomeração que se formara em frente ao salão nobre. Por um instante, sentiu vontade de dar meia-volta e sair correndo dali. Fazia sentido lutar quando todos estavam contra ela? Quando seu medo se tornou extremo e suas dúvidas ameaçavam dominá-la, uma moça esbelta e atraente se destacou da multidão.

– Anna, que bom que você veio! – exclamou Maria, alvoroçada. A simples visão da amiga surtiu um efeito surpreendentemente tranquilizador. Seu sorriso confiante bastou para que Maria se sentisse melhor. Anna era uma pessoa frágil e delicada, mas naquele momento, para Maria, era como uma rocha contra a qual todos os comentários negativos batiam e voltavam, como ondas na arrebentação.

Anna a abraçou calorosamente.

– Você está deslumbrante – sussurrou em seu ouvido. – Se a sua fala for duas vezes pior que a sua aparência, todos ficarão encantados.

Eram exatamente essas palavras que Maria esperava ouvir. Eram como um bálsamo para a sua alma.

– Minha fala vai ser melhor que a minha aparência – assegurou, falando em voz baixa para que apenas Anna a ouvisse.

– Então nada pode dar errado. Mostre aos professores presunçosos do que uma moça bonita e inteligente é capaz.

Anna deu um passo para trás e olhou para a amiga com tanta confiança que o nervosismo de Maria se reduziu a um nível tolerável.

– Vou me sentar na primeira fileira – prometeu Anna. – Se você quiser olhar para um rosto simpático, estarei lá. – Ela apontou com os dois polegares para o próprio peito.

– Obrigada, Anna. – Maria apertou as mãos da amiga, que, ao contrário das suas, estavam mornas.

Nesse instante, a porta do salão nobre se abriu. Algumas fileiras já tinham sido ocupadas por ouvintes dos exames anteriores que haviam permanecido em seus assentos. Se Anna realmente quisesse pegar um lugar bem na frente, teria de se apressar.

Sobre um pequeno palco havia um púlpito. Ao seu lado, achava-se uma mesa, e, atrás dela, Bartolotti, sentado. Logo os outros professores também ocupariam seus lugares ali. Bartolotti trajava uma capa orlada de pele e um chapéu que parecia ser medieval, e alguns dos estudantes nos bancos de ouvintes haviam chegado de casaca. A solenidade dos trajes revelava que aqueles homens já tinham defendido seus trabalhos naquele dia.

Um funcionário da universidade chamou Maria com um aceno. Ele também tinha se pavoneado para a confraternização do dia, o colarinho de sua camisa estava limpo e o cabelo devidamente penteado.

– *Signorina*, por favor, venha comigo. Já a estão esperando.

Maria se virou para os pais uma última vez. O olhar receoso da mãe fez seu coração disparar novamente, mas agora não se deixou contagiar pelo nervosismo. Ela se guiou pela confiança de Anna.

– Em poucas horas serei uma das primeiras médicas da Itália – Maria disse com tanta determinação que parecia que seu discurso já havia ficado para trás. Esse era o momento que havia esperado por anos e daria conta do recado. Um par de olhos azuis na primeira fileira lhe sorriu, certo da vitória.

Um clarão intenso e sibilante disparou do instrumento que o fotógrafo segurava na mão direita. Sua cabeça estava escondida debaixo de um pano escuro. Uma fumaça subiu, e o cheiro de enxofre queimado pairou no ar.

– *Signorina* Montessori, uma palavrinha, por favor! – Um repórter se aproximou de Maria. Ela tinha acabado de deixar o púlpito, e os aplausos esfuziantes pouco a pouco minguaram.

Pouco antes do início de sua apresentação oral, o salão nobre estava ocupado até o último assento. Mulheres elegantes e homens de ternos sofisticados se acotovelavam nos bancos estreitos. Alguns ouvintes tiveram de ficar de pé, outros se contentaram com o corredor. Durante a apresentação, as portas tinham sido deixadas abertas para que os ouvintes do lado de fora também pudessem aproveitar o momento. Felizmente, a voz de Maria era clara e altissonante, de modo que até eles puderam ouvir cada uma de suas palavras.

– A senhorita pode me dar uma entrevista? – pediu o repórter. – De onde você tirou a ideia de se tornar médica? – O homem tinha à mão um bloco de anotações e um lápis afiado. Ele parecia afobado.

– Só mais uma pose, por favor! – O fotógrafo desapareceu outra vez debaixo de sua tenda de pano.

Maria não sabia o que deveria fazer primeiro: posar para as fotografias ou responder às perguntas do repórter. Dois outros jornalistas, também munidos de blocos e lápis, tinham acabado de chegar. A imprensa tinha enorme interesse na jovem médica. Finalmente, a Itália também possuía uma *dottoressa*. Pelo visto, Maria tinha se tornado, graças a seu diploma universitário, a garota propaganda da Itália moderna.

– Como devo posar? – perguntou.

– Vire-se um pouco para a direita, isso, assim. – O repórter segurou o cotovelo de Maria e o afastou para o lado, até que o fotógrafo ficasse satisfeito. – Agora um sorriso, por favor.

Um novo clarão disparou da lâmpada. Maria teve de tossir por causa do cheiro de enxofre.

Uma jovem se precipitou da última fileira, passando pelos repórteres. Maria a reconheceu, era Rina Faccio. Ela estava deslumbrante com seu vestido azul-claro, justo no corpo e com acabamento em renda preta. Como no último encontro, ela usava uma gravata no pescoço, mas sua figura etérea retirava o teor político e polêmico daquele moderno acessório.

– *Signorina dottoressa*! – chamou ela, abanando o ar com um leque preto em vez de um bloco de anotações. Ele era feito da mesma renda que a barra de seu vestido. – Você vai representar a Itália no congresso feminino em Berlim?

O repórter ao lado de Maria levantou as sobrancelhas, maravilhado.

– Que excelente ideia. – Ele logo começou a rabiscar algumas palavras em seu bloco de anotações. – Ninguém poderia fazer isso melhor que a senhorita. Uma mulher cativante, que não perdeu a feminilidade, embora se dedique a uma profissão tão séria. Formidável, mencionarei isso em meu artigo sobre a senhorita.

– É verdade que a senhorita teve de dissecar cadáveres? – A pergunta veio de um homem atarracado que estava de pé ao lado de Rina Faccio. Sua roupa estava gasta e parecia já não ser tão nova, e o colarinho de sua camisa tinha uma marca preta de sujeira nada apetitosa. Mas ele também parecia ser da imprensa, pois estava munido de lápis e bloco de anotações. Debaixo do braço ele levava uma edição de *La Nazione*.

– Eu sou médica e cirurgiã – respondeu Maria. – Como eu poderia operar uma pessoa sem conhecer sua anatomia?

– Sim, claro – disse o repórter. – Como a senhorita se sentiu quando teve de dissecar um cadáver pela primeira vez?

– Tão enjoada quanto meus colegas – replicou Maria. – Esses exercícios nunca são agradáveis, mas são necessários. Só assim se aprende como nosso corpo funciona.

– A senhorita acredita que Deus gostaria que as mulheres assumissem esse trabalho?

– Por que Deus seria contra? – Maria contra-atacou. – Quando criou o ser humano, ambos os sexos tinham igual importância para Ele. Por qual outra razão Ele teria decidido que a continuidade do ser humano só estaria garantida se homens e mulheres trabalhassem juntos? – Risos tímidos puderam ser ouvidos. Maria fez uma pausa para facilitar o trabalho do repórter, que tomava notas. – Sinto que é um grande privilégio poder contribuir para a saúde de homens e mulheres no futuro.

– Que declaração maravilhosa – segredou o repórter ao seu lado. – Somente uma mulher é capaz de dizer palavras tão modestas.

Maria avistou Anna, que agora avançava entre os homens, charmosamente e sem usar os cotovelos. Como havia prometido, a amiga se sentara na primeira fileira durante a apresentação. Agora ela estava segurando um enorme buquê de flores com ambas as mãos. Onde ela o tinha arranjado? Com um grande sorriso no rosto, ela o entregou a Maria.

– Você foi fantástica! – disse Anna em voz alta, abraçando a amiga. Depois, sussurrou em seu ouvido: – Na verdade, não entendi uma palavra do que você disse, mas você é uma ótima oradora.

O repórter que estava ao seu lado, porém, tinha ouvido Anna.

– A senhorita tem toda a razão – concordou. – A *dottoressa* é realmente uma boa oradora e seria a representante perfeita de nossa moderna Itália no congresso feminino em Berlim. Tenho certeza de que outros países não dispõem de uma jovem médica tão charmosa e encantadora. Nós podemos ter orgulho da senhorita.

Ele voltou a rabiscar algumas palavras em seu bloco.

– Vai pensar a respeito, *signorina* Montessori?

Maria riu, lisonjeada.

– Se a pergunta for feita oficialmente, vou pensar a respeito, obviamente.

Ela olhou por sobre o ombro do repórter e encontrou, na última fileira da sala, seu colega Giuseppe Montesano. Apesar da nobre casaca, ele parecia relaxado, o que provavelmente se devia a sua cabeleira desarrumada. O coração de Maria deu um pequeno salto. Ele tinha vindo, exatamente como prometera.

– O senhor tem mais alguma pergunta? – Ela ergueu as sobrancelhas e olhou para os repórteres enquanto aguardava.

Eles passaram os olhos em seus blocos e acenaram com a cabeça.

– Acho que tenho material suficiente para escrever um belo artigo sobre a senhorita – afirmou o jornalista que estava bem ao seu lado.

– Então, com licença, por favor. – Maria sorriu e avançou com dificuldade, passando pelos homens da imprensa. No ouvido de Anna, sussurrou: – Já volto. – A amiga seguiu seu olhar e abriu um sorriso cúmplice. Antes que o repórter pudesse fazer mais perguntas a Maria, Anna puxou uma conversa com ele.

– De que jornal o senhor é? – perguntou, curiosa, enquanto batia os cílios tão rápido que ao homem só restou dirigir sua atenção a ela.

O interesse de Montesano, por sua vez, estava voltado exclusivamente para Maria. Ele não a perdeu de vista e não escondeu sua admiração por ela. Quando ela se aproximou, ele se afastou da parede com o cotovelo e foi ao seu encontro. Foi só então que Maria percebeu que ele estava segurando uma rosa vermelha de haste comprida.

– Para a *dottoressa* mais charmosa do país – disse, com uma voz suave, e lhe entregou a flor.

– Muito obrigada – disse, constrangida. – Gostou da minha apresentação?

– Preciso admitir que mal consegui acompanhar.

– Como? – Maria deu um passo para trás, decepcionada. – Eu falei de modo incompreensível? Ou meu discurso foi enfadonho?

Montesano ergueu as mãos na frente dela, em negação.

– Nem uma coisa nem outra – assegurou prontamente. – Veja, eu fiquei tão impressionado com sua elegância e beleza que não consegui me concentrar em suas perspicazes palavras. – Ele torceu a boca e deu um sorriso torto, e, por um momento, Maria teve dúvidas se ele não estava mesmo debochando dela. Sua face voltou a ficar vermelho-escura. Pela primeira vez naquela tarde nenhuma palavra adequada lhe ocorreu.

Montesano parecia desfrutar de sua surpresa. Ele sorriu, chegou mais perto e então sussurrou:

– Espero que a senhorita ainda se lembre de sua promessa.

É claro que Maria não tinha esquecido. Ela tinha desejado com veemência que ele também se lembrasse. Mesmo assim, perguntou preventivamente:

– De qual promessa está falando?

Ele pareceu notar que a pergunta era dissimulada e abriu um largo sorriso irônico.

– Eu a convidei para um piquenique às margens do Tibre.

– Um piquenique? – Maria repetiu as palavras com espanto e voltou para trás. Ela tinha gravado na memória um passeio e uma ida a um café. Um piquenique era um programa muito mais íntimo.

– Minha proposta é ousada demais?

Maria parou para refletir. Por dentro, ela se sentiu lisonjeada e balançou a cabeça negativamente.

– Não, acredito que não. Afinal, nós vamos fazer um piquenique num local frequentado por outras pessoas também.

– Naturalmente – disse Montesano. O modo como ele respondeu deixou aberta alguma margem para fantasias. Maria gostou do pequeno bate-boca.

Montesano olhou por cima dos ombros de Maria.

– Acho que temos de terminar nossa conversa – disse. – Estão à sua espera.

Maria virou as costas. Perto do púlpito, agora vazio, achavam-se Bartolotti e alguns de seus colegas. O professor chamou Maria com um aceno.

– Amanhã nos veremos na clínica – disse Montesano.

– Sim!

Maria se despediu dele a contragosto e voltou para o centro do salão. Em uma das fileiras de trás, viu a mãe, que parecia ter observado com muita atenção a conversa com Montesano e agora parecia estar preocupada. Com passos curtos e ligeiros, foi até Maria e a puxou.

– Quem era aquele? – perguntou, indignada.

– Um colega.

– Vocês pareciam ser muito íntimos.

– Ele não passa de um colega que me deu os parabéns pela minha conquista. – Maria não sentia vontade, naquele momento, de falar sobre Montesano com a mãe.

Por sorte, Alessandro Montessori saiu da sombra da esposa. Ele parecia comovido.

– Estou muito orgulhoso de você – disse a Maria, tomando e apertando suas mãos. Elas estavam frias. Uma prova do quão nervosa estava. Algumas horas antes não teria considerado possível que o pai lhe fizesse um elogio desses. Ele a comoveu mais do que todos os outros clamores admirados.

– Obrigada, papai. – Então ela viu Bartolotti na outra extremidade do salão, que a chamou com um aceno. – O professor está me esperando, me desculpem.

Maria se afastou dos pais. Ela pressentia que a mãe não deixaria para lá aquela história com Montesano. No mais tardar, quando estivessem em casa, ela voltaria a tocar no assunto.

Roma, agosto de 1896

– É muito amável da sua parte me acompanhar, mamãe. – Maria se viu obrigada a reduzir a velocidade, pois a mãe visivelmente tinha dificuldades de acompanhar seu ritmo.

– É natural – disse Renilde, ofegante. – Quem é que pode afirmar que tem uma filha médica cuja fotografia estampa todos os jornais de renome do país?

Renilde não escondia o quanto se orgulhava de Maria. Desde o seu fantástico discurso de formatura, não havia se passado um dia sem que a residência da família Montessori tivesse recebido alguma visita para congratular a *dottoressa* recém-formada por seu sucesso. Amigos e parentes tinham passado por lá, mas também antigos vizinhos e colegas de trabalho do pai de Maria. Todo o Ministério das Finanças já tinha aparecido, desde o excelso ministro até o simples empregado, e todos eles queriam cumprimentar a jovem médica com um aperto de mãos. Nunca houvera tantos biscoitos doces na casa como agora. Renilde cuidava para que fossem servidos café e *cantuccini* a cada visita. Flávia tinha se superado nas últimas semanas. Ela tinha passado uma quantidade enorme de café, lavado xícaras de porcelana e espalhado molho de tomate sobre torradinhas – a alternativa picante ao *cantuccini*.

– E você realmente concorda com que eu viaje para a Alemanha como delegada de nosso país e fale publicamente em um congresso? – Maria perguntou à mãe para se certificar. Dois dias antes havia chegado a carta com o convite oficial do evento para Maria. O comitê havia escolhido a jovem *dottoressa* por unanimidade.

– Sim, é claro! – disse Renilde. Ela ficou parada por um instante, se segurou com uma das mãos na lateral do corpo e com a outra se apoiou na sombrinha florida que lhe servia de bengala. – Você é um bocadinho rápida demais para sua velha mãe.

– Me desculpe! – Quando Renilde tornou a andar, Maria retardou os passos novamente. Elas passaram pela Fontana di Trevi, um dos últimos monumentos encomendados pelos papas barrocos antes que seu poder encolhesse no estado teocrático.

Agora Maria sentia que estava dando passinhos na calçada em ritmo de lesma. Sua velha mãe sempre parava. Uma vendedora ambulante foi ao encontro das duas, carregando um cesto com pequenas rosas amarradas em ramalhetes folhudos.

– As senhoras querem embelezar sua sala de estar com um ramo de rosas? As flores exalam um cheiro inconfundível e garantem, no mínimo, duas semanas de perfume na sala de visitas. – Maria agradeceu, acenando. Graças às muitas visitas e congratuladores, todos os vasos da casa estavam cheios. Até mesmo os baldes tiveram de ser usados para que não faltasse água àquele esplendor de fragrâncias. A vendedora saiu andando, decepcionada, em busca de outras clientes.

– Ah, sim, rosas – disse Renilde, simulando indiferença, mas Maria sabia exatamente o que estava por vir agora.

É claro que não passara despercebido à mãe que Montesano lhe entregara uma rosa depois de seu discurso de formatura, ainda que ela tivesse tentado escondê-la no buquê de Anna. Até então Maria tinha conseguido se esquivar elegantemente das perguntas insistentes da mãe, e seu silêncio não chegava a ser enganoso, pois nas últimas semanas ela de fato não tinha visto o colega. Devido a uma questão familiar, ele teve de deixar Roma um dia depois de seu discurso de formatura, e ela mesma tinha estado ocupada com seus muitos congratuladores.

Uma repórter tinha ido a sua casa e conduzido uma longa entrevista com ela. Na conversa, Maria tinha se apresentado como uma médica jovem e inteligente que, no entanto, não se furtava às tarefas domésticas e de vez em quando também arregaçava as mangas para lavar a louça ou cozinhar. A matéria tinha aparecido em três jornais diários de circulação nacional e rendido a Maria ainda mais admiradores. Agora praticamente não havia um leitor de jornal na Itália que não conhecesse seu rosto.

– Você voltou a se encontrar com seu colega? – Maria foi arrancada de seus pensamentos pela mãe.

– Ele não está em Roma neste momento – explicou, dizendo a verdade.

– Mas você pretende revê-lo – Renilde cavoucou mais fundo.

– Ele é meu colega. Trabalho com ele, mais precisamente quatro dias por semana. – Depois do discurso de formatura, Maria tinha assinado um novo contrato de trabalho e aumentado sua carga horária na clínica. Para isso, tinha abdicado dos outros dois empregos como assistente e ainda estava à procura de um espaço adequado para um consultório particular.

– Ter ligações profissionais com alguém é uma coisa, marcar encontros privados é outra, bem diferente – disse Renilde. – Espero que você abra mão do segundo. – Sua voz aguda despertou a revolta de Maria.

– O que haveria de errado se eu me encontrasse com o dr. Montesano em um contexto não profissional? Ele é um homem inteligente e engraçado. – Maria soava tão indignada quanto a mãe.

Renilde tomou novo fôlego. Ela não estava acostumada a ser tratada daquela maneira pela filha, além do mais, Maria já estava andando mais rápido outra vez.

– Você deu duro nos estudos sendo a única mulher em um curso universitário árduo. – Renilde resfolegou. – Pense em todas as humilhações, chicanas e exames suplementares que jogaram nas suas costas. Você lutou bravamente contra todas as adversidades para atingir seu objetivo. Você conseguiu. Como uma exploradora, você agora se encontra no fim de uma difícil jornada. É o pico de uma montanha íngreme que você conquistou graças à sua perseverança e inteligência. Você pode estudar todas as possibilidades que subitamente se colocaram a seus pés e se decidir com toda a tranquilidade. – Os olhos de Renilde se enterneceram. – Eu não quero que um homem obstrua seu caminho.

Maria olhou para a mãe, que exibia marcas da idade, mas parecia ter a mesma determinação de sempre. Uma rocha inabalável na arrebentação. Renilde sempre oferecera à filha um lugar de acolhimento, por mais inóspita que fosse a vida. Maria se lembrava de como ela a recebia com sopa e pão fresquinho em casa depois de um longo dia na escola, como ela a persuadia do contrário quando duvidava de si mesma, como a fortalecia contra as chicanas dos alunos homens. Ela sempre encontrava as palavras certas e a encorajava a continuar lutando. O íntimo elo entre elas não deveria ser arranhado só porque havia um homem do interesse de Maria. Mas ela sabia que não podia falar com Renilde sobre Montesano. Sua mãe só tentaria dissuadi-la de um encontro privado. Ela conhecia a filha bem o bastante para saber que Maria não permitiria que ninguém a privasse de nada, nem mesmo a própria mãe.

– Estou preocupada – explicou Renilde.

– Não é preciso se preocupar – disse Maria, tranquilizando-a. – Não permitirei que destruam meu futuro. – Ela se absteve de dizer que, sim, queria se encontrar com Montesano.

– Maria, você não faz ideia – disse Renilde, com tristeza. – Neste mundo, nós, mulheres, estamos sempre entregues aos homens. Assim que uma mulher se mete com um homem, já não está mais segura. Eles só querem se divertir, mas são as mulheres que ficam para trás cuidando dos filhos.

Maria então engoliu em seco. O que sua mãe queria lhe dizer com aquilo? Que talvez ela mesma tivesse precisado abrir mão de sua vida por ter engravidado de Maria?

– Mamãe, eu sou médica – lembrou Maria, rispidamente. – Eu sei muito bem como as mulheres engravidam e por quê.

Pelo que Maria podia se lembrar, era a primeira vez que sua mãe parecia embaraçada. Ela baixou o olhar. Mas não por muito tempo, e logo continuou:

– Espero que você tenha consciência do perigo que uma mulher corre assim que começa a se encontrar com frequência com um homem.

– Não vou pôr em risco meu futuro como médica – repetiu Maria. Agora ela reconheceu o medo nos olhos da mãe e não pôde se zangar com ela. Com ternura, agarrou suas mãos e deu um aperto. – Você não precisa ter medo. Eu sou uma mulher adulta que sabe exatamente o que ainda quer conquistar na vida. E eu serei sempre grata e feliz por você me apoiar.

Os olhos de Renilde se umedeceram. Maria tinha acertado na mosca.

– Eu quero... Eu só quero que você seja feliz.

– Eu sei, mamãe, e posso lhe garantir que neste momento estou muito feliz. Eu só gostaria que você confiasse em mim. Eu serei uma médica de sucesso. Isso eu lhe prometo. Talvez a mais famosa que a Itália jamais terá. – Maria riu de suas palavras grandiosas e zombou um pouco de si mesma.

Renilde, por sua vez, levou suas palavras muito a sério.

– Sempre foi esse o meu objetivo!

Por um segundo, ambas fizeram silêncio. Depois, Maria soltou as mãos de sua mãe.

– Bom, agora vamos andando, afinal seria ofensivo se eu chegasse atrasada. O comitê está esperando por mim. Estou ansiosa para descobrir o que vão me pedir. A carta só mencionava a participação num congresso.

– Decerto vão querer que você fale diante dos delegados. Devo acompanhar você até a reunião também?

Maria riu.

– Não passaria uma imagem estranha? Uma médica que é levada pela mão por sua mãe para uma reunião? Não, eu vou sozinha. Mas prometo lhe contar tudo depois nos mínimos detalhes. Assim como antigamente, quando eu lhe relatava o que acontecia nas minhas preleções.

As palavras de Maria pareciam acalmar Renilde. Ela fez um aceno com a cabeça.

– Ao lado do Palazzo há um pequeno parque – continuou Maria. – Ali as senhoras desacompanhadas podem folhear um livro durante horas à sombra de um cipreste.

– Não – replicou Renilde, sem hesitar. – Seria indecente. Eu já tinha me prevenido e vou me encontrar no café do parque com duas amigas. Um *semifreddo* seria o ideal agora.

– Ótimo – disse Maria, aliviada. – Então não preciso me apressar!

O salão de Florence Piavelli era mobiliado no estilo de sua terra natal. Piavelli, inglesa por nascimento, era casada com um dos mais abastados aristocratas de Roma. Cortinas floridas cobriam as janelas compridas, as paredes eram forradas com madeira, no fundo da sala havia uma lareira aberta sobre cuja cornija havia toda a sorte de quinquilharias, figuras de porcelana e flores secas. Tanto o sofá quanto a poltrona pesada tinham forros que pareciam ser orientais. Sobre uma mesinha foi servido chá em xícaras de porcelana com filigrana acompanhado por pãezinhos com mostarda e pepino. Maria ficou satisfeita com o chá, que vinha com bastante leite e açúcar. Ela não suportava mostarda.

Três mulheres estavam sentadas à sua frente. Rina Faccio ela já conhecia, as outras duas eram a anfitriã Florence Piavelli e Augusta Renaldo. Com Vivian Sforzi, elas formavam o comitê do movimento feminista italiano. Cabia a elas decidir quem deveria representar as mulheres italianas em Berlim.

– Rina nos contou de sua grandiosa apresentação de formatura na Sapienza – disse Piavelli. Ela falava com sotaque britânico e tinha a pele branca e translúcida das inglesas, que toda mulher romana invejava, bem como os cabelos, que ela usava soltos em vez de prender num coque. Ele se derramava, fartamente ondulado, sobre os ombros como ouro derretido. *Signora* Piavelli não podia, no entanto, ser considerada uma mulher bonita. Seu rosto, com dentes enormes e compridos, lembrava o de um cavalo.

– Quando a ouvi, ficou imediatamente claro para mim que você é a mulher que deve ir a Berlim em nome de todas nós – explicou Rina Faccio, batendo palmas com as mãos finas.

As três senhoras não correspondiam de maneira alguma às feministas típicas que Maria conhecia dos jornais internacionais. Ela esperava encontrar mulheres sisudas que militavam pelos direitos do sexo feminino de cara amarrada e trajando vestidos semelhantes a uniformes. Mas à sua frente havia mulheres de bem com a vida, pertencentes à classe alta romana, que se interessavam por temas sociais sem jamais ter tido contato com os pobres da sociedade. Maria achou ainda mais interessante o fato de ter sido justamente ela a escolhida para falar em Berlim.

– Muito obrigada pelas palavras elogiosas – disse, modestamente.

– Você nos pareceu predestinada a essa tarefa – disse Augusta Renaldo. Maria sabia que a aristocrata se interessava por arte e às vezes pegava, por conta própria, no pincel e na tinta, porém com módico sucesso. Anna lhe tinha contado a respeito. – Você conseguiu se impor num mundo dominado por homens e fala com palavras claras, sem ofender os homens.

Maria sorriu.

– Eu circulei por tanto tempo em um mundo dominado por homens que acredito saber como eles pensam. Nosso objetivo deve ser torná-los nossos amigos, em vez de aliená-los de nós. Contudo, temos de lutar para que nossos direitos não nos sejam negados. Eu acredito que isso só pode acontecer se agirmos juntos: homens e mulheres.

Rina Faccio bateu palmas novamente.

– Ela não é magnífica? – Em busca de aprovação, Rina se virou para as colegas. E elas também acenaram com a cabeça, satisfeitas.

– Temos a convicção de que você está à altura dessa imensa tarefa. Aceita nossa proposta? – Augusta Renaldo perguntou, inclinando o corpo para a frente.

– Sobre o que devo falar? – Maria quis saber.

– Sobre o tema da desigualdade salarial. Como de certo sabe, uma injustiça gritante reina entre homens e mulheres. Algumas mulheres labutam vinte horas por dia e, ainda assim, não conseguem alimentar a si mesmas e a seus filhos. Se não têm um marido que lhes dê dinheiro, elas ficam entregues à pobreza. Algumas têm de se prostituir. Existem estimativas de que um quarto das mulheres de Roma tem de sobreviver com essa renda extra.

Ainda que Maria soubesse dos males sociais, o número a abalou. Ela sentiu um aperto no coração quando pensou na *signora* Rana e em seus filhos, que ela não tinha conseguido ajudar.

– É um assunto importante sobre o qual gostaria muito de falar – disse, com convicção. O corpo extenuado da *signora* Rana apareceu com tanta nitidez diante de seus olhos que Maria teve de piscar para afugentar a imagem.

– Magnífico. Nós acreditamos que esse assunto foi, até hoje, negligenciado injustificadamente. Mas tantos outros problemas poderiam ser solucionados. Se as mulheres tivessem mais dinheiro, seriam mais independentes e não teriam de tolerar tantas coisas dos maridos – disse Rina Faccio.

– Naturalmente, nossa associação arcará com os gastos da viagem de ida e da acomodação – explicou Augusta Renaldo. – Infelizmente, não podemos pagar todas as despesas. Terá, por conta própria, de cobrir uma parte dos gastos com a alimentação. Mas, que eu saiba, sua mãe já consultou a administração de sua cidade natal. As pessoas lá têm tanto orgulho da senhorita que muitos estão dispostos a fazer doações para que tenha dinheiro suficiente para a viagem.

Maria ficou muda. Quando sua mãe tinha organizado isso e por que não tinha lhe dito nada?

Rina Faccio parecia ver uma grande confusão no rosto de Maria.

– Há poucos dias encontrei sua mãe por acaso no sapateiro. Ela falava com tanto orgulho de sua conquista que percebi que se tratava de sua mãe. Nós conversamos sobre seu excelente discurso de formatura e sobre os artigos elogiosos que recebeu. Sua mãe então mencionou que ainda não havia recebido nossa carta, mas que com certeza apoiaria nossa proposta. Supus que a senhorita não teria nenhuma objeção a fazer se eu esclarecesse sua mãe acerca de nossas condições financeiras. – Ela se calou e, desconcertada, acrescentou: – Talvez sua mãe quisesse fazer uma surpresa para a senhorita com a carta à sua cidade natal? – Ela bateu na boca com a palma da mão. – Poxa, querida, agora estraguei a surpresa.

– A senhorita não tinha como saber que a minha mãe não me falara nada sobre isso – Maria a tranquilizou. Apesar dos esforços bem-intencionados de Renilde, Maria sentiu seu sangue ferver. Por que sua mãe tinha agido pelas suas costas? E ainda antes que Maria tivesse dado uma resposta afirmativa e definitiva? A vida era sua, e ela queria tomar suas decisões sozinha.

– Florence e eu iremos acompanhá-la a Berlim. – Rina Faccio tentou reanimar os ânimos de Maria. Alegremente, apontou o polegar da mão direita para si. – Vamos ajudá-la a se comunicar, pois, pelo que ouvi dizer, você fala apenas italiano. – Ela fez uma pausa e depois acrescentou: – E, como médica, naturalmente fala latim.

Augusta Renaldo se levantou e foi até uma escrivaninha que se encontrava sob a janela. Ela ergueu a persiana rolante com um rangido e abriu uma das muitas gavetas. Com precisão, puxou um livrinho. – Nós tomamos a liberdade de lhe providenciar esta pequena leitura – disse Augusta Renaldo, entregando a Maria um livro com encadernação em linho vermelho. Em letras douradas, lia-se *Baedeker's Conversation Dictionary*.

– É um dicionário em quatro idiomas: italiano, alemão, francês e inglês – explicou. – Nele encontrará os termos mais importantes. O livro vai ajudá-la se quiser pedir alguma orientação nas ruas ou precisar de uma toalha extra no hotel.

Admirada, Maria pegou o livro nas mãos.

– É muito atencioso da parte da senhora. – Ela abriu uma página aleatoriamente e se viu diante da letra C. Embaixo do verbete *cake*, encontrou a tradução francesa, alemã e italiana e se perguntou como aquele livrinho lhe seria útil. Afinal, era evidente que ela tinha de conhecer o termo inglês para procurar um alemão ou um italiano, mas guardou a ressalva para si e agradeceu o presente inesperado.

– Viajaremos de trem via Trieste e chegaremos em uma das estações de longa distância mais modernas e elegantes do mundo, em Berlim – disse Florence Piavelli, com entusiasmo. – Meu marido esteve lá quando o imperador Wilhelm inaugurou o edifício. Ele não poupou elogios à magnífica obra.

– A senhora já esteve alguma vez na Alemanha? – indagou Maria.

– Sim, é claro, já conheci algumas cidades grandes: Leipzig, Dresden e Berlim – respondeu Florence Piavelli. – Além disso, estive na Suíça, no Império Austro-Húngaro, na França e, é claro, em minha terra natal, na Inglaterra.

Entre a classe alta romana, fazer viagens era considerado de bom-tom. Maria era provavelmente a única mulher no recinto que nunca havia ultrapassado as fronteiras da Itália. Seu coração acelerou diante da perspectiva de uma nova experiência. Ela mal podia esperar por subir no trem com destino ao norte. Desde criança, ansiava ardentemente por conhecer outras culturas.

– Existe algum lugar que tenha impressionado a senhora em particular? – perguntou.

– Sim – disse Piavelli, sorrindo. – Roma me seduziu tanto como cidade que fiz dela minha nova pátria.

– Você se apaixonou apenas pela cidade? – Augusta Renaldo revirou os olhos, maliciosamente.

– Pela cidade e por meu marido – acrescentou Florence Piavelli. – Não importa para onde eu viaje, sempre sinto o maior prazer em voltar para Roma. Em nenhum outro lugar se encontram tantos tesouros. Aqui se pode de fato respirar a história. Não obstante, as pessoas são mais descontraídas do que em outras partes do continente. Onde mais é possível tomar um café da tarde sobre as colunas de um templo antigo?

– Você tem razão, Roma é inigualável – Rina Faccio se intrometeu na conversa. – Ainda assim, mal posso esperar por rever Berlim. Parece que faz uma eternidade que estive lá.

Aparentemente, Rina Faccio também já tinha estado na Alemanha. Bem, em pouco tempo Maria também poderia participar de conversas sobre viagens e não teria de ficar apenas sentada e ouvindo de boca fechada.

Augusta Renaldo voltou a falar da participação de Maria no congresso.

– De quanto tempo a senhorita precisa para preparar seu discurso?

– Só vou ter tempo de escrevê-lo no fim de semana – disse Maria. Ela tinha muito trabalho a fazer por conta da agitação em torno de sua formatura. Nos dias seguintes, ela tinha de ir ao senhor Renzi, um marceneiro da Via Sacra. Ela havia encomendado várias peças de encaixar das quais as crianças da clínica precisavam. Os objetos com que até então tinha trabalhado já não bastavam. Na semana anterior, as crianças tinham conseguido agrupar os itens que ela havia levado: todos os objetos duros tinham sido colocados em uma caixa e os moles, em outra. Elas tinham formado pares e reunido dois objetos idênticos de cada tipo. Maria tinha lido nos livros de Itard sobre peças de encaixe que serviriam para auxiliar as crianças a nomear e conhecer formas e cores. Era admirável e fascinante ver o quanto as crianças queriam aprender. Elas ficavam ávidas pelas lições de Maria. Serafina havia lhe contado que todos os dias elas perguntavam pela *dottoressa* e que mal podiam esperar pela sua chegada.

Augusta Renaldo interrompeu as ponderações de Maria, trazendo-a de volta ao salão.

– Isso significa que a senhorita pode nos apresentar uma proposta de texto no início da semana que vem?

– Eu me esforçarei.

– Que bom – disse Augusta Renaldo. – Mal posso esperar para ler seus pensamentos sobre o assunto.

– No entanto, tenho de advertir a senhora. Por mais que eu me prepare para uma palestra com todo o esmero, assim que piso no púlpito, uma série de outros argumentos que eu não tinha pensado durante o processo de escrita passam por minha cabeça. Por isso, nem tudo o que falarei em Berlim constará no papel.

– A espontaneidade e o desembaraço são os maiores dons que uma oradora pode possuir – disse Augusta Renaldo, encantada. – Estou realmente contente por termos conquistado a senhorita para a nossa causa.

– Os direitos das mulheres devem ser uma aspiração de todos – retrucou Maria, em tom de seriedade. – Das mulheres tanto quanto dos homens. Só poderemos conviver em paz se os dois sexos estiverem satisfeitos.

Impressionada, Augusta Renaldo cruzou as mãos sobre o peito.

– A senhorita encantará a todos em Berlim e representará nosso país da melhor forma possível.

– Façamos um brinde a isso – sugeriu Florence Piavelli. Ela se levantou e foi até um carrinho de bar em que havia garrafas de vidro engenhosamente lapidado com diferentes tamanhos.

– Xerez?

– É aquela coisa doce que vocês, ingleses, adoram beber? – Rina Faccio enrugou o nariz.

– Acredite em mim, Rina, você vai gostar. – E logo Florence Piavelli encheu quatro taças de cristal até a boca com o líquido vermelho-escuro e distribuiu entre todas elas.

– Que a apresentação em Berlim seja maravilhosa!

Maria torceu para que o álcool não lhe subisse à cabeça. Ao contrário das três senhoras, ela ainda tinha um longo dia de trabalho pela frente.

Roma, agosto de 1896

A lojinha da Via Sacra era pouco vistosa do lado de fora. No mostruário havia alguns anjos esculpidos em madeira, ao seu lado um espelho para maquiagem em suportes torneados. Assim que se entrava na minúscula sala, sentia-se o cheirinho de especiarias que a madeira recém-aplainada e a cola exalavam. Nas altas prateleiras havia pilhas de caixas com colheres de pau, além de porta-joias, tábuas de corte, ganchos para roupas, fruteiras, caixas de moedores de café coladas. O senhor Renzi fazia praticamente qualquer objeto de madeira sob encomenda e consertava tudo o que cola, prego e lima podiam restaurar. Atrás da loja entulhada ficava sua oficina. Ali, diferentemente de lá, reinava a máxima ordem. Ferramentas polidas e brilhantes eram organizadas por tamanho e função em compartimentos no armário. As janelas grandes e compridas garantiam incidência suficiente de luz, e, à noite, ou nos dias em que nuvens carregadas pairavam sobre Roma, um lampião de querosene de grandes dimensões posto diretamente sobre a bancada de trabalho provia uma iluminação suplementar.

Durante anos, Maria e Renilde haviam levado artigos de madeira avariados para o senhor Renzi. Uma moldura com fissuras, um prendedor de jornais empenado, a chapeleira da antessala – tudo isso o mestre marceneiro tinha reparado com suas hábeis mãos, e muitas vezes os objetos terminavam em estado melhor do que no dia de sua aquisição.

Naquele dia, Renzi também vestia uma bata de trabalho por cima da roupa. Ele já era calvo no topo da cabeça, tinha as costas levemente curvadas, e usava um par de óculos minúsculos sobre o nariz largo e avermelhado. Orgulhoso, ele tirou de uma gaveta atrás de si uma tábua com três encaixes em forma de círculo que possuíam diferentes tamanhos: uma pequena, uma média e uma grande. Em cada um dos encaixes cabia exatamente um disco de madeira. Para que as crianças pudessem pegar os discos com mais facilidade, o marceneiro tinha fixado pequenos botões neles.

Maria inseriu as peças nos encaixes. Elas entraram perfeitamente. A madeira tinha sido trabalhada com muito esmero, lixada e lustrada.

– As tábuas ficaram lindas! – exclamou ela, fascinada.

Renzi acenou com a cabeça, satisfeito, e foi buscar mais um objeto. Dessa vez não era uma tábua, mas um bloco maciço de madeira com três peças redondas que tinham o mesmo tamanho. As peças, que também dispunham de botões, já estavam inseridas nos encaixes.

– Eu tomei a liberdade de levar a ideia da senhorita um pouco mais adiante – explicou, com um sorriso maroto.

Surpreendida, Maria observou o bloco de madeira.

– As peças são do mesmo tamanho – disse. – Esse exercício deve ser muito fácil para as crianças.

Renzi riu baixinho.

– Se entendi certo, a senhorita quer treinar os sentidos das crianças com as tábuas. Elas devem aprender a reconhecer e nomear diferentes tamanhos e formatos.

– Correto – disse Maria. – Por isso não entendi por que...

– Retire as peças – pediu Renzi.

Maria retirou o primeiro disco, que tinha cerca de um centímetro. Ela o inseriu de volta e pegou o próximo. Esse pedaço de madeira era duas vezes mais grosso. Maria arregalou os olhos, impressionada. Ela logo o inseriu de volta e pegou o último, que era nitidamente mais grosso que os outros dois. Por fim, retirou as três partes e observou os três encaixes de diferentes profundidades. Maria então tentou inserir o pedaço de madeira mais grosso na abertura rasa. Funcionou, mas o cilindro saiu muito para fora da borda da tábua. Quando ela inseriu o disco mais fino na abertura mais funda, o cilindro desapareceu completamente. Era preciso um bocado de habilidade para conseguir retirar o pedaço de madeira da abertura.

– Se necessário, é possível virar a tábua – explicou Renzi. – Então ele cai por conta própria.

Maria ficou muda por um momento.

– É uma ideia fantástica – disse. – Dessa maneira, as crianças não só aprendem o quão grande é o diâmetro de uma peça, mas também qual sua altura e espessura.

– A intenção é essa.

Maria deu um passo para trás e encarou a tábua.

– Três – murmurou. – Por que é que o senhor decidiu fazer três encaixes?

– Eu queria entalhar a tábua seguindo as especificações da senhorita. Além disso, o três é um número bonito, redondo. Pense na Santíssima Trindade.

– O senhor foi incrível – Maria se apressou em dizer. – Só fico me perguntando se uma tábua com dez encaixes também não seria útil. Afinal, temos dez dedos na mão e dez no pé, e nosso sistema de numeração é decimal. Eu acho que o dez é o número mais importante que existe. Quem quer fazer contas precisa aprender a lidar com o dez.

– Isso significa que a senhorita quer uma tábua com dez aberturas?

– Sim! – Maria acenou com a cabeça, entusiasmada. – Cada cilindro encaixável será um centímetro maior que o anterior.

– A senhorita quer dizer que o menor disco deve ter um centímetro de espessura, e o maior, dez?

– Sim, seria fantástico.

– Nós poderíamos preparar duas tábuas – sugeriu Renzi. – Uma com cilindros de alturas diferentes e outra com discos de diâmetros diferentes.

– Sim! – exclamou Maria. Seus olhos brilhavam como os de uma criança no dia de Natal. – O menor círculo deve ter um centímetro de diâmetro, e o maior, dez.

Renzi se coçou atrás da orelha.

– A senhorita acredita mesmo que as crianças débeis mentais com quem trabalha podem fazer alguma coisa com isso?

– Eu não sei – admitiu Maria. – Mas quero tentar. Quanto vão custar as duas tábuas?

– Bem, isso vai me dar um trabalhão – disse o mestre marceneiro.

– Não importa – retrucou Maria. – Quero adquirir as duas tábuas de qualquer maneira. Quando ficarão prontas?

– Quando a senhorita voltar de Berlim, pode vir buscá-las.

– Como o senhor sabe que eu viajarei a Berlim? – perguntou Maria. Será que a mãe também tinha falado com o marceneiro sobre sua participação no congresso?

– Li na *Gazzetta* hoje de manhã.

– É mesmo? – Fazia só dois dias que ela tinha ido à casa de Florence. Maria ainda não tinha entregado seu discurso às senhoras do comitê, mas elas já haviam comunicado à imprensa que sua participação estava confirmada.

– No jornal está escrito que dentro de poucos dias uma longa entrevista com a senhorita será publicada.

– Ah, é? – Maria sentiu o sangue ferver como no salão das feministas ricas. Dessa vez, porém, seu desgosto se dirigiu não à mãe, mas ao comitê. Ela não podia suportar que seu destino fosse decidido sem seu conhecimento. – Então o repórter sabe mais do que eu mesma.

– Agora é uma celebridade, *signorina* Montessori. As pessoas querem saber o que pensa, o que faz, o que veste e o que come no jantar.

– Não interessa a ninguém o que eu como – disse Maria, aborrecida.

Renzi encolheu os ombros.

– Vamos comer *maccheroni* gratinado lá em casa hoje. Minha esposa me prometeu pela manhã. E eu contaria isso a qualquer um que quisesse saber.

– As pessoas não devem se interessar pelo que eu visto ou como, mas sim pelo que eu faço e digo.

Renzi inclinou a cabeça para o lado. Estava claro que ele queria responder, mas conteve seus comentários. Em vez disso, perguntou:

– Tudo bem se as tábuas ficarem prontas depois da volta da senhorita?

– Tudo bem – disse Maria. – E eu queria mais outras duas.

– Com outros formatos? Triângulos ou quadrados?

– Não, eu preciso de dois blocos com peças encaixáveis que variem tanto na altura quanto na largura.

– A senhorita quer dizer que em um dos jogos a peça com o menor diâmetro é também a mais fina, e a com o maior diâmetro é a mais grossa, enquanto no outro jogo é o contrário?

– Sim, exatamente.

Então Renzi balançou a cabeça negativamente, compadecendo-se.

– Com certeza os pobres coitados dos loucos vão ficar sobrecarregados. Mesmo as crianças saudáveis mal conseguem dar conta dessa atividade. Por que a senhorita quer investir tanto dinheiro em algo que não terá utilidade?

– O senhor pode fazer isso para mim ou não?

– Posso, naturalmente.

– Ótimo – disse Maria. – Então está combinado. Depois de voltar de Berlim, venho buscar as quatro tábuas.

Renzi torceu os lábios.

– Não tenho certeza se vou conseguir fazer todas as quatro tábuas tão rápido. Ainda não encontrei um aprendiz que queira trabalhar comigo.

– Não entendo – disse Maria. Ela sabia que o senhor Renzi e a esposa não tinham filhos, mas para ela era impossível entender por que ninguém queria aprender com aquele artesão que tinha, além de habilidade, um bom coração.

– Eu também não entendo – disse Renzi. – O menino poderia morar e comer aqui, mas não parece haver ninguém interessado em trabalho braçal com a madeira. Os meninos que meus colegas enviaram para cá eram burros como uma porta. Como se tivessem vindo diretamente da instituição da senhorita.

– Minhas crianças não são burras – disse Maria, indignada. – Seus sentidos só são menos desenvolvidos que os das outras crianças.

– Bom, então os meninos eram débeis mentais mesmo – corrigiu Renzi. – Em todo caso, eles teriam estragado mais lascas de madeira do que meu bolso pode pagar.

– É uma pena – disse Maria. – Mesmo assim, o senhor não pode tentar aprontar minha encomenda o mais rápido possível?

– Por mim. – Renzi deu um suspiro profundo. – Trabalho até mesmo depois do jantar para uma celebridade.

Então Maria voltou a sorrir.

– Ouvi dizer que quem come *maccheroni* gratinado fica mais forte.

Com um sorriso maroto, Renzi replicou:

– Se é a *dottoressa* quem está falando, deve ser verdade.

Clínica psiquiátrica em Roma, agosto de 1896

Maria estava sentada com as crianças no chão do dormitório. Ela tinha trazido as tábuas de três encaixes feitas por Renzi. Concentrada, Clarissa tinha acabado de inserir os discos em seus respectivos orifícios. Ela retirava os três e em seguida os colocava de volta, repetidas vezes. Depois de ter descoberto qual disco entrava em qual encaixe, ela colocou propositalmente um disco pequeno demais em um orifício maior para ter em seguida o prazer de corrigir o próprio erro.

As outras crianças esperavam ansiosas por sua vez. Como Maria intuiu que haveria empurra-empurra, ela havia recortado peças de papel extras, colado numa tábua e preparado peças do mesmo tipo para serem colocadas por cima daquelas. Itard havia descrito esses materiais em seu livro e proposto símbolos cada vez mais complexos, até letras inteiras. As peças de papel tinham a vantagem de serem produzidas rapidamente, mas não tinham nem de longe a qualidade das tábuas de Renzi e, além disso, rasgavam-se de uma hora para a outra.

Era admirável a rapidez com que as crianças compreendiam as atividades e o entusiasmo com que as solucionavam. Mesmo depois de uma hora, elas ainda não tinham se cansado.

– Vou deixar os materiais aqui – sugeriu Maria.

Serafina, porém, rejeitou com um gesto, horrorizada.

– Eu não quero que isso acabe em briga. Leve as coisas de volta.

– Mas por que as crianças brigariam? – perguntou Maria. – Se houver regras claras, que sejam respeitadas por todos, não há por que brigar.

Serafina não amoleceu.

– Leve tudo de volta. Cabe a mim garantir que as crianças se mantenham calmas e permaneçam bem-comportadas em suas camas. Não tenho noção de todos esses negócios médicos.

Maria não se rendeu.

– Se as crianças ficarem apenas olhando para o nada, vão só perder tempo – disse ela. – A senhora mesma também passa as horas fazendo tricô.

– É diferente. Eu faço algo útil, afinal, quando terminar, terei um cachecol para o inverno.

– As crianças poderiam fazer o mesmo.

Serafina olhou para ela, achando graça.

– A senhorita está dizendo que os loucos podem fazer um cachecol de tricô? A Clarissa não consegue nem fazer um simples cerzido.

A menina abaixou a cabeça, envergonhada.

– Não acredito – disse Maria. – Com certeza a Clarissa consegue. – Ela acariciou a face da menina, encorajando-a.

– Não, eu não consigo mesmo – disse, baixinho.

– Qual é a sua dificuldade?

Arrasada, Clarissa deu de ombros enquanto Maria concentrava-se em seus pensamentos. Tinha sido Itard ou Séguin? Ela tinha lido em alguma obra sobre um simples tear manual que servia para preparar as crianças para o trabalho de fato. Ela tinha de ir atrás do tal artigo sem falta.

– Eu prometo que na nossa próxima visita começaremos a costurar – disse Maria. – E até o Natal você vai poder fazer cachecóis de tricô bonitos como os de Serafina.

– É mesmo? – Clarissa voltou a ficar animada. Ela mirava Maria com brilho nos olhos.

– Sim, tenho certeza absoluta.

– Não faça promessas às crianças que a senhorita não pode cumprir – resmungou a educadora.

– Ah, a senhora vai ver só, Serafina. O cachecol de Clarissa vai ficar lindo.

– Puf! – Com desdém, a mulher corpulenta resfolegou.

– Eu também quero tricotar um cachecol – disse Marcello, em voz baixa.

– É claro que você também vai aprender a tricotar – concordou Maria. – Mas antes disso vamos costurar. É um pouquinho mais fácil.

Ela olhou para o quarto praticamente vazio à sua volta.

– E vou pedir ao professor Sciamanna que traga estantes. Precisamos de um lugar para guardar os materiais. Não é possível que vocês não tenham nada para fazer assim que eu saio deste quarto.

– As coisas vão ficar aqui? – Clarissa perguntou.

– Vão – decidiu Maria. No canto estava o carrinho de cozinha, Maria o empurrou até o centro do quarto. – Enquanto não temos outra coisa, este carrinho é nossa estante.

Ela pôs as duas tábuas no carrinho, colocou as peças de papel sobre elas e empurrou o carrinho de volta até a parede.

– As crianças devem ter a permissão de ir a qualquer hora até o carrinho para pegar uma tábua e usá-la – disse, com o rosto virado para Serafina – e, depois disso, elas têm de devolvê-la.

– Não vai dar certo – replicou a educadora.

Maria se dirigiu às crianças:

– Vocês vão provar para a Serafina que isso pode muito bem dar certo. Estamos combinados?

Clarissa e Marcello assentiram com a cabeça, fervorosamente. Os outros também concordaram.

– Vá lá – rosnou Serafina. – Mas, se houver briga, vou guardar essas coisas todas.

– Vocês ouviram – advertiu Maria. – Só uma criança por vez pode mexer no material. Quando acabar, é a vez da próxima.

Todos assentiram com a cabeça novamente.

Incrédula, Serafina balançou a cabeça negativamente. Ela murmurou algo incompreensível, mas Maria não deu importância, se despediu das crianças e lhes prometeu começar a aula de costura na visita seguinte.

Ao entrar no corredor, ela torceu para que Serafina não tomasse as tábuas das crianças. Talvez devesse informar o professor Sciamanna de seus planos. Enquanto ainda refletia sobre o assunto, a porta de uma sala adjacente se abriu e o dr. Montesano também apareceu no corredor. Maria não o tinha visto desde o dia de seu discurso de formatura. Naquele dia, ela também não contava com a presença dele. Ele estava mais bonito do que em sua recordação. De imediato, ela baixou a cabeça e se olhou. Por sorte, o jaleco branco encobria seu vestido velho e gasto. Naquela manhã, ela tinha amarrado o espartilho com má vontade. Maria apalpou os cabelos, que pareciam estar arrumados como de costume. Só algumas poucas madeixas tinham se soltado, o que lhe conferia algum charme. Quando Montesano a avistou, seu rosto se iluminou. Radiante, ele foi ao seu encontro.

– Que bom que encontrei a senhorita – disse. – Assim me poupo do caminho até sua residência.

– Por que o senhor queria ir até a minha casa? – Maria tentou imaginar como sua mãe reagiria se seu colega de trabalho aparecesse diante de sua casa sem avisar.

– Eu queria lhe perguntar qual seria o momento adequado para o piquenique que planejamos. Ou por acaso a senhorita se esqueceu de novo? – Ele a observava com preocupação.

– Não, não! – Maria não tardou em responder, e Montesano voltou a relaxar.

– Eu li no jornal que a senhorita representará a Itália no congresso feminino. Por isso, tenho de me apressar se quiser vê-la antes de sua partida.

Toda a cidade de Roma parecia saber que Maria partiria para a Alemanha dentro de poucas semanas.

– Mas o senhor me vê todos os dias na clínica.

– A senhorita quer comparar um piquenique com nosso trabalho diário? – Montesano parecia ofendido.

– Tenho de admitir que eu era criança quando fiz um piquenique ao ar livre pela última vez – disse Maria.

– Então já está mais do que na hora de fazer outro. – Montesano estava tão perto de Maria que ela viu as pequenas rugas em volta de seus olhos quando ele sorriu. – Há alguma iguaria com a qual a senhorita ficaria satisfeita? Algo que eu necessariamente tenha de pôr no cesto?

– Não tenho preferências quanto à comida.

– Então vou deixar que alguma ideia me ocorra. Agora só precisamos marcar uma data para o nosso piquenique. O que a senhorita diz do próximo domingo?

Maria refletiu.

– Depois da missa?

– A que horas seria?

Por um segundo Maria ficou intrigada. Será que ele não frequentava a santa missa aos domingos?

– Por volta das onze horas?

– Devo buscá-la em casa?

– Não é preciso. – A resposta de Maria saiu um tanto ligeira demais, mas Montesano aparentemente não percebeu. Era-lhe penoso admitir que, para se esquivar das perguntas indiscretas de sua mãe, ela preferia se encontrar com ele às escondidas. – Seria mais fácil se nos encontrássemos direto no parque ou às margens do Tibre, assim não teria de voltar em casa depois da missa.

– Ah, sim – disse, morosamente. Com certeza, ele intuiu os verdadeiros motivos de Maria. Porém, teve tato suficiente para não tocar nesse assunto com ela. – O Pincio é o melhor lugar para um piquenique no verão. Da colina se tem uma vista de tirar o fôlego sobre toda a cidade. Ela fica praticamente aos nossos pés.

– É uma ótima ideia – anuiu Maria.

– Sugiro que nos encontremos no leste da Piazza del Popolo. Ali há uma escadaria de acesso ao parque banhada por uma pequena queda-d'água artificial.

Maria conhecia a praça.

– Estarei lá no domingo às onze horas – prometeu ela.

– Mal posso esperar. – Ele quis pegar a mão dela outra vez, levá-la aos lábios e se despedir, mas Maria a escondeu atrás das costas.

– Eu ainda tenho de conversar com você sobre as crianças – disse. – Eu acabei de lhes entregar novos materiais, e elas estão avançando bastante. São como esponjas secas absorvendo conhecimento.

– Vamos até o pátio – sugeriu Montesano. – É mais fácil conversarmos sentados num banco, sob a sombra de um cipreste.

– Com todo o prazer.

Os dois percorreram o corredor até a escada e seguiram até a saída que levava ao pátio.

– Nos últimos meses, estudei todos os livros de Itard e Séguin que pude encontrar em Roma – relatou Maria. – Infelizmente, algumas obras estão fora de catálogo e só estão disponíveis nos Estados Unidos.

Montesano ergueu as sobrancelhas, achando graça.

– A senhorita leu todas as obras e produziu o material para as crianças? Não deveria descansar um pouco sob os louros depois do seu discurso de formatura e aproveitar o sucesso?

Maria olhou para ele sem compreender.

– Por que eu devo descansar? Eu não estou cansada.

– Eu pensei mais num descanso com atividades agradáveis, como, por exemplo, ler um livro que não tenha a ver com o trabalho.

– No domingo eu vou a um piquenique – Maria lembrou a ele.

– Ah, é. – Ele deu um sorriso maroto. – É um bom começo.

Fazia um dia quente de verão. Era possível ver miragens, mas no pátio, graças às numerosas árvores, fazia uma temperatura agradável. Eles caminharam tranquilamente até um banco desocupado. Maria se sentou, e Montesano se instalou ao seu lado.

– Séguin está convencido de que os sentidos das crianças devem ser aguçados. Ele lhes dá esferas coloridas para que coloquem em recipientes da mesma cor. Com isso, ele quer estimular a visão delas. Ele faz com que elas passem fios por contas, desabotoem e amarrem peças de roupa e ordenem por tamanho os pauzinhos que coloca à sua disposição.

– Eu me lembro, também li sobre isso.

– Ele parte do princípio de que as crianças saudáveis realizam essas atividades espontaneamente, enquanto as que têm debilidade mental devem ser orientadas. Por isso, na verdade, nós deveríamos oferecer a elas o dobro da quantidade de material em vez de trancá-las no quarto e deixar que seu intelecto definhe. – Ela fez silêncio por um momento. – Eu quero que as crianças se entreguem a atividades que façam sentido. Eu vou começar a costurar com elas.

– A senhorita acha realmente que, com os materiais certos, as crianças podem se desenvolver e se tornar adultos saudáveis? – Sua dúvida também deixava transparecer admiração e uma leve curiosidade.

– Eu já comprovei que as crianças são capazes de muito mais coisas do que até então se supunha.

– Hum.

– Eu acredito que ainda é possível fazer muito mais e me preocupa muito que em alguns manicômios as crianças tenham de conviver com os adultos na mesmíssima cela.

– Já estamos tentando solucionar essa situação – disse Montesano. – O professor Sciamanna conseguiu que o Ministério responsável verifique, nas próximas semanas e meses, se as crianças estão acomodadas separadamente nos manicômios do país. Serão feitas melhorias onde houver falhas.

– Quem ficará encarregado dessa missão? – Maria perguntou.

– Acredito que alguém do Ministério.

– Parece importante, para mim, que seja uma pessoa que realmente aspire ao bem das crianças – disse Maria. – Caso contrário, essa prescrição não passará de uma norma impressa em papel que não sairá da gaveta.

– A senhorita por acaso quer visitar os manicômios? – Montesano pareceu surpreendido com a pergunta que fez.

– Sim, por que não?

– Porque em algumas instituições as condições são terríveis. Comparada a elas, nossa clínica é um paraíso. Esses edifícios não são lugares para uma moça frequentar.

Seu último comentário despertou a revolta de Maria.

– É sempre curioso que os homens se arroguem o direito de saber exatamente o que as moças podem ou não fazer. Acredite em mim, nos últimos anos vi e vivenciei coisas das quais muitos homens fugiriam aos gritos. E conheci mulheres de coragem que teriam muito a ensinar a eles.

Montesano se calou e a observou com atenção. Ele parecia prestes a contradizê-la, assim como todos os outros homens que Maria conheceu durante a faculdade. Ela sentiu uma decepção crescente dentro de si. O que ela havia esperado?

– Eu conheço o funcionário responsável do Ministério – disse, sério. – Eu vou interceder por você a ele e ao professor Sciamanna e chamar a atenção de ambos para o fato de que as inspeções requerem a opinião de um especialista, preferencialmente a de uma perita. E quem, além da senhorita, possui conhecimento suficiente no campo da medicina e da psiquiatria? Além do mais, certamente não há ninguém que tenha lido tanto sobre o trabalho com crianças que têm debilidade mental.

Levou um momento para que Maria compreendesse que ele de modo algum estava escarnecendo dela, mas sim apoiando sua causa.

– Isso seria maravilhoso, muito obrigada.

– É um prazer. – Nesse momento seu sorriso era tão largo que ia de canto a canto e cobria seu rosto quase por inteiro. – Mas a senhorita precisa me prometer uma coisa.

– E o que seria?

– No próximo domingo falaremos sobre tudo, se depender de mim, sobre o papa ou a última ópera, mas não sobre o trabalho.

– Oh! – Maria inclinou a cabeça para o lado. – Eu não tenho certeza se consigo cumprir uma promessa dessas.

– Mas a senhorita poderia tentar? Apenas durante uma tarde.

– Combinado! – Maria lhe estendeu a mão, e dessa vez ela desfrutou com calma quando ele a levou à boca e seus lábios lhe deram um beijo delicado. Seu bigode era tão macio quanto o novelo de lã que ela tinha deixado com Clarissa para que brincasse.

– Veja só, Maria, eu comprei uma bolsa de viagem e uma mala nova! – Orgulhosa, Renilde buscou na antessala uma mala de couro marrom e a bolsa do mesmo jogo e colocou ambas ao lado da filha, que estava sentada junto à penteadeira e domava sua juba cacheada com pentes e presilhas.

– Muito obrigada! Mas nós já não temos uma mala?

– Ah, aquela velharia! – Renilde fez um gesto de recusa com a mão. – Com ela você não pode ir a Berlim. Ela vai se desfazer assim que você passar pelos Alpes.

Maria achava que aquela mala velha era no fundo bem razoável, mas ela estava comovida pelo fato de a mãe ter se preocupado com o transporte de sua bagagem. Quanto mais o dia da viagem se aproximava, mais nervosa ficava Renilde. Era como se ela própria fosse viajar à Alemanha.

– Eu gostaria de poder ir com você – suspirou Renilde. – Infelizmente a viagem tem um custo alto. – Maria se lembrou da campanha de doações que a mãe tinha lançado sem seu conhecimento. Embora os habitantes de Chiaravalle não fossem ricos, quase todos haviam doado algumas liras, tamanho era o orgulho que sentiam da *dottoressa*. Maria se perguntou por um segundo se Renilde talvez tivesse expectativas de recolher tanto dinheiro a ponto de poder comprar um bilhete de trem a mais. Mas ela logo descartou a hipótese. Sua mãe se preocupava com a filha, não consigo mesma.

– Você está com o seu melhor vestido de domingo – comentou Renilde.

– Mas hoje é domingo.

– Sim, mas você só usa esse vestido em ocasiões muito especiais. Ele custou uma fortuna.

– Eu o comprei com meu primeiro salário de médica assistente – Maria refrescou a memória da mãe. – Não foi barato, mas também não custou os olhos da cara. Eu me sinto bem com esse vestido. – Ela pegou um frasco de perfume e borrifou o pescoço.

– Desde quando você passa água de cheiro para ir à igreja?

Irritada, Maria se virou para a mãe.

– Mamãe, hoje é domingo, não quero sair andando por aí como um espantalho, é só isso.

– Você nunca fica parecida com um espantalho. Queria saber se existe algum motivo para você se preocupar com sua aparência.

– Minha fotografia apareceu em todos os jornais da Itália. Há pessoas que me reconhecem quando cruzo com elas na rua. Eu não quero que digam: "Ah, esta é a jovem *dottoressa*, ela na realidade é muito diferente das fotos. Ela só se penteia quando sabe que será fotografada?".

– É um completo absurdo – disse Renilde, arrastando a mala e a bolsa para perto da parede. – Você está sempre linda. – No entanto, ela já não falava com a mesma convicção de antes. Talvez estivesse refletindo sobre as palavras da filha.

Maria esperou que a mãe saísse do quarto, mas parecia ainda haver algo lhe afligindo o coração.

– Eu temia que você se encontrasse com seu colega que lhe entregou uma rosa no dia do seu discurso de formatura. Desde que começou a trabalhar com ele, você mudou.

– Mudei de que maneira?

A voz de Renilde ganhou tons acusatórios.

– Você dá mais valor à sua aparência. Nossas conversas se tornaram mais raras, e você só me conta do seu trabalho às vezes. Antigamente, você compartilhava comigo todas as novidades, eu era informada de cada um de seus passos. Eu podia sentir o que se passava dentro de você. Agora tenho a sensação de que está me excluindo. Você guarda segredos de mim.

Maria se virou na direção da mãe.

– Eu vivo tantas coisas todos os dias que fico cansada demais à noite para falar sobre insignificâncias.

– Antigamente, não era assim.

– Eu não sou mais uma estudante, mamãe. Sou uma médica com muitas responsabilidades. O fato de eu não lhe contar sobre cada minuto da minha vida não quer dizer que guardo segredos.

Renilde comprimiu os lábios. Sem fazer mais nenhum comentário, ela saiu do quarto. Maria a seguiu com o olhar, quase aliviada. Ela sabia que o cotidiano de sua mãe não apresentava grandes variações. Durante anos, as narrativas de Maria coloriram sua rotina enfadonha. Mas, para Maria, às vezes a curiosidade da mãe passava do limite. Era como se a mãe tentasse se apropriar de sua vida. Mal havia formulado o pensamento internamente, Maria logo se arrependeu. Ela estava sendo injusta com a mãe, que sempre quis o melhor para ela.

É claro que a suspeita da mãe estava correta. Maria de fato tinha escondido dela o encontro planejado com Giuseppe Montesano. Por enquanto, ele deveria ser mantido em segredo entre Maria e o doutor. Ela mesma ainda não sabia para onde aquele caminho levaria. Sua mãe apenas se irritaria sem necessidade se soubesse.

Depois da santa missa, Maria tinha dito aos pais que precisava ir mais uma vez à clínica a fim de visitar um paciente.

– Hoje, no domingo? – Renilde tinha perguntado, desconfiada.

– Nossa filha é médica – Alessandro tinha dito. – As doenças não pedem licença quando querem molestar uma pessoa. – E, em seguida, ele chamou para a filha um fiacre vazio com um aceno e um forte assobio. Bem-agradecida, Maria subiu, deixando-se levar não para a clínica psiquiátrica, mas para a Piazza del Popolo. Junto à escadaria que levava ao Pincio ela já era aguardada.

O dr. Giuseppe Montesano estava de pé ao lado da pequena queda-d'água artificial que desembocava numa bacia. Em uma das mãos ele carregava um cesto de piquenique, na outra, segurava um buquê de flores recém-colhidas: uma mistura colorida de cravos, íris, lírios e rosas vermelho-escuras. Com seu terno marrom-escuro com corte moderno, ele estava elegante, porém descontraído. O colarinho de sua camisa alvinitente formava um belo contraste com sua tez morena de tom oliva. Na cabeça, ele estava usando um chapéu de palha do tipo que outrora fora usado somente por marinheiros. Agora, o adereço também gozava de grande popularidade no dia a dia dos homens modernos.

Quando Montesano a avistou, caminhou a passos largos em sua direção. Ele lhe entregou as flores um pouco constrangido.

– Eu não sabia ao certo de que tipo de flor a senhorita gosta mais. Por isso, pedi à florista que fizesse um ramo sortido.

Maria tomou o buquê nas mãos com o coração acelerado.

– As flores são lindas – disse ela, enterrando seu nariz ali. – E o cheiro que exalam! Muito obrigada.

Um sorriso aliviado se abriu no rosto de Montesano.

– Temos de procurar um lugarzinho perto de uma fonte para que eu possa colocar o buquê na água.

– Eu me preveni. – Dr. Montesano abriu a tampa do cesto de piquenique. Maria viu em seu interior uma garrafa de vinho e uma toalha xadrez nas cores vermelho e branco. Além disso, havia um frasco de vidro com tampa de rosca contendo um líquido límpido; água, como ela suspeitou. – Pode não ser tão bonito quanto um vaso, mas é o suficiente para a tarde de hoje – disse ele.

– O senhor pensou mesmo em tudo. – Maria estava impressionada. Ela teve curiosidade de saber se ele já tinha feito passeios como aquele muitas vezes e se por isso sabia exatamente como impressionar uma jovem.

– Foi uma sugestão da florista do Campo dei Fiori – admitiu Montesano. – Vamos andando? – Ele ofereceu seu braço a Maria, que o aceitou após uma breve hesitação.

– Com prazer. – Era a primeira vez em sua vida que ela passeava ao lado de um homem que não seu pai. A sensação era esquisita e ao mesmo tempo excitante. Como se Maria estivesse fazendo algo proibido. Ela olhou ao seu redor com cuidado. Será que as pessoas a estavam encarando porque ela estava segurando o braço de um homem em público? Mas ninguém parecia prestar atenção nela. Montesano e Maria pareciam ser como qualquer outro casal que aproveitava um belo dia de verão para flanar no parque.

Sem pressa, subiram os degraus até o mirante.

– A senhorita sabia que os romanos devem o Pincio a um francês? – Montesano iniciou a conversa.

– Eu pensei que o arquiteto Giuseppe Valadier tivesse planejado a Piazza del Popolo e os terraços – disse Maria.

Montesano ficou parado por um momento.

– Existe algo que a senhorita não conheça a fundo?

Ele parecia surpreendido, mas em sua voz também havia um sinal de irritação. Maria conhecia aquele tom. Ele a tinha acompanhado desde quando frequentara a escola para meninos. Os homens não gostavam quando as mulheres sabiam mais do que eles próprios.

– A senhorita é uma mulher muito culta – continuou Montesano. – Quando Napoleão ocupou Roma com suas tropas, ele notou que a cidade não tinha nenhum parque público. Todos os belos espaços arborizados eram de propriedade dos ricos aristocratas. Ele exigiu um parque para todos os romanos, e seus planos se concretizaram alguns anos depois da retirada das tropas francesas.

– Disso eu não sabia – reconheceu Maria.

Montesano sorriu, satisfeito.

– Quem diria que eu poderia lhe contar uma novidade?

Eles tinham chegado ao ponto mais alto da colina e estavam junto à balaustrada do mirante. A vista da cidade era de tirar o fôlego. Diante deles, Roma se mostrava com todos os seus campanários e becos estreitos, com os templos e ruínas antigas. Era possível ver miragens, mas, para um dia de alto verão, fazia um calor agradável, não escaldante. Uma semana antes, eles não teriam conseguido ficar ali tomando sol sem a sensação de que estavam prestes a torrar.

Eles apreciaram a vista por pouco tempo, depois seguiram adiante e procuraram um lugar adequado perto do relógio movido a água, uma das atrações especiais do parque. Com efeito, eles encontraram por ali um banco com uma mesinha. Antes que outra pessoa ocupasse aquele cobiçado lugar, eles andaram depressa até lá, obstinadamente. Montesano abriu a toalha que tinha trazido sobre a mesa de pedra e colocou sobre ela a garrafa de vinho tinto e duas taças. Depois, pegou pão fresco, queijo, salame, azeitonas e maçãs, tomates e pepinos do cesto. No meio da mesa colocou o frasco com água. Ele tomou as flores de Maria e as colocou ali dentro. Agora estava satisfeito.

– Posso? – Ele se curvou como um cavalheiro e a convidou para a mesa. Ela se sentou de prontidão.

Tudo era romântico e perfeito. Nenhuma nuvem turvava o céu, uma brisa suave e agradável garantia um tempo magnífico.

– O senhor também encomendou o tempo?

– É claro, eu pedi um dia de sol, mas sem calor.

– O senhor acertou em cheio. Muito obrigada. – Maria estava radiante. Ela nunca havia se sentido tão bem na presença de um homem quanto agora, com Montesano. Ele sabia surpreendê-la e fazê-la rir.

– Posso lhe servir uma taça de vinho? – perguntou ele.

– Sim, por favor. Eu imagino que o senhor também tenha trazido um abridor de garrafas.

Montesano arregalou os olhos. Ele deu um tapinha na testa com a mão aberta.

– Não pode ser – praguejou. – Ficou na cozinha.

– Eu também fico satisfeita com água – disse Maria, em seguida. – Ali no fundo há uma fonte. Eu vou para aquele lado e encho nossas taças.

– De jeito nenhum! – Montesano a deteve, tocando o braço de Maria com a mão. Subitamente, ela sentiu um calor na região, mais quente que o resto do corpo. E sentiu algo como um lamento quando ele enfim a soltou.

– A senhorita pode ficar aqui sentada, eu vou correr para o quiosque ali no fundo. Talvez o dono possa me emprestar um abridor. – E logo saiu marchando pela relva.

Maria o seguiu com o olhar. Ela gostava dele não só porque ele era bonito e charmoso, mas também engraçado e inteligente. Ela se sentia atraída por ele com cada célula de seu corpo, o que era insano, pois mal o conhecia. Maria se recostou, sentindo um frio na barriga, e fechou os olhos por um momento. Ao fundo, ouviu risadas de crianças, zumbidos de insetos e alguém cantando uma canção. Sentiu-se livre e leve como nunca antes. Não havia nada pesando sobre ela, nenhum exame pendente, nenhum conflito que tivesse de resolver com professores ou colegas de faculdade. Hoje, ela era apenas uma moça aproveitando uma tarde dos sonhos.

– A senhorita adormeceu? – Montesano estava de volta.

Maria abriu os olhos imediatamente e sorriu para ele.

– Não, só estou apreciando o momento. Sem nenhum paciente, doenças e problemas.

– A senhorita tinha me prometido uma coisa. – Ele ergueu o indicador, advertindo-a.

– Não se preocupe, não vou falar sobre o trabalho.

– Que bom – disse ele, satisfeito. Triunfante, mostrou a ela a garrafa de vinho desarrolhada.

– O vendedor foi gentil de ter emprestado um abridor de garrafas para o senhor.

– Mas ele não fez isso de graça – confessou Montesano. Além da garrafa, ele tinha trazido um saco de papel pardo. Ele o colocou sobre a mesa e o abriu. Duas fatias de torta de amêndoas com uma camada generosa de açúcar de confeiteiro se revelaram. – Eu tive de comprar algo dele. Espero que a senhorita goste de torta de amêndoas.

– Eu amo – suspirou Maria. – Sou apaixonada por doces.

Montesano sorriu, satisfeito.

– Que bom que a senhorita não é perfeita e também tem certos vícios.

Maria enrubesceu.

– Caso contrário, eu me sentiria mal perto da senhorita – continuou.

– Quais são suas fraquezas?

– Não vou revelar, afinal, ainda quero passar muitas tardes agradáveis com a senhorita. – Ele a olhava com tanta intensidade que fazia o coração de Maria bater com mais força. Por fim, ela virou o rosto.

Montesano encheu as duas taças de vinho. O líquido vermelho-escuro cintilava na claridade da luz solar e borbulhou levemente. Ele estendeu uma das taças a Maria.

– A uma colaboração harmoniosa e de sucesso – disse ele.

– Agora o senhor mencionou o trabalho – repreendeu Maria.

– Viu só, eu logo me revelei – disse ele, marotamente. – Agora a senhorita conhece uma das minhas fraquezas. Meus colegas se queixam de que sou tremendamente ambicioso e às vezes levo meu trabalho mais a sério do que minha vida pessoal.

– Sei como é – suspirou Maria. – De fato, nesse aspecto nós somos muito parecidos.

Montesano ofereceu-lhe a taça para fazerem um brinde.

– Mas hoje tentaremos reparar nossas fraquezas e faremos de tudo para não pensar na clínica.

– Uma ideia excelente!

– Tim-tim!

As taças tilintaram baixinho, e Maria tomou um gole do vinho de sabor adocicado.

– A senhorita gosta de Lambrusco? – perguntou Montesano.

– É a primeira vez que o bebo, mas estou achando muito bom.

– Isso me deixa contente. Então vamos começar a comer. – Ele partiu um pedaço de pão e o ofereceu a Maria.

Maria se deleitou com aquela tarde. Nunca um simples pão, queijo e salame tinham sido tão gostosos. Eles riam enquanto contavam um ao outro anedotas da infância. Falaram sobre a faculdade e sobre suas famílias, deixando de fora apenas um tema: a clínica. Foi só quando o Sol estava se pondo e a maioria dos frequentadores já tinham deixado havia muito o parque que colocaram os restos de volta no cesto. Maria recolheu suas flores, e eles caminharam lentamente de volta para o mirante. O pôr do sol ardia como brasa atrás da cúpula da Basílica de São Pedro. Sobre os telhados da cidade de tom castanho-avermelhado formavam-se miragens.

– Eu nunca saí de Roma – disse Maria, impressionada. – Mas tenho certeza de que não existe no mundo nenhum lugar mais bonito.

Montesano agora estava muito próximo dela. Seus braços se tocaram indecorosamente, mas Maria desfrutou daquela intimidade. Ela teria gostado, sobretudo, que ele tivesse colocado o braço sobre seus ombros, o que, é claro, era absolutamente impensável.

– Logo a senhorita conhecerá outra cidade – disse Montesano. Sua voz era tão tenra e aveludada quanto o castanho de seus olhos. – Estou curioso para saber se depois disso a senhorita ainda terá a mesma opinião.

– Eu estou muito nervosa – confessou Maria. – É a primeira vez que faço uma grande viagem. Nunca estive no exterior.

– Não tenho nada contra a senhorita se apaixonar por uma cidade estrangeira – disse Montesano. – Mas eu acharia insuportável se conhecesse um homem interessante por lá.

Maria chegou ainda mais perto dele. Ela levantou a cabeça e virou o rosto em sua direção. Agora ela estava tão perto dele que podia enxergar as manchas verde-claras no castanho-escuro de sua íris. Havia um interesse sutil em seus olhos, como se pedisse permissão para dar mais um passo. Então ele se curvou e encostou seus lábios nos dela. Maria não se opôs. O que eles estavam fazendo era escandaloso. A polícia de costumes poderia prendê-los por isso. Mas

Maria não quis desperdiçar o momento. Ela sentiu que o toque de seu beijo era perfeito.

Um homem atrás deles pigarreou, e Montesano afastou a boca dos lábios de Maria. Ela retornou ao presente e olhou à sua volta, envergonhada. Aparentemente ninguém, além do rapaz, a tinha observado. A velha senhora que se encontrava ao seu lado tinha a atenção voltada unicamente para a cidade a seus pés.

– Sinto muito – disse Montesano, com a voz rouca. – Foi impossível não beijar você.

Maria retribuiu seu pedido de desculpas com ânsia no olhar.

– Você vai pensar em mim quando estiver em Berlim? – Ele tomou a mão dela.

– Todo dia, toda hora – prometeu Maria. Então ela ficou na ponta dos pés e beijou Giuseppe novamente. Dessa vez, a velha notou seu comportamento indecente.

– Parem com isso! – exigiu, indignada. – Senão, chamarei um *poliziotto*.

Maria continuou segurando a mão de Giuseppe; ela o levou à escadaria, e juntos caminharam sorridentes até a Piazza del Popolo.

Berlim, setembro de 1896

O fiscal abriu a porta do vagão e disse alguma coisa em alemão que Maria não compreendeu. Ela ouviu, porém, a palavra Berlim e supôs que logo chegaria a seu destino.

Elas já estavam em trânsito havia dois dias. Na quarta-feira de manhã tinham partido de Roma no trem em direção ao norte. No início, as três mulheres ainda conversavam animadas, mas em algum momento acabaram se cansando. Enquanto Rina Faccio e

Florence Piavelli dormitavam, Maria observava com pleno interesse as aldeias, estações de trem e paisagens passando pela janela. Na fronteira com o Império Austro-Húngaro, um funcionário da alfândega tinha percorrido o trem e controlado seus passaportes. Quase uma eternidade tinha se passado até que ele tivesse carimbado todos os documentos com a águia bicéfala. Maria tinha aproveitado o momento e olhado pela janela para procurar no horizonte montanhas tão altas que pareciam alcançar o céu. Nos cumes havia neve branca, e pelo visto durante todo o ano.

No fim da tarde elas finalmente chegaram a Trieste e tomaram um coche para a Piazza San Pietro, onde Rina Faccio havia reservado três quartos. Florence Piavelli achou que aquela praça aberta, com acesso direto ao mar, se assemelhava à Piazza San Marco em Veneza. Maria não podia dizer nada a respeito, pois nunca tinha ido a Veneza, mas achou aquela *piazza* impressionante. Os edifícios que circundavam a praça trouxeram à sua lembrança uma pintura de Viena que tinha visto, mas os *palazzi* tinham também uma aura italiana e conferiam à cidade uma elegância fora do comum. Em toda parte circulavam oficiais e cadetes do Exército Imperial e Real. Eles vestiam uniformes em cores variadas com condecorações em parte pomposas e fantasiosas. Maria ouviu uma porção de idiomas diferentes: alemão, italiano, esloveno e croata.

A *piazza* onde elas jantaram era amplamente iluminada. Os lampiões eram movidos a energia elétrica, assim como os bondes que percorriam a cidade e transportavam passageiros de um lado para o outro. Maria ficou admirada com a riqueza e o avanço tecnológico de Trieste e quis que essas conquistas também estivessem acessíveis em Roma para toda a população. No saguão do hotel havia dois bustos, um dos quais mostrava o imperador austríaco e o outro sua esposa Elisabeth, que, graças à sua beleza, era idolatrada como uma santa muito além da fronteira austro-húngara. Quando, tarde da noite, Maria chegou ao quarto, caiu imediatamente na cama e dormiu até às cinco horas da manhã seguinte, sem interrupções. Então era a hora de se levantar outra vez, pois a viagem continuava no trem seguinte.

Depois de Salzburgo, houve mais um controle de fronteiras. Dessa vez, eram autoridades alemãs que queriam ver seus passaportes. Apesar da árdua viagem, Maria apreciou cada momento de sua aventura e não se cansou de ver as cidades passando pela janela, a paisagem sempre mudando e os edifícios diferentes em todo lugar. As casas em enxaimel chamaram sua atenção em especial, pois esse tipo de construção era totalmente desconhecido em Roma. Toda vez que ela ouvia uma língua desconhecida, tentava classificá-la. Ficou confusa com o fato de que o alemão falado em Trieste se distinguia claramente do alemão falado pelo fiscal do trem.

– Esta língua é realmente a mesma que o garçom usou ontem à noite? – indagou.

Rina Faccio fez que sim com a cabeça. Ela conhecia perfeitamente não apenas o inglês e o italiano, sua língua materna, mas também falava um alemão bem razoável.

– Muitos austríacos alongam as vogais e pronunciam as consoantes com mais suavidade do que o habitual na Alemanha – explicou. – A propósito, temos de nos aprontar, dentro de instantes chegaremos à estação Anhalter Bahnhof, em Berlim.

Ela se pôs de pé e conferiu o penteado no espelho fixado debaixo do bagageiro. Maria também se levantou e se alongou. De tanto ficar sentada, seus ombros e pernas doíam, embora elas tivessem aproveitado o tempo para ir duas vezes ao vagão-restaurante e tivessem movimentado as pernas inúmeras vezes. Maria olhou pela janela e viu várias casas construídas uma bem ao lado da outra. Uma fumaceira subia das inúmeras chaminés. Somente aqui e ali o mar de concreto cinza era rasgado pelo verde das árvores ou dos arbustos. No oeste, o Sol se punha atrás dos telhados. O trem andava mais devagar, e com um forte apito o maquinista anunciou a chegada. Maria teria adorado se inclinar para fora da janela para admirar o imenso pavilhão da estação, mas, logo que a janela se abriu, a fumaça cáustica de carvão queimado invadiu o interior do vagão.

À medida que o trem entrava no pavilhão da estação, fazia um estrépito cada vez mais suave. Elas tinham chegado a seu destino. Uma placa escura anunciava com letras nítidas e serpenteantes: Berlin Anhalter Bahnhof.

– Venha, Maria. – Durante a longa viagem de trem, as três mulheres tinham passado a usar o pronome "você". A miúda e delicada Rina içou, com força surpreendente, a sua própria mala e a de Maria do bagageiro.

– Logo iremos atrás de um carregador de malas – disse. Florence já tinha colocado o chapéu e vestido o sobretudo. Apenas Maria ainda estava de pé, junto à janela, sentindo-se como uma criança admirada que fazia uma excursão pela primeira vez na vida. As pessoas que circulavam do lado de fora, pela plataforma, pareciam todas apressadas. Em Berlim, os homens e as mulheres andavam visivelmente mais rápido do que em Roma ou em Trieste.

Por fim, ela se desligou daquele espetáculo, enfiou o sobretudo e colocou o chapéu. Então, pegou sua bolsa de viagem e agarrou sua mala. Arduamente, arrastou-a até a saída. Talvez devesse mesmo ter deixado o segundo par de sapatos em casa.

Na plataforma, já havia um carregador de malas à sua disposição. Ele tomou a mala de Maria prontamente e a colocou num carrinho de mão junto com as bolsas das outras duas. Ele disse algo que Maria não entendeu. Rina lhe respondeu, e então as três companheiras de viagem o seguiram até o saguão de entrada. O espaço tinha pé-direito alto, colunas e um teto de vidro que garantia luminosidade durante o dia. Agora, essa tarefa era executada por um lustre gigantesco que flutuava sob o teto e cintilava com intenso esplendor. A estação cheirava a carvão, mas também a salsichas, chucrute e pão saído do forno. O estômago de Maria roncou. Desde o lanche que tinha feito no vagão-restaurante, ela não tinha comido mais nada. Mas nem Rina nem

Florence pareciam ter vontade de provar uma das salsichas perfumadas que reluziam na cor marrom e dourada, pois estavam mirando a enorme saída.

Elas deixaram o edifício da estação por uma escadaria espaçosa, onde a próxima surpresa esperava por Maria. Uma espécie de coche de dois andares puxado por cavalos, com no mínimo vinte pessoas, entrou na praça. Atrás dele, vinha já o próximo, transportando uma quantidade semelhante de passageiros.

– São bondes imperiais – disse Rina. – Mas também existem bondes elétricos. Berlim é uma cidade muito moderna. Aqui vivem quase dois milhões de pessoas.

O número era impressionante. Para onde quer que ela olhasse, uma multidão de gente formigava em toda parte, e elas pareciam apressadas, assim como os passageiros da estação. Ninguém andava devagar, todos se afobavam.

Florence fez o pagamento ao carregador de malas e acenou para um coche.

– Nós não vamos de imperial? – Maria estava decepcionada. Ela adoraria se sentar no segundo andar de um desses veículos, sentir o fluxo de ar no rosto e vivenciar a cidade de perto.

– Com nossa bagagem? – perguntou Rina. – Não, obrigada.

Logo um coche coberto veio ao encontro delas, estropeando.

– Vamos pegar aquele ali – decidiu Florence.

Pouco depois, elas estavam sentadas no veículo e se dirigiam à Friedrichstraße, rua do Hotel Victoria, onde pernoitariam. As três mulheres faziam silêncio no coche. O trio estava cansado. Mas, enquanto Rina e Florence tinham os olhos entreabertos, Maria voltou sua atenção à rua.

Tudo ali parecia ser mais moderno, mais barulhento e mais rápido do que em Roma. Bondes imperiais lotados passavam constantemente por elas. Homens e mulheres se acotovelavam na plataforma descoberta e no interior do veículo. No cantinho da rua, Maria viu ciclistas. Até então ela só tinha lido a seu respeito. Como era possível manter o equilíbrio sobre duas rodas? Muitos berlinenses pareciam ter intimidade com essa tecnologia. Maria constantemente via pessoas, tanto mulheres quanto homens, até mesmo uma criança que ainda não contava mais de dez anos, pilotando seus veículos frágeis como filigrana através da multidão tumultuada. Elas podiam se locomover nas ruas porque em toda parte havia iluminação. Todo canto da cidade era iluminado por lâmpadas elétricas.

Maria teve a impressão de estar não apenas em outro país, mas em outra época. Como se o trem a tivesse levado para o futuro tecnológico. Nenhum dos edifícios que margeavam as ruas parecia ter mais de cem anos. Onde estavam as igrejas medievais? Os alemães tinham erguido essa cidade nos últimos cem anos e simplesmente demolido tudo o que existira antes?

Quanto mais avançavam, mais surgiam perguntas que ficavam sem respostas. Nas calçadas havia colunas de publicidade cujos cartazes coloridos pareciam anunciar eventos. Mas também havia anúncios de cosméticos, vestuário e produtos para casa. Infelizmente, Maria não conseguia entender o que diziam os textos, e, além disso, o coche passou rápido demais por eles. Os cavalos pararam abruptamente diante de um prédio de quatro andares amplamente iluminado.

– Ah, chegamos – exclamou Rina, alegremente. Florence também despertou de seu cochilo e foi a primeira a saltar do veículo. Maria as seguiu. Foi só então que ela notou que batia um vento gelado. Fazia um tempo mais fresco do que em Roma. Antes, na estação de trem, ela não tinha se dado conta disso, mas agora sentia frio. Imediatamente, puxou seu sobretudo para mais perto do corpo. O cocheiro içou sua bagagem do veículo e pôs tudo sobre a calçada. Enquanto Florence lhe pagava, um garoto com o uniforme do hotel se aproximou delas. Ele usava um barrete verde-escuro com debrum dourado e abordou Maria, que, porém, apenas ergueu os ombros, desculpando-se. Por que até então ela não tinha aprendido nenhuma língua estrangeira?

Rina foi socorrê-la. Ela disse alguma coisa ao jovem rapaz, e este logo levou as duas malas para o hotel. Ele tinha muita agilidade e, antes que o coche tivesse ido embora, já havia buscado o restante da bagagem.

– Vamos entrando – disse Rina, levando Maria à entrada e andando com ela de braços dados. Uma porta envidraçada de duas folhas dava acesso ao interior do hotel.

– Também há um café aqui? – perguntou Maria, apontando para mais uma porta de folhas. As salas atrás dela, porém, estavam na escuridão.

– Sim, é um dos endereços mais populares da cidade – disse Rina. – Infelizmente, já está fechado, o que é uma pena, aqui pode-se comer os melhores bolos e tortas de Berlim. Além disso, o café é de primeira. Não tão bom quanto o de Roma ou de Trieste que estamos habituadas, mas é bem bebível.

No vagão-restaurante do trem, Maria já tinha tido uma prova do café alemão. Ela torceu a boca ao se lembrar dele.

– Quem é este? – Maria parou diante de um grande quadro que mostrava um homem de casaca. Uma série de condecorações e um colar de ouro pesado adornavam seu peito. "Carl Ludwig Willdenow" estava escrito num pequeno painel fixado à moldura.

– Eu acho que é o ex-proprietário do estabelecimento. Se não me engano, ele foi o diretor do jardim botânico. Preciso admitir que nunca visitei o jardim. Quando estou em Berlim, há sempre outras coisas interessantes para se ver além de plantas exóticas.

Maria podia entender Rina perfeitamente. Naquela cidade pulsante, o jardim botânico seria um dos últimos endereços que ela visitaria.

Elas caminharam sobre um longo tapete vermelho até a recepção. Ali estava à sua espera um homem que usava um uniforme semelhante ao do garoto mensageiro, mas ele era nitidamente mais velho e não tão simpático. Um crachazinho dourado sobre o peito o identificava como o senhor Fritz.

– As senhoras devem ser as três hóspedes de Roma – disse. Para a surpresa de Maria, ele as abordou em sua língua materna.

– Oh, sim – respondeu ela, alegremente. – E o senhor fala italiano!

Seu entusiasmo parecia contagiante. Imediatamente, o rosto do senhor Fritz também se iluminou.

– Infelizmente, só um pouquinho – confessou.

– Mas é muito mais do que eu consigo entender da sua língua – disse Maria. – Eu queria saber pronunciar tantas palavras em alemão.

O homem ficou visivelmente lisonjeado.

– Muito obrigado pelas palavras simpáticas – disse ele, antes de pigarrear, constrangido, e acariciar sua farta barba.

– O senhor pode nos dizer onde ainda é possível encontrar um prato decente de comida a essa hora? Seu café infelizmente já está fechado. – Rina se apoiou no balcão com o cotovelo, ao que o senhor Fritz respondeu balançando a cabeça, repreendendo-a. – Desculpe-me. – Rina se recompôs. – Estamos viajando há dois dias e extremamente cansadas. – Ela bocejou, cobrindo a boca com a mão enluvada.

– E com fome – acrescentou Maria, imediatamente.

– Oh, sinto muito – disse o senhor Fritz. Ele então se curvou para a frente, confidencialmente. – Um pouco mais longe do centro, no número 66 da Friedrichstraße, fica o Schwarzer Austernkeller. Ali refeições quentes são servidas vinte e quatro horas por dia.

– Dia e noite? – Maria perguntou, impressionada. – Nós precisamos de um acompanhante homem?

A pergunta intrigou o senhor Fritz.

– Como é?

– Em Roma, seria impensável três mulheres frequentarem a esta hora um restaurante sem a companhia de um respeitável senhor.

O senhor Fritz encolheu os ombros.

– Nós estamos em Berlim – disse ele, como que se desculpando. Mas nem Maria nem Rina estavam esperando um pedido de desculpa. Para elas, a liberdade de que as mulheres gozavam na cidade alemã era extraordinária.

– De quanto tempo vocês precisam para se aprontar? – Rina interrogou as duas companheiras de viagem.

Maria não demorou a responder. Seu estômago roncava.

– Dez minutos.

– Então nos encontramos de novo dentro de dez minutos aqui na recepção – determinou Rina.

– Eu ainda nem peguei a chave do quarto – disse Florence. Para ela, tudo estava acontecendo um pouco rápido demais.

– Eu já separei as chaves do quarto – explicou o senhor Fritz, estendendo-lhes, por sobre o balcão, três pesadas chaves douradas, em cujas extremidades pendiam etiquetas com algarismos ornamentados. – Todos os quartos se encontram no primeiro andar e dispõem de água quente.

– Espetacular – disse Maria, suspirando com satisfação.

– As senhoras podem preencher a ficha de registro mais tarde. – O senhor Fritz deu um sorriso malicioso. – Quando se tem fome, a única coisa a se fazer é comer.

O Schwarzer Austernkeller não era um estabelecimento noturno de má reputação, mas um restaurante nobre que, exceto por algumas poucas mesas desocupadas, estava bastante cheio. Aparentemente, Maria, Rina e Florence não eram as únicas que queriam comer uma refeição quente tarde da noite. O salão era iluminado por vários lustres, e havia pinturas imensas penduradas nas paredes ao lado de espelhos com molduras douradas que faziam o salão parecer ainda maior. Os fregueses conversavam em surdina, os talheres tilintavam baixinho contra a louça e, no fundo do salão, na área para fumantes, havia um pianista. Ele estava de casaca e tocava música clássica de modo discreto. Maria reconheceu uma das melodias, era de Vivaldi.

As três mulheres conseguiram uma mesa em um nicho de janela, bem ao lado de uma grande seringueira. Tão logo elas se sentaram, o garçom chegou com três cardápios com capa de couro. Maria o abriu, mas não entendeu quase nada, embora o menu estivesse em alemão e francês.

– Eu preciso da ajuda de vocês – disse, humildemente.

Rina se curvou prontamente em sua direção.

– Você pode escolher sopa de frango ou caldo de legumes frescos. Depois, pode escolher entre pregado de Ostende com molho holandês, patas de porco com trufas e batatas Dauphine, ou perdiz com salada. De sobremesa, recomendam-se frutas, queijos ou compota.

Maria ficou com água na boca.

– Eu acho que quero a perdiz – disse.

– Eu também – disse Rina. Florence escolheu as patas de porco. De entrada, as três escolheram o caldo de legumes.

Logo depois, o garçom trouxe uma garrafa com água e outra com vinho branco do Vale do Reno. Ele encheu as taças pela metade e seguiu depressa para a próxima mesa.

– Você já está nervosa? – Rina perguntou. – Amanhã você fará um dos discursos de abertura.

Maria ergueu sua bolsa, que tinha colocado ao seu lado, no chão, e a revirou.

– Ele está aqui. Vocês querem ouvi-lo?

– Claro que sim! – disse Florence. – Mas, antes, preciso comer alguma coisa urgentemente. Enquanto meu estômago estiver roncando alto, não conseguirei ouvir direito.

– Eu também não – disse Rina, tomando um gole generoso do vinho. – Você sabe que fará seu discurso sobre a desigualdade salarial entre homens e mulheres só na segunda-feira, não sabe?

– É claro – disse Maria. – Eu estudei o programa com atenção e estou muito ansiosa para conhecer as outras oradoras. Há tantos temas interessantes. Espero que as palestras sejam traduzidas.

– Infelizmente não para todas as línguas. São esperadas mais de quinhentas participantes dos mais diversos países – disse Rina. – Seria muito dispendioso fazer traduções para todas as línguas. Mas a maioria das palestras serão vertidas para o inglês e o francês.

Não era a resposta que Maria esperava ouvir.

– Há uma palestra que eu não posso perder.

– Qual delas?

– A da dra. Goldschmidt. Ela também falará na segunda-feira sobre a importância internacional de Friedrich Fröbel para a educação da família e do povo.

– Quem é Friedrich Fröbel? – perguntou Rina.

– Um pedagogo que foi aluno de Pestalozzi. Eu esbarrei por acaso no nome dele quando peguei emprestadas as obras de Séguin. E agora, quando li de novo o nome dele, pensei que fosse um sinal do destino. Deve ser porque preciso aprender mais sobre esse homem.

O garçom interrompeu o fluxo da fala de Maria e trouxe as sopas. Diante das xícaras fumegantes, a conversa tinha sido esquecida. Famintas, elas devoraram a entrada, que estava uma delícia. Enquanto comiam o prato principal, também não falaram sobre o congresso, mas elogiaram a carne macia e o requinte dos temperos. Maria estava tão maravilhada com sua perdiz que limpou o restante do molho escuro com um pedaço de pão fresco e o comeu. Elas esvaziaram a garrafa de vinho e não se opuseram quando o garçom lhes ofereceu a segunda.

Elas deixaram passar a sobremesa, e enquanto Maria começava a terceira taça de vinho, pegou seus papéis da bolsa e leu em voz alta um trecho de seu discurso. Embora ela fosse uma exímia oradora, Rina e Florence acabaram fechando os olhos. O dia tinha sido longo demais, e a comida e o vinho tinham sido excessivos.

– É melhor pagarmos e voltarmos ao hotel – sugeriu Maria. Ela também estava cansada. – De todo modo, amanhã vocês ouvirão o discurso.

– Por favor, me desculpe – disse Florence. – Não é que eu não esteja interessada no que você tem a dizer. Mas estou tão cansada que poderia pegar no sono aqui e agora.

– Eu também – concordou Rina. – Se eu não prestar atenção, minha cabeça vai desabar no meio da mesa, bum!

Elas acenaram ao garçom e pediram a conta. Ele explicou a elas que o caixa ficava ao lado do bengaleiro.

– Eu pago a conta – anunciou Florence. Maria quis contestar, mas Florence recusou com um gesto. – Eu faço questão.

Pouco depois, uma jovem bengaleira entregou às três mulheres seus sobretudos. Quando elas puseram os pés na rua, ainda havia um grande movimento do lado de fora. Os bondes imperiais não transitavam mais com tanta frequência, mas havia tantas pessoas circulando quantas há em Roma na hora do almoço. Maria se perguntou se os alemães não dormiam nunca. Ela mesma mal podia ver a hora de ir para a cama.

Meia hora mais tarde, ao se meter debaixo de um levíssimo cobertor de plumas que tinha cheiro de água de lavanda e de violeta, ela se perguntou se tinha guardado os papéis de volta na bolsa ou se ainda estavam na mesa do Schwarzer Austernkeller. Maria estava cansada demais para se levantar mais uma vez e verificar. Fechou os olhos e logo adormeceu.

Maria foi arrancada do sono pelo barulho de batidas na porta do quarto de hotel. Ela se recompôs e precisou de um tempo para se lembrar de onde estava. As cortinas de veludo verde-escuras sobre a moldura da janela pintada de branco pertenciam ao seu lindo e moderno quarto no Hotel Victoria. Maria estava em Berlim. Novamente bateram à porta.

– Maria, acorde! Já são quase nove horas. Temos de ir.

Quase nove. Maria despertou imediatamente. Às onze ela já tinha de estar falando atrás do púlpito. Ah, céus, ela tinha perdido a hora. Tudo por causa das muitas taças de vinho branco e do jantar delicioso, mas um pouco pesado demais. Afobada, ela se desvencilhou do cobertor e pulou da cama. Seus pés pousaram num tapete felpudo da cor do vinho tinto. Em qualquer outro momento, exceto agora, ela teria apreciado aquela sensação de aconchego e maciez e afundado os dedos dos pés ali. Mas agora não havia tempo para isso. Tinha de se apressar.

– Maria, você está me ouvindo? – gritou Rina do lado de fora.

Maria foi rapidamente até a porta e a abriu.

– Você ainda está de camisola – disparou Rina, atônita. Ela, por sua vez, já tinha feito um penteado impecável, se maquiado discretamente e colocado seu vestido claro que deixava visível sua cintura fina, digna de dar inveja. Como sempre, uma espécie de gravata enfeitava seu pescoço. – Maria, você tem de se vestir. O fiacre chegará em dez minutos. Nós temos de ir à prefeitura, onde as palestras acontecerão. Antes disso, temos de incluir nossos nomes nas listas de participantes e ainda não cumprimentamos as organizadoras do evento...

Maria não teve tempo de dar ouvidos a Rina.

– Vou me apressar – prometeu, batendo a porta atrás de si. Ela arrancou a camisola o mais rápido que pôde e a jogou sem cuidado na cama. Da mala, tirou seu novo vestido azul-escuro. Por que é que ela não o tinha pendurado na noite anterior? Agora ele estava deselegante, amarrotado. Maria teve muita vontade de berrar consigo mesma por causa de sua negligência. E onde estava seu espartilho? Antes de dormir, ela o tinha deixado na confortável poltrona, mas ele não estava lá. Maria deu um giro. Foi então que ela avistou o espartilho no banquinho ao lado do lavabo. Sua cabeça zunia. Nunca mais beberia três taças de vinho. Aquilo tinha sido demais.

Rapidamente, vestiu o espartilho e o apertou. De tanto comer, sua barriga estava mais inflada que o normal. Ela prendeu o fôlego e puxou com ainda mais força as cordas. Foi somente depois de dar um nó que voltou a respirar. O menos possível para que o espartilho não rebentasse. Com cuidado, colocou o vestido e fechou os muitos botõezinhos que se encontravam na lateral, sob a axila direita, e corriam até a cintura.

Em seguida, lavou o rosto. A água que jorrou da torneira de latão dourada ficou imediatamente morna. Maria molhou o rosto e se enxugou com uma toalha muito macia. Ela também não podia usufruir como gostaria desse luxo. Com dois largos passos, caminhou até a penteadeira. Ela não tinha tempo de fazer um penteado muito trabalhoso. O importante era domar os cachos o suficiente para que não lhe caíssem desgrenhadamente sobre a testa. Maria optou pela presilha prateada de borboleta que tinha usado em seu discurso de formatura. A presilha era bonita e impressionava. Ela a prendeu atrás da orelha direita. De sua bolsa de viagem, tirou a *nécessaire*. Seu perfume só podia estar ali. Vasculhou a bolsinha freneticamente. Como não o encontrou, despejou, sem cerimônias, todo o conteúdo da bolsa em cima da cama. Uma tesoura de unhas apareceu, depois uma lixa, o caro sabonete de rosas, um pente, um pincel de maquiagem e o blush em pó – por fim, o frasco de perfume. Maria se serviu fartamente da fragrância, e o cheiro de flores estivais se espalhou pelo quarto. Agora só faltavam os sapatos. Ela os calçou e amarrou, em seguida enrolou em volta dos ombros o lenço de seda azul-claro que tinha comprado especialmente para o discurso de abertura.

– Maria! – Rina bateu novamente à porta.

Num ímpeto, Maria a abriu.

– Estou pronta – declarou.

– Como você conseguiu? – perguntou Rina. – Você ainda há pouco estava de camisola.

– É que eu sou eficiente. – Maria omitiu o fato de que seu quarto estava uma bagunça. Ela torceu bastante para que a pobre camareira não ficasse tão zangada com ela. Mas realmente não havia sobrado tempo para arrumá-lo. – Agora só preciso do meu sobretudo – disse Maria.

Ele estava pendurado no cabideiro ao lado da porta. Maria o vestiu e apanhou sua bolsa.

– Podemos ir.

Ela estava tão nervosa que não percebeu que a bolsa estava um pouquinho leve demais.

Pouco depois ela se apertava no banco do coche entre Rina e Florence. Para não se atrasarem, pediram ao cocheiro que arrancasse com os cavalos. Dispararam rumo à prefeitura, onde o congresso aconteceria. Após a recepção, delegados da Alemanha, Estados Unidos, Armênia, Dinamarca, Inglaterra, França, Finlândia, Holanda, Itália, Áustria, Pérsia, Polônia, Portugal, Espanha e Suécia falariam.

Apesar do empenho do cocheiro, elas demoraram a avançar, pois o condutor tinha de se desviar constantemente de um bonde imperial ou até parar para que os pedestres pudessem atravessar a rua. O trânsito era intenso. Nunca antes Maria tinha visto tanta gente na rua ao mesmo tempo. Pouco antes das nove e meia, o coche parou em frente à prefeitura. O gigantesco prédio de tijolos vermelhos tinha sido concluído havia poucas décadas e parecia novo em comparação com muitos edifícios romanos. As três saltaram do veículo, Rina e Florence foram marchando até a entrada, e Maria andou atrás delas. Subindo uma escadaria, chegaram em duas enormes portas de madeira. À esquerda e à direita delas havia cartazes anunciando o congresso. Maria leu seu próprio nome, que figurava no topo da lista.

– Venha, Maria! – Rina a apressou outra vez e a empurrou contra a porta. No interior do edifício, os convidados já estavam em alvoroço. Uma verdadeira multidão tinha se formado em frente ao bengaleiro. Maria escutou diversos idiomas, alguns dos quais jamais tinha ouvido. Aquilo era norueguês, finlandês ou quem sabe até islandês? Havia uma dupla de mulheres circulando com vestes parecidas com uniformes. Uma delas carregava uma pasta e a outra um cesto com alfinetes. As duas senhoras estavam à procura de novos convidados para lhes dar as boas-vindas e também foram ao encontro de Maria, Rina e Florence. A mais jovem delas as cumprimentou primeiro em alemão e depois, para a alegria de Maria, também em italiano.

Infelizmente, além dos cumprimentos, ela não pôde demonstrar nenhum conhecimento da língua materna de Maria. Por isso, dirigiu-se a Rina, com quem então falou em alemão. Maria entendeu seu próprio nome e o de uma das organizadoras, Henriette Goldschmidt. Talvez a alemã quisesse conhecê-la antes de proferir seu discurso. A mulher de uniforme procurou o nome de Maria nos papéis da pasta e ao lado dele fez um sinal de visto. A outra moça entregou a Maria um alfinete com um disco de papel vermelho, sobre o qual tinha escrito o nome de Maria à mão. Florence e Rina receberam alfinetes verdes, os das duas moças eram azuis. Aparentemente, era assim que distinguiam palestrantes, convidados e organizadores.

A moça com a pasta, em cujo crachá podia-se ler "Charlotte Knopf", voltou a conversar com Rina. Ela falava rápido, e Maria suspeitou que Rina talvez não estivesse entendendo tudo, mas assentia com a cabeça, incansável. Quando a senhorita Knopf se afastou, junto de sua colega, Rina se virou para Maria.

– A dra. Goldschmidt quer nos conhecer e já está nos esperando no salão nobre.

Para aplacar seu crescente nervosismo, Maria apertou sua bolsa contra o peito, como se quisesse se agarrar a ela. Mas teve um sobressalto ao tocar o couro macio. A bolsa estava fina demais. Bruscamente, abriu as tiras que a atavam e olhou em seu interior. Seu coração paralisou por um segundo. Ela sentiu enjoos. Com exceção de um lenço de papel, sua carteira e uma caixinha com pastilhas de anis, a bolsa estava vazia. Ela tinha esquecido seu discurso no restaurante, na noite anterior.

– Maria, você não está se sentindo bem? – perguntou Florence, preocupada. – Você está pálida.

Maria fez que não com a cabeça. Ela não queria admitir que esquecera seus papéis.

– Só estou um pouco indisposta porque não tomei café da manhã – mentiu.

– Com certeza nós podemos arranjar uma xícara de café ou de chá aqui para você – disse Florence, acalmando-a.

– Não é preciso – disse Maria, esforçando-se para sorrir. Como que em transe, ela seguiu as duas mulheres. Sem dúvida, ela passaria uma vergonha. No dia seguinte, todos os jornais da Alemanha e logo depois todos os da Itália reportariam o caso da jovem médica italiana que foi ridicularizada diante de quinhentos participantes do congresso. Ela desejou que o chão se abrisse debaixo de seus pés e a engolisse, e só a libertasse depois que o pesadelo tivesse passado. Mas o piso de parquê não tinha compaixão, e assim Maria caminhou atrás das outras duas e entrou no salão nobre. Ali, haviam disposto várias fileiras apertadas com cadeiras douradas de estofados vermelhos, e alguns assentos já tinham sido ocupados pelos primeiros espectadores. À esquerda e à direita das imensas janelas havia cortinas pesadas, amarradas com cordões dourados e opulentos, e conservadas no mesmo tom de vermelho dos estofados. As paredes exibiam pinturas de importantes políticos em tamanho real, bem como retratos de militares de alto escalão. Todos os oficiais e tenentes estavam usando capacetes esquisitos com um chifre que se erguia no meio da cabeça.

Para Maria, os capacetes dos prussianos, que lhe lembravam um cogumelo, eram tão engraçados que costumavam fazê-la sorrir, mas, naquele dia, ela não teve vontade de fazê-lo. Somente o garçom do Schwarzer Austernkeller poderia levantar seu ânimo naquele momento. Ela teria feito de tudo para que ele entrasse no salão e lhe entregasse seu discurso. Mas como ele poderia saber que o discurso tinha sido escrito para o congresso feminino? Além do mais, ele estava em italiano. Maria abandonou aquele fiozinho de esperança.

Na extremidade frontal da sala, havia uma espécie de palco com um púlpito. Perto do púlpito, um pequeno grupo de mulheres papeava. Uma delas chamou a atenção de Maria imediatamente. Ela era corpulenta, tinha cabelos grisalhos e deveria ter cerca de 70 anos. Seu rosto era coberto por rugas, mas irradiava uma vitalidade e determinação que enfeitiçava as outras mulheres.

– Esta é a dra. Goldschmidt – sussurrou-lhe Rina, cobrindo a boca com a mão. – Ela fará a palestra pela qual você se interessou. A dra. Goldschmidt é da direção da ADF, a associação geral de mulheres alemãs.

Antes que tivesse chegado ao púlpito, Henriette Goldschmidt a avistou. Com passos impressionantemente rápidos para sua idade, ela se aproximou de Maria.

– A senhorita deve ser a *dottoressa* da Itália – disse, estendendo a mão a Maria amigavelmente. – Nós já ouvimos tantas coisas boas da senhorita e estamos ansiosos para ouvir seu discurso de abertura. A senhorita será a primeira a falar e criará um clima perfeito para todas nós.

Ela falava italiano com sotaque francês, e Maria podia entendê-la bem, no entanto, ao se imaginar como a primeira oradora do dia, ela se abalou. Agora, tinha de pensar urgentemente em outra coisa.

– Muito obrigada pelos elogios antecipados – disse, apertando a mão da velha senhora. Ela tentou não deixar seu nervosismo transparecer. – Eu estou muito ansiosa para assistir à sua palestra, dra. Goldschmidt.

– A senhorita se interessa por jardins de infância?

– Eu preciso admitir que sei muito pouco sobre eles por enquanto. Que eu saiba, atualmente não existe quase nenhum estabelecimento de ensino para crianças em idade pré-escolar. No momento, eu estou trabalhando na clínica psiquiátrica de Roma com crianças que têm debilidade mental.

– Parece muitíssimo interessante.

– E é mesmo – disse Maria. – Eu estou estudando a obra de Séguin e Itard e tentando desenvolver os sentidos das crianças. Desde então, os pequenos têm progredido bastante.

Ela tinha encontrado um assunto que a fazia não pensar em sua apresentação.

– Não me surpreende – respondeu Henriette Goldschmidt. – A senhorita não pode deixar de conhecer os dons de Fröbel.

– Que dons?

– O grande pedagogo alemão Friedrich Wilhelm August Fröbel, um aluno de Pestalozzi, se engajou na educação da primeira infância e desenvolveu materiais que estimulavam as crianças desde cedo. Ele chamou esses materiais de dons.

Aquela conversa tinha despertado o interesse de Maria e diminuído seu nervosismo. Fröbel era o pedagogo que ela queria conhecer mais a fundo.

– Existe a possibilidade de visitar um desses estabelecimentos de ensino infantil? Como é mesmo o nome desses lugares?

– Nós os chamamos jardins de infância – disse Goldschmidt. – É um lugar para as crianças crescerem, assim como acontece com as plantas. Sem um rigor desnecessário e uma disciplina doentia, elas podem se desenvolver em seu próprio ritmo. Infelizmente, as ideias do senhor Fröbel não correspondiam aos ideais educacionais prussianos. Seus estabelecimentos foram fechados e proibidos. No momento, estamos recuperando sua obra aos poucos.

– Parece ser uma grande missão – disse Maria, impressionada.

– Ela é, acima de tudo, árdua. – Henriette Goldschmidt sorriu. – Mas algumas lutas têm de ser disputadas seguidas vezes para que se alcance o objetivo. Pense em nossa dura luta pela igualdade da mulher. Deve demorar anos até que se compreenda que as mulheres não podem ser reduzidas a um papel passivo e instintivo, e sim que desejam participar igualmente da vida intelectual e científica. – Seu sorriso se intensificou. – A senhorita é a prova viva disso.

Maria ficou fascinada por aquela mulher que, apesar da idade avançada, defendia seus ideais apaixonadamente. Em segredo, Maria desejou que um dia, quando fosse ela mesma uma velha senhora, também ardesse por suas causas como a dra. Goldschmidt.

Nesse momento, um repórter se aproximou delas. Em seu broche estava escrito o nome de um jornal alemão, *Berliner Börsenblatt*. Ele fez uma pergunta à senhora Goldschmidt, mas olhou para Maria com curiosidade e tomou notas em seu bloco. A velha senhora respondeu em alemão, depois voltou as atenções para Maria.

– Nós teremos de continuar nossa conversa mais tarde – prometeu ela, agarrando o reloginho elegante pendurado no colar em volta do pescoço. – Oh, já é tão tarde assim?

Ao repórter, ela também prometeu um encontro mais tarde. Maria olhou à sua volta, o salão estava quase lotado. Uma das jovens que estava ao lado de Henriette Goldschmidt acenou para Maria, Rina e Florence, chamando-as para a primeira fileira. Ela se apresentou como Klara Grünbaum e explicou a Maria que seu discurso teria tradução simultânea para o alemão.

– Eu pensei... – Maria olhou para Florence, que encolheu os ombros, desculpando-se.

– Eu também acabei de descobrir – explicou Florence, que parecia, porém, estar quase aliviada, pois, em vez de ter de ficar de pé no palco, ela podia agora relaxar na plateia.

– Por favor, sente-se imediatamente à frente do tablado para que a senhorita chegue rapidamente ao púlpito – continuou a senhorita Grünbaum. – Eu acompanharei a senhorita, e subiremos juntas ao palco assim que a senhora Morgenstern anunciar seu nome.

Maria assentiu com a cabeça. Depois, tudo aconteceu muito rápido. Um sino tocou, os ruídos no salão ficaram cada vez mais fortes, lembrando os de uma colmeia. Vestidos farfalhavam, cadeiras eram arrastadas, cada vez mais pessoas penetravam no salão. Maria se acomodou no estrado. À sua esquerda estava a senhorita Grünbaum, à direita, o repórter do *Börsenblatt*. Ele a observava com nítida curiosidade. Maria quis saber o que é que ele estava rabiscando em seu bloco de notas. O sino tocou pela segunda vez, dessa vez por mais tempo. Os ruídos eram cada vez mais intensos, e o ar ficou abafado dentro do salão. O cheiro de perfumes caros se misturou com o de suor e maquiagem. Por fim, o sino tocou pela terceira e última vez. Uma mulher da idade de Henriette Goldschmidt entrou no palco e se apresentou diante do púlpito. Com seus lábios finos e óculos pequenos e redondos, ela causava uma forte impressão.

– Essa é Lina Morgenstern – segredou o repórter no ouvido de Maria. – Eu não gostaria de me encontrar com ela sozinho, à noite. – Maria ficou tão horrorizada com suas palavras grosseiras que a princípio não percebeu que ele a tinha abordado em italiano.

Foi somente quando o salão estava tão silencioso a ponto de se poder ouvir uma agulha que caísse no chão que a senhora Morgenstern levantou a voz. Ela era aguda e penetrante, e suas palavras soavam como fogo contínuo de artilharia. Maria estremeceu, imperceptivelmente. Uma das moças vestidas com uma espécie de uniforme ia de uma fileira de cadeiras a outra e distribuía folhas de papel, das quais cada ouvinte só podia pegar uma. Quando o papel chegou a Maria, ela se deu conta de que era uma tradução do discurso inaugural. As palavras de Lina Morgenstern estavam impressas em versão resumida e em três línguas: inglês, francês e italiano.

Maria passou os olhos pelo texto italiano, que pleiteava com veemência os direitos das mulheres. Maria teria usado palavras diferentes. Cada frase que lia era reformulada em sua mente. Ela espiou o repórter ao seu lado e reconheceu a expressão de repúdio em seu rosto. Tudo o que a senhora Morgenstern exigia estava certo, mas a maneira como o fazia encontrava resistência no sexo oposto. O discurso era uma declaração de guerra que, com sua intransigência, inevitavelmente resultaria em conflito.

O discurso era longo, e alguns ouvintes já começavam a bocejar. Maria sentiu a impaciência crescendo dentro de si. O tema era de suma importância, e ela lamentou que a senhora Morgenstern não tivesse conseguido contagiar o público. O movimento feminista ainda se encontrava em seus primórdios, ele precisava de apoiadores, não de opositores. Maria estava inquieta e não parava de se mexer na cadeira. Ela não tinha trazido seus papéis, mas certamente falaria com mais fluência. Seus apontamentos lhe vieram à mente outra vez. Tudo o que ela quisesse falar soaria mais conciliador.

Lina Morgenstern finalmente terminou seu discurso e chamou Maria para o palco. Aplausos foram ouvidos, e Maria se levantou. Ela estava nervosa, mas também muito animada.

– A senhorita não trouxe nenhum texto para servir de base para seu discurso? – perguntou o repórter ao seu lado.

– Minha causa é tão importante e significativa que tenho as palavras na ponta da língua – disse Maria, sorrindo. Ela caminhou devagar até o púlpito. A senhorita Grünbaum a seguiu e se postou ao seu lado. A plateia ainda estava aplaudindo. Maria ouviu comentários positivos sobre sua aparência. Seu vestido foi elogiado, mas também sua figura graciosa. Ela se sentiu como a princesa, personagem do contador de histórias, ou como Duse, a grande atriz que tanto venerava quando criança. Quando os aplausos amornaram, ela olhou para o salão. Todas as cadeiras estavam ocupadas, e alguns ouvintes estavam de pé, junto à parede. As atenções estavam todas voltadas para ela.

Maria olhou para os rostos cheios de expectativa e sabia que convenceria aquelas pessoas. Em seu discurso de abertura ela falaria sobre a fundação da associação de mulheres italianas e sobre como essa pequenina e delicada planta crescia lentamente. Ela sentiu que encontraria as palavras exatas que as pessoas queriam ouvir. Ela tinha se preparado com muita dedicação para esse discurso e não precisava de papéis.

– Caras senhoras, assim como a questão feminina encontrou uma fresta entre as ruínas dos monumentos romanos e o amontoado de preconceitos católicos, ela, um raio de luz moderno e gentil, se alastrou e levou à fundação de uma associação, a Associazione Femminile di Roma...

– Maria, você foi fantástica. Olhe só o que os jornais estão falando. Estão puxando o seu saco. – Sobre a mesa do café da manhã, ao lado de Rina, havia uma pilha de jornais do dia. As mulheres se encontravam no restaurante do hotel, e a luz suave do outono atravessava as grandes janelas e caíam sobre as toalhas de um branco brilhante das mesas de café da manhã fartamente carregadas.

– Ontem, uma jovem italiana, a senhorita dra. Maria Montessori, logrou o maior sucesso na abertura do congresso. Não foram seus pensamentos novos e profundos ou sua argumentação lógica que causaram deveras impacto, mas simplesmente sua personalidade sedutora... Seus braços alvos e luminosos de curvas sublimes, sua voz harmoniosa, seus olhos irradiantes e, oh, seus cabelos negros como a noite conquistaram até mesmo a audiência feminina. Ela foi ovacionada antes mesmo de abrir sua boca cor-de-rosa florescente... – Rina pôs os periódicos de lado, deu uma mordida no pão com manteiga e pegou o próximo jornal. Ali também se liam palavras semelhantes. – Você é a nova celebridade da Europa. Todos adoram você – disse, entusiasmada.

Pela manhã, Rina parecia um pouco abatida. Pelo visto, ela e Florence tinham se demorado um pouco mais no bar do hotel na noite anterior e feito um brinde ao sucesso de Maria com o senhor Fritz. Maria, ao contrário, tinha ido para a cama cedo. A noite no Schwarzer Austernkeller tinha sido uma lição para ela.

– Hoje, por ocasião de meu discurso, quero que me elogiem não apenas por minha aparência, mas acima de tudo por minhas palavras sábias – disse Maria, a sério. Não obstante, ela se sentia lisonjeada.

– Você tomou notas desta vez? – gracejou Florence. Ela já estava na terceira xícara de chá preto com leite. A forte mistura frísia não tinha lhe caído bem.

– Eu também tinha preparado uns papéis para ontem – lembrou Maria. – Eles só não se encontravam na prefeitura.

Quando, a altas horas da noite anterior, elas tinham voltado do congresso, o senhor Fritz já estava à espera delas na recepção.

Um funcionário do Schwarzer Austernkeller tinha ido até lá nesse meio-tempo levando os papéis para o discurso de abertura de Maria. Aparentemente, Florence ou Rina tinham mencionado que estavam hospedadas no Hotel Victoria, e ele ligou os pontos. As três tinham rido tão alto, e tão descontraidamente, que os frequentadores do bar do hotel lançavam olhares incompreensíveis em sua direção. Depois, Florence e Rina tinham ficado por lá.

– Então hoje você lerá seu discurso? – perguntou Rina.

– Não! – disse Maria, veementemente. Ela tinha visto o impacto que suas palavras espontâneas tinham causado no público. Ela tinha sido a única delegada a não ler um discurso. Seu sucesso estava estampado nos jornais daquele dia. As pessoas tinham apreciado sua autenticidade, e hoje não deveria ser diferente. Um pequeno lapso não prejudicava a qualidade da palestra, muito pelo contrário, ele só a tornava mais natural. Maria nunca mais queria ficar segurando papéis atrás do púlpito. Ela também podia conquistar a plateia dessa maneira, agora tinha certeza disso.

– Você já sabe como vai iniciar seu discurso? – Rina passou geleia em mais um pãozinho crocante e deu uma mordida.

– Vocês querem ouvir uma prova?

As duas concordaram, acenando com a cabeça.

– Caras senhoras – começou Maria, em tom sério. Rina riu baixinho, mas Maria não se deixou atrapalhar. – Hoje, venho falar às senhoras em nome das mulheres de posses da Itália, que pediram que eu informasse os participantes deste congresso de uma injustiça cometida contra elas.

– Eu achei que você fosse falar da disparidade salarial de homens e mulheres – redarguiu Florence.

– Falarei disso também – disse Maria. – Mas, primeiro, tenho de despertar o interesse das senhoras abastadas no salão. Você viu os vestidos das mulheres na plateia? Todas elas têm dinheiro suficiente para trocar de roupa três vezes ao dia. Elas só se interessam pelos desprivilegiados quando não se fala muito sobre eles.

– Hum. – Florence encheu a xícara de chá novamente, e Maria continuou:

– Na Itália, e especialmente naquelas províncias que outrora pertenciam à Áustria, as mulheres tinham, antes da unificação do país, o direito de administrar por conta própria a fortuna que levavam para o casamento. Após a unificação, esse direito lhes foi tirado, até mesmo nos casos em que a mulher vive legalmente separada do homem. Essa é a pior escravidão para uma mulher de posses...

Maria olhou para o seu prato de café da manhã. Será que ela deveria comer mais um croissant dourado?

– Mas você ainda não falou nada sobre os salários injustos das trabalhadoras.

– Tenha um pouco de paciência – pediu Maria. – Depois dessa digressão é que eu falarei sobre as obrigações que as mulheres têm para com seus maridos, e então enumerarei os direitos que nos faltam. As ouvintes têm de se identificar com a nossa causa. Só então elas podem se abrir para os problemas das mais pobres. – Seus olhos brilharam ao pensar na estrutura muito bem elaborada de seu discurso. Ela deu uma mordida voraz em um dos croissants. Tinha gosto de manteiga, canela e açúcar.

– Maria, você é uma oradora abençoada – disse Florence, impressionada.

– Obrigada – respondeu Maria, excepcionalmente de boca cheia. Ela estava ansiosa por voltar à prefeitura e olhar novamente nos olhos do público interessado. Aquele dia prometia ser tão emocionante quanto o anterior. Ela também esperava com muita ansiedade pela palestra de Henriette Goldschmidt. Ela torcia para que, em seguida, a alemã tivesse tempo para uma longa conversa. Maria não queria deixar de conhecer os materiais que o senhor Fröbel tinha oferecido às crianças. Qual palavra a senhora Goldschmidt havia usado? "Dons". O nome agradava a Maria. Era poético. Talvez ela pudesse levar algumas daquelas ideias para Roma.

* * *

– Sinto muito por não poder lhe mostrar nenhum jardim de infância que adota a pedagogia do senhor Fröbel – desculpou-se Henriette Goldschmidt. – Eu moro em Leipzig e só de vez em quando venho a Berlim.

A velha senhora estava sentada num sofá no nobre salão de sua sobrinha Caroline Moser, que era proprietária de uma casa na Mohrenstraße. Seu marido era banqueiro, motivo pelo qual a família podia se dar o luxo de habitar aquele endereço.

Elas estavam em um dos bairros mais nobres da cidade. Do outro lado da rua, havia uma série de lojas, e na frente de cada vitrine um toldo colorido aberto. Assim que chegou, Maria tinha visto um peruqueiro, uma luvaria e uma loja com produtos coloniais que vendia chá, café e especiarias. Ela adoraria ter dado uma olhada com mais atenção na loja, mas infelizmente não tinha tido tempo para isso.

Ao contrário da tia, Caroline Moser não falava italiano, e, por esse motivo, a senhora Goldschmidt teve de traduzir. Tanto Rina quanto Florence tinham, após um dia extremamente cansativo no congresso, se furtado a mais um compromisso. Agora as duas de certo já estavam jantando no aconchego do café que pertencia ao hotel, o Café Victoria.

– Como já contei à tarde em minha palestra, o senhor Fröbel revolucionou a educação de crianças em idade pré-escolar na Alemanha – explicou a senhora Goldschmidt. – Ele lutou para que abrigos e escolas para crianças pequenas se tornassem lugares onde não ficassem apenas retidas e alimentadas, mas também pudessem aprender e se desenvolver.

Maria gravou cada uma das palavras de Henriette Goldschmidt na memória. Ela ficou fascinada pelas ideias do pedagogo, que visava proporcionar às crianças socialmente desfavorecidas uma oportunidade de educação justa, em que o aprendizado deveria começar não no dia do ingresso na escola, mas no dia do nascimento. Maria se perguntou por que o nome daquele homem não era conhecido na

Itália. Uma de suas frases, que a senhora Goldschmidt havia citado, ainda acompanharia Maria por muito tempo: "Educação é exemplo e amor, nada mais". Ela tinha de ir atrás das obras de Fröbel a todo custo e encomendar uma tradução.

– A senhora pode me mostrar os dons dele? – perguntou.

– Sim, claro. Caroline os encomendou de um marceneiro para presentear os próprios filhos.

Henriette Goldschmidt se virou para a sobrinha e disse algo em alemão. Esta, então, entrou no quarto ao lado e desapareceu, voltando pouco depois com um grande cesto. A jovem era muito parecida com a tia. Maria podia imaginar como Henriette Goldschmidt tinha sido quarenta anos antes. Caroline Moser também tinha olhos doces e bondosos que irradiavam um entusiasmo contagiante. Enquanto ela espalhava bolas, esferas, dados e cilindros sobre a mesa, Henriette Goldschmidt explicava sua função.

– Fröbel criou materiais específicos para cada idade. Quando as crianças são muito novas, ganham as mais simples das formas: uma bola macia. – Ela mostrou a Maria uma bola vermelha feita de tecido macio. – Em seguida, elas recebem formas de madeira simples para que possam explorar com todos os sentidos. – Ela colocou uma esfera de madeira, um cubo do mesmo material e um cilindro ao lado da bola de pano. – As crianças aprendem que um rolo pode tanto ficar de pé quanto rolar.

Maria admirou a beleza da madeira muito bem trabalhada. Ela era completamente lisa e ainda assim era possível ver seus esplêndidos veios naturais.

– A estética dos dons era muito importante para Fröbel – explicou Goldschmidt.

– Dá para notar – disse Maria.

– Quando as crianças aprendem as formas fundamentais, recebem dons mais complexos. – Henriette Goldschmidt apontou para um cubo que podia ser desmontado e remontado. Duas semiesferas de madeira também constituíam uma inteira. Além desses corpos geométricos, havia formas planas sobre a mesa. Todas elas eram concebidas de forma a poder se combinar. Elas podiam ser dispostas uma em cima da outra ou uma ao lado da outra, resultando sempre em novas formas simétricas. Assim, as crianças descobriam de forma lúdica o mundo da geometria.

– Posso? – perguntou Maria.

– Vá em frente. – Henriette Goldschmidt riu.

Maria colocou um círculo dentro de um quadrado. Ele coube perfeitamente no meio, tocando cada uma das quatro bordas externas. Depois, ela pegou dois triângulos que, juntos, formavam um quadrado.

– Esses dons são maravilhosos – disse ela, encantada.

– Sim, trabalhar com eles é uma grande alegria para meninos e meninas. – Goldschmidt assentiu com a cabeça, sabendo do que estava falando. – Os filhos da minha sobrinha já são pequenos especialistas no ramo da geometria. Sebastian certamente será um grande engenheiro um dia.

– O que é isto? – Maria apontou para um papel colorido com pequenas fendas longitudinais. Tiras de papel de diferentes cores tinham sido enfiadas nos orifícios.

– Papel trançado – disse Goldschmidt. – É um exercício preparatório para outras atividades manuais. A simetria e a beleza das cores também desenvolvem o senso estético.

– Posso levar uma dessas folhas? Eu acho que isso deixará uma das crianças do manicômio muito contente.

– Obviamente! – Goldschmidt entregou a Maria uma folha de cor vermelha viva e tiras de papel amarelas e verdes de diferentes consistências.

– Muito obrigada! – Ela fez tudo desaparecer dentro de sua bolsa. – Como o senhor Fröbel estimulava a fala das crianças?

– Ele compilou uma série de dramas musicais para mulheres e educadoras, pois estava convencido de que, por meio de canções e rimas, as crianças podiam se apaixonar pela beleza da língua.

– Uma ideia inteligente – disse Maria, tentando não deixar transparecer sua decepção. Ela esperava ver o mesmo tipo de materiais, tão simples e geniais como os que estavam à sua frente.

Caroline Moser começou a arrumar os materiais no cesto. Quando terminou, disse algo a sua tia. Maria entendeu seu próprio nome e ficou à espera de uma tradução.

– Minha sobrinha deseja parabenizar a senhorita por seu excelente discurso hoje de manhã – disse Henriette Goldschmidt. – Nós todas ficamos muito impressionadas.

Maria enrubesceu, constrangida. Ela ainda se comovia ao pensar em seu sucesso. O público a havia aplaudido de pé, durante vários minutos. Nenhuma das demais oradoras tinha recebido tanta aprovação quanto ela. Todos tinham reservado palavras elogiosas à *dottoressa* italiana.

– Obrigada – disse Maria, humildemente.

– Seu dom é extraordinário – continuou Henriette Goldschmidt. – A senhorita consegue despertar nas pessoas o entusiasmo por suas causas. Tenho certeza de que ainda ouviremos seu nome muitas vezes no futuro.

– É o que eu espero – admitiu Maria. – A senhora acredita que as crianças com debilidade mental podem aprender a fazer contas com os materiais do senhor Fröbel?

Henriette Goldschmidt curvou o tronco para a frente, confidencialmente.

– Eu estou convencida de que pouquíssimas crianças que supostamente têm debilidade mental de fato o são – disse, com seriedade. – A maioria delas acaba se tornando à sua revelia. Elas nunca têm a oportunidade de desenvolver seus sentidos de maneira adequada.

A velha senhora conseguia ler os pensamentos de Maria. Aquela ideia mereceria correr o mundo. Ou, por enquanto, ao menos ser levada à clínica psiquiátrica de Roma.

Maria aproveitou mais três dias emocionantes em Berlim. Na companhia de Rina e Florence, conferiu os principais pontos de interesse da cidade. Elas caminharam até o Reichstag e flanaram pelo parque do Palácio de Charlottenburg, onde, no jardim de inverno de um café, comeram um bolo chamado "picada de abelha", que era simplesmente divino. Elas atravessaram o Portão de Brandenburgo com o coche e admiraram, ao menos do lado de fora, a Ópera Imperial e o Teatro Imperial. Florence comprou, em uma das inúmeras lojas de produtos coloniais, uma grande caixa com a mistura frísia de que desfrutara todos os dias no café da manhã. Maria adquiriu um saquinho também. O sabor, muito picante, poderia apetecer inclusive a seu pai.

Na noite anterior à sua partida, ela telegrafou a Roma. Escreveu aos pais pedindo por favor que não a buscassem na estação ferroviária porque não tinha certeza absoluta de quando o trem de fato chegaria à estação Roma Termini. Enquanto os alemães se davam o trabalho de cumprir os horários programados de chegada e de partida, os trens ao sul de Munique operavam segundo o princípio do acaso. A partir da fronteira austro-húngara, era impossível prever quando um trem realmente partiria e quando chegaria a seu destino. Mas isso não incomodava Maria, afinal, para ela, a viagem em si era uma aventura. Ela apreciava o caminho, por isso não dava muita importância à pontualidade. Se chegasse a Roma de manhã, tudo bem, mas, se chegasse só à noite, também não acharia grave. Só não lhe agradava nem um pouco a ideia de que a mãe passasse um dia inteiro na estação à sua espera. Renilde, furiosa, dispararia críticas ruidosas contra todos os funcionários da estação e culparia os carregadores de mala pelo atraso, assim como os trabalhadores nos trilhos e as faxineiras. Então era melhor que ela ficasse em casa, pois nesse caso apenas o pai de Maria e a empregada Flávia teriam de lidar com sua impaciência.

Na rua Kurfürstendamm, Maria comprou jornais italianos. Eles chegavam a Berlim com três dias de atraso e custavam uma fortuna, mas Maria desembolsou seu dinheiro com prazer. Em cada um deles, encontrou um artigo sobre si mesma. Ela parecia ser a mulher mais conhecida de sua terra natal no momento; a "bela *dottoressa* da Itália que encantou toda a Europa com sua inteligência e charme", segundo o jornal.

Assim como aconteceu na viagem de ida, o trio fez uma parada em Trieste. Dessa vez, permitiram-se passar mais tempo na cidade, onde não só passearam como também compraram ingressos para *Il Corsaro*, a ópera de Verdi que tinha estreado ali anos antes. As obras do compositor, quiçá o mais famoso de seu tempo, eram muito bem recebidas em Trieste. Suas óperas entravam em cartaz com poucas semanas de intervalo. Em todo o reino de Habsburgo, a música parecia desempenhar um papel importante. Por sua vez, Maria, que não era particularmente musical e não sabia tocar nenhum instrumento nem cantar ou dançar bem, aproveitou a noite ao máximo.

Quando chegou a Roma, ela estava cansada da viagem estafante, mas extremamente feliz. Jamais em sua vida tinha aprendido e vivido tantas coisas em tão pouco tempo quanto nos últimos catorze dias. Viajar lhe pareceu ser a maneira mais agradável e excitante de alargar seus horizontes.

A locomotiva entrou na estação trepidando e apitando muito alto. Em comparação com as estações que Maria tinha visto na Alemanha, Termini era uma estação bem provinciana. Ainda assim, seu coração batia acelerado, e ela estava ansiosa por sentir o solo de sua terra natal sob seus pés outra vez.

– Vamos tomar um coche juntas? – sugeriu Rina, quando se viu de pé na plataforma junto das duas amigas mais as bagagens.

– Nós duas moramos muito longe de Maria – respondeu Florence. Um ponto atrás de Maria tinha chamado a sua atenção. Ela deu uma piscadela para Rina. – Além do mais, acho que Maria não precisará da nossa companhia.

Rina e Maria viraram-se de costas. Enquanto Rina deu um sorriso cúmplice, o coração de Maria parou de bater por um instante e então disparou com o dobro da velocidade. Giuseppe Montesano estava parado no fim da plataforma e deu passos largos e enérgicos em sua direção. Na mão direita, ele tinha um buquê com uma variedade de flores de outono. Seu rosto ficou radiante ao vê-la. Ele estava simplesmente deslumbrante.

– Acho que é melhor nos despedirmos – disse Rina. Ela abraçou Maria e lhe deu um beijo em cada lado do rosto.

Florence também se despediu da amiga de modo caloroso.

– Até breve – disse, e então acenou para um carregador de malas. Antes que Giuseppe tivesse se achegado a Maria, um homem velho e corcunda arrastou as malas das duas senhoras ao longo da plataforma, até a saída.

– Finalmente – suspirou Giuseppe. Ele pareceu hesitar por um breve momento, mas em seguida deu um abraço carinhoso em Maria. A estação provavelmente era o único lugar de toda a cidade onde homens e mulheres podiam se abraçar sem dar nas vistas. Diante de despedidas e reencontros, a proximidade física entre homens e mulheres era tolerada. Giuseppe beijou Maria. Foi um beijo discreto, furtivo, mas ela pôde sentir o gosto da saudade e da paixão que havia nele.

Demorou quase uma eternidade até que eles se largassem.

– Eu não sabia que você vinha – disse Maria, perdendo o fôlego.

– Mas você está feliz, não está?

Ela riu.

– Você não percebeu?

Giuseppe a beijou de novo.

– Percebi – disse ele, soprando seus cabelos. Então ele puxou sua mala e a carregou até o saguão da estação. Do lado de fora já havia um coche à sua espera. Maria subiu primeiro, e Giuseppe a acompanhou.

Durante a viagem eles trocaram beijos, dessa vez com uma paixão tão intensa que quase doía. Eles chegaram à residência de Maria muito mais rápido do que gostariam.

– Até amanhã – disse Maria, baixinho. Sua voz soou como um lamento, afinal, ela não queria se separar de Giuseppe. Ela adoraria ter andado de coche a noite inteira por Roma e trocado carícias com ele.

– Sim! – Seus lábios tocaram os de Maria pela última vez antes que ela saltasse. Giuseppe não saiu de dentro do veículo, o que foi bom, pois Renilde estava apoiada na janela, procurando a filha. Assim que avistou o coche, deixou seu ponto de observação e correu ao encontro de Maria. Quando chegou lá embaixo, o coche que levava Giuseppe já havia partido.

Clínica psiquiátrica em Roma, outubro de 1896

Na parede do escritório do professor Sciamanna havia uma novidade: ao lado do tigre, agora pendia um leão. Ele também tinha a boca arreganhada e dentes surpreendentemente brancos. Maria sentiu pena do majestoso animal que deveria estar caçando gazelas em algum lugar na África em vez de estar olhando para a escrivaninha do diretor da clínica.

– Vejo que você descobriu meu companheiro de escritório. – O professor riu baixinho. – Estou cogitando dar um nome a ele. Meu irmão o trouxe de uma viagem à África Oriental Italiana. Ele serve como oficial do exército lá.

Com a progressiva industrialização da Itália, era cada vez maior o clamor por novas colônias italianas. Assim como a Inglaterra, a França e a Alemanha, a Itália tentava atender à crescente demanda por matérias-primas com importações baratas da África. Mas artigos de luxo exóticos, antiguidades e animais raros também acabavam chegando à Europa.

Maria tentou não deixar seus pensamentos transparecerem. Da mesma forma, Giuseppe, que se encontrava ao seu lado, parecia procurar as palavras adequadas ao momento.

– Com certeza, seria muito divertido se ele tivesse um nome – disse, por fim.

– Vou pensar a respeito, mas agora sentem-se, querida *signorina* Montessori e senhor dr. Montesano. Como posso ajudá-los?

Maria se sentou em uma das poltronas estofadas e Giuseppe se acomodou ao seu lado enquanto Sciamanna ficou de pé, perto da janela.

– Na semana passada nós já tínhamos contado ao senhor que as crianças estão progredindo de maneira espetacular desde que começamos a trabalhar com elas – começou Giuseppe.

Na verdade, era Maria quem se ocupava das crianças e sempre desenvolvia novas ideias para brincadeiras e materiais didáticos. Giuseppe se limitava a observar. Mas ambos eram responsáveis pelo bem-estar das crianças.

– É fascinante – Maria tomou a palavra. – Agora a pequena Clarissa já sabe costurar muito bem. Primeiro, nós oferecemos a ela um quadro de trançar linhas. Ela começou enfiando cordões grossos em orifícios grandes até que aprendesse a usar a moldura que eu descobri na Alemanha. Agora, ela tem tanta habilidade com agulha e linha que borda com mais capricho que Serafina, sua educadora.

– É realmente admirável – concordou Sciamanna. O professor olhou pela janela, pensativo.

– Algumas das crianças são mais inteligentes do que pensávamos – continuou Maria, imperturbada. – O pequeno Marcello, por exemplo, aprendeu a contar. Por enquanto, só de um a dez, mas tenho certeza de que ele logo vai dominar todos os números até cem.

– Como você sabe disso?

Maria lhe falou sobre os fusos sem fios que tinha entregado a Marcello. Juntos, eles contaram os fusos e os colocaram em dez caixas. Cada caixa mostrava um número de zero a dez. A caixa com o zero ficou vazia, nas outras havia uma quantidade de fusos correspondente ao número da caixa. Após duas explicações, o menino havia entendido o que Maria queria dele e ordenou os fusos tão rapidamente que ela então lhe pediu para contar os fusos da caixa de número três mais os da caixa de número quatro. Marcello tinha chegado ao sete.

– Desde então, ele vem criando novos exercícios por conta própria – relatou Maria. – Com a ajuda dos fusos, o menino sabe calcular.

– Você acredita mesmo que contar fusos seja o mesmo que calcular?

– Sim, claro. Por enquanto ele ainda precisa do material para observar. Mas, assim que conhecer bem as quantidades, o menino também poderá fazer contas sem a ajuda dos fusos – respondeu Maria.

– Quanto mais as crianças podem aprender? – perguntou Sciamanna. – Qual é o limite a ser atingido?

– Eu não sei – admitiu Maria, com honestidade. – Mas eu acredito que, com o apoio adequado, alguns deles serão capazes de concluir normalmente a escola.

Os olhos de Sciamanna se arregalaram, incrédulos. Ele se afastou da janela e se aproximou dos dois.

– Concluir a escola? Os nossos doidinhos? – Perplexo, ele se virou para Giuseppe. – O colega também pensa o mesmo?

Giuseppe parecia não ter tanta convicção quanto Maria.

– Eu acredito que algumas crianças têm pleno potencial – disse, com cautela. – Às vezes elas entendem o que se espera delas, mas...

– Não, Giu... Quero dizer, dr. Montesano – corrigiu Maria, imediatamente. A relação deles era mantida em segredo. Ninguém poderia tomar conhecimento dela. Caso viesse a público, ambos seriam demitidos da clínica. – As crianças nos entendem – continuou – quando descobrimos a maneira correta de nos comunicarmos com elas. Muitas delas necessitam de materiais especiais. Elas precisam poder tocar nas coisas para compreendê-las. A tarefa da ciência é descobrir que aspecto esses materiais devem ter.

O cético Giuseppe inclinou a cabeça para o lado. Maria sabia que ele concordava apenas parcialmente com sua opinião. Ele enxergava os avanços das crianças, mas não estava convencido de suas capacidades na mesma medida que ela.

– As crianças não possuem só um pouco de potencial. Algumas com certeza são inteligentes o bastante para concluir a escola – insistiu Maria.

– Com todo o respeito que tenho por você, *signorina dottoressa* Montessori. Você sabe o quanto a tenho em alta conta, mas me parece que está sonhando acordada. – Sciamanna balançou a cabeça negativamente.

– De jeito nenhum – respondeu Maria, convicta. – Nós progredimos muito. – Em busca de aprovação, ela se virou para Giuseppe, que ficou calado.

– Pode até ser que as crianças saibam contar até dez e também, vá lá, aprendam a calcular contando os fusos. Mas de que maneira você quer ensinar débeis mentais a ler? – perguntou Sciamanna.

– É como ensiná-las a contar – disse Maria. – Para isso, as crianças precisam apanhar os objetos com as mãos e explorá-los com todos os seus sentidos. Basta pensar qual o significado real de "apreender".

– Você está falando de letras para pegar com a mão? – perguntou Sciamanna, cético. Giuseppe também parecia pouco convencido da ideia. Sem sombra de dúvida, ambos admiravam o entusiasmo de Maria, mas não acreditavam em sua teoria.

– Eu quero mandar fazer uma série de letras de madeira – explicou Maria. – Cada letra deve ser esculpida em madeira com muito capricho. Ou então encomendamos logo três jogos para que mais crianças possam usá-los.

– Isso custa uma fortuna – disse Giuseppe.

– Eu sei, por isso precisamos urgentemente de financiamento.

– E quem nos financiará? – perguntou Giuseppe.

– O Ministério da Educação – continuou Maria. – Imagine só a sensação que causaríamos se isso desse certo. Seríamos assunto muito além das fronteiras da Itália. Nós educaríamos crianças que supostamente deveriam ser encarceradas, e elas se tornariam membros produtivos da sociedade. Assim, todos ficariam satisfeitos.

Maria não conseguiu decifrar a expressão no rosto de Sciamanna, mas, de soslaio, viu que Giuseppe pouco a pouco estava sendo seduzido por sua ideia. A perspectiva de sucesso internacional fez com que sua relutância evaporasse. Giuseppe era ambicioso. Sciamanna também queria conhecer melhor as ideias de Maria.

– Como você tem certeza de que terá sucesso?

– Eu olhei para os rostos das crianças – retrucou Maria. – Nós despertamos o interesse delas pelo mundo. Elas estão ávidas por conhecimento e querem aprender.

– Nisso eu até acredito – disse Sciamanna. – Mas o fato de alguém querer aprender está muito longe de significar que também é capaz de fazê-lo. Uma criança paralítica jamais poderá andar. A capacidade intelectual de nossos pacientes é limitada, por isso as crianças estão aqui. Nós as admitimos na clínica não por "diversão", mas porque elas são débeis mentais.

– Muitas crianças são trazidas para cá porque ninguém mais quer ficar com elas – respondeu Maria.

– Você já olhou para a situação no campo, *signorina dottoressa*? Você sabe quantas crianças italianas saudáveis não terminam a escola e permanecem analfabetas por toda a vida? Se mesmo as saudáveis fracassam, como é que aqueles pequenos idiotas podem passar nos exames?

– Eu acho que o fracasso das crianças saudáveis não se deve à sua mente fraca. A razão é o terrível sistema de ensino na Itália. Em nenhum outro lugar se dá tão pouca atenção às crianças como em nosso país. Embora estejamos atrás de países como a Alemanha no que diz respeito à tecnologia e à economia, permitimos que o potencial intelectual de toda uma geração seja perdido só porque os professores não estão dispostos a abrir seus horizontes.

– São palavras duras – disse Sciamanna, sem, porém, desmentir Maria. Era de conhecimento geral que as condições das escolas na Itália eram lamentáveis. Muitas vezes, havia mais de cinquenta crianças de diferentes faixas etárias por turma, que eram ensinadas por um professor que mal sabia ele mesmo ler e escrever.

– Eu não acredito que todas as nossas crianças poderão concluir a escola – admitiu Maria. – Mas algumas com certeza são capazes disso. Se, além delas, pudermos buscar as crianças mais inteligentes e talentosas de outros manicômios de Roma, teremos um número suficiente de crianças para realizar um experimento significativo. Se minha suspeita estiver correta, podemos provar ao mundo que, com o auxílio adequado, as crianças com debilidade mental são capazes de realizar grandes feitos.

Sciamanna coçou a parte de trás da cabeça, pensativo. Os três fizeram silêncio. Por fim, Giuseppe tomou a palavra:

– A propósito, o senhor não pretendia enviar a *signorina* Montessori a todos os manicômios de Roma para garantir que as crianças não fossem acomodadas junto dos adultos? – Giuseppe olhou para Maria. Ele tinha mantido sua palavra e intercedido por sua causa. Um cálido sentimento de gratidão a inundou. – Ela poderia aproveitar a ocasião e ir atrás de algumas crianças para o experimento.

Maria o tinha conquistado. Ela amava esse homem com cada célula de seu corpo. Não havia nada que ela desejasse tanto quanto poder se levantar e beijá-lo. A ânsia que viu em seus olhos lhe revelou que ele pensava o mesmo.

Sciamanna demorou algum tempo para responder.

– Financiamento de pesquisas do Ministério – murmurou, baixinho. – Se realmente for possível acompanhar algumas crianças até a formatura... hum. Ainda que fosse uma única.

Nervosa, Maria o observava, sovando as próprias mãos impacientemente.

– Quanto você acha que custa um jogo com letras de madeira? – Sciamanna perguntou.

– Tenho de perguntar ao senhor Renzi. Foi ele quem fez aquelas peças cilíndricas que as crianças adoram.

– Muito bem – disse Sciamanna, por fim. Ele deu um passo na direção de Maria e deixou seu corpo cair na poltrona vazia debaixo da cabeça do leão. – Verifique o preço das letras de madeira e encomende três jogos. E nós tentaremos convencer o Ministério de nossos planos. Você me auxiliará nesta tarefa, dr. Montesano. Você conhece os responsáveis no Ministério.

Se pudesse, Maria teria dado um pulo, girado uma vez e gritado bem alto. Em vez disso, ela ficou sentada e aplaudiu, esfuziante.

– Isso não significa que receberemos o dinheiro. – Sciamanna tentou conter seu entusiasmo. – Se não houver apoio, teremos de economizar na alimentação ou na limpeza para conseguir financiar os materiais.

Maria sabia que isso seria terrível, pois as refeições oferecidas aos pacientes já eram lamentáveis, e a limpeza de suas roupas e das roupas de cama carecia de melhorias. Mas Maria estava confiante no sucesso.

– E você, *signorina* Montessori, vá andando e procure todas as crianças com debilidade mental na cidade que sejam dotadas de talento. – Ele pigarreou. – A proposta em si já soa como uma maluquice. Espero que não nos declarem idiotas lá no Ministério depois que anunciarmos nossos planos.

Maria viu como Giuseppe empalideceu ao seu lado. Talvez ele tivesse preferido retirar seu apoio. Mas era tarde demais. O professor Sciamanna estava interessado no experimento. Ele queria que Maria ensinasse as crianças com debilidade mental a ler e a escrever.

Manicômio de Ostia, proximidades de Roma, dezembro de 1896

Os vigias tinham tirado a camisa de força de Luigi. Ele não teria de ir à eletroterapia pela segunda vez. Supostamente o tratamento havia funcionado tão bem com ele que agora o consideravam curado de seus surtos de agressividade. Desde aquela experiência dolorosa, ele permanecia tranquila na cama, em um grande dormitório. Ele não se defendia nem dos jorros de água fria nem da comida nojenta. Ele engolia aquela papa repugnante e tinha aprendido a manter a ânsia de vômito sob controle. Somente de vez em quando a comida lhe subia, mas aí ele a engolia de volta.

Luigi não olhava mais pela janela nem ouvia mais os sinos da basílica. Ele não se importava se fazia dia ou noite lá fora. Agora ele estava completamente sozinho no enorme salão. As outras crianças estavam no pátio, onde podiam dar algumas voltas em filas de duas. Os vigias nunca haviam levado Luigi. Essa distração não lhe era permitida. Se, por um lado, ele era considerado curado, por outro, ainda estava na lista dos pacientes perigosos e imprevisíveis.

Quando a porta para o dormitório se abriu, Luigi permaneceu imóvel na cama. Ele esperou ouvir os ruídos das crianças retornando, em vão. Passos se aproximavam de sua cama. Luigi reconheceu a voz do diretor da instituição. Foi ele quem o tinha levado para a eletroterapia. Luigi estremeceu. Ele o levaria de novo para lá? De soslaio ele olhou para seu algoz. Ao seu lado havia uma mulher. Ela era bonita. O que ela queria ali? As pessoas que trabalhavam naquele lugar não tinham olhos tão tenros e afetuosos. Elas também não davam sorrisos tão acolhedores quanto os dela.

– Este aqui é um caso particularmente muito difícil – explicou o diretor. – Ele chegou aqui há dois anos e passou dias só gritando. Neste verão, ele ficou tão agressivo que eu lhe prescrevi algumas sessões de eletroterapia. Foi bom, porque depois da primeira sessão seu comportamento melhorou. Ele agora está nitidamente mais calmo, mas, como a senhorita pode ver com seus próprios olhos, ele não tem nenhum discernimento.

– Como se chama o menino? – perguntou a mulher.

– Não faço ideia. Ele não fala. O menino veio para cá transferido de um orfanato, onde foi deixado depois que os pais morreram num incêndio. Ninguém sabe como eles se chamavam. Também não se tem certeza se foi de fato assim ou se alguma prostituta quis se livrar dele. Vocês sabem como é que acontece. As mulheres têm um filho de um pretendente e, quando não conseguem mais sustentá-lo, largam-no diante dos portões de um mosteiro.

– Pobre coitado – disse a mulher, compadecendo-se.

O diretor simplesmente deu de ombros.

– A história não é mais grave que a das outras crianças. Eu poderia lhe contar sobre alguns destinos que são de amolecer o coração.

– Por que o menino não ficou no orfanato?

– Ora, olhe só para ele. Ele é débil mental. E antes das terapias ele era agressivo também. O que poderiam fazer com ele no orfanato?

A mulher chegou mais perto e se sentou ao pé da cama.

– Tome cuidado, *signorina*. O menino parece ser pacífico, mas é perigoso. É por isso que ele não pode ir ao pátio com os outros. No início do ano ele mordeu um dos vigias.

Mas a mulher não se importou com o aviso. Ela se inclinou para mais perto de Luigi e tentou capturar seu olhar. Ele a olhou de relance. Seus olhos eram castanho-escuros e rodeados por cílios longos e volumosos. Ela despertou vagas lembranças em Luigi. Assim como outrora os sinos da igreja, antes que fosse amarrado àquela terrível cadeira. Mas as imagens logo desapareceram outra vez.

– Como você se chama? – perguntou a mulher.

– Ele não sabe falar – disse o diretor. – A senhorita não pode nem imaginar tudo o que já tentamos fazer para que ele respondesse. Mas aqui em cima ele é oco. – Ele bateu com os dedos na testa.

A mulher inclinou o corpo para a frente e descobriu o arranhão que havia aparecido no rosto de Luigi no dia anterior, dia do banho. A supervisora tinha arrancado a camisa dele bruscamente e o acertado com suas unhas afiadas. Desde então, ele sentia dor e calor no rosto.

– Parece que está inflamado – disse a mulher, preocupada. Ela pegou um lenço branco do bolso de sua saia e quis passar no rosto de Luigi, mas o menino recuou, assustado, e ficou olhando para o lenço. Ele era bordado em um de seus cantos.

– Não vou machucar você – disse ela, gentilmente. – Eu só quero dar uma olhada no arranhão. Olhe aqui, eu tenho um lenço limpo, só queria passar de leve para remover o fluido.

Ela desdobrou o lenço em cima da cama e o alisou. As duas letras no canto do lenço eram estranhas a Luigi, mas o inseto ao lado delas, isso ele conhecia. Era um escaravelho. Ele tinha acabado de ver um desses na cela. Ou tinha sido muito antes? Luigi tinha perdido qualquer noção do tempo. A mulher notou seu interesse.

– Essas são as iniciais do meu nome. M de Maria. É assim que me chamam – explicou, simpática. – E isto é um escaravelho. Você conhece a canção infantil sobre os vaga-lumes e os escaravelhos?

Sem esperar que ele respondesse, ela começou a cantar baixinho: "*Lucciola, lucciola, vien da me, ti darò il pan del re, pan del re e della regina, lucciola, lucciola, maggiolina*".

Luigi ergueu a cabeça. Ele conhecia essa melodia. Ela tinha lhe ocorrido quando o escaravelho tinha voado pela janela, céu azul afora, liberdade afora. Fazia uma eternidade desde a última vez que alguém tinha cantado aquela canção infantil para ele. Foi num tempo em que ele não estava encarcerado. Naquela época, ele se sentia mais seguro e não tinha medo de ser levado para a sala de torturas quando não fizesse o que exigiam dele.

– Você conhece a canção, certo? – Agora a mulher simpática estava tão perto dele que podia ver nitidamente a ferida em seu rosto.

Luigi assentiu com a cabeça lentamente.

Ela sorriu e se virou para o diretor.

– O senhor estava enganado – disse ela. – O menino me entende.

– Besteira. Ele é totalmente louco.

A mulher, no entanto, era de outra opinião. Ela se abaixou para chegar perto de Luigi.

– Se você me disser como se chama, vou tomar providências para que seja transferido para outra clínica. Lá, há crianças inteligentes como você, e eu vou ensinar vocês a calcular, ler e escrever.

Luigi não fazia ideia do que significava ler, escrever nem calcular. Mas ele sabia que queria sair dali. E não havia nada que ele desejasse mais ardentemente do que rever aquela mulher simpática.

– A senhorita está apenas perdendo tempo, *dottoressa*. Desse garoto cabeçudo a senhorita não vai ouvir um pio – disse o diretor. Ele andava de um lado para o outro e, impacientemente, tirou o relógio do bolso do colete e deu uma olhada. – Temos de continuar. O rapaz não serve para o seu projeto.

– É mesmo? – ela perguntou, suavemente. Seus olhos eram o que de mais bonito Luigi havia visto em anos. Não importava o que ela queria lhe ensinar, ele se esforçaria para aprender.

– Luigi. Meu nome é Luigi – disse, assustando-se com o som de sua própria voz.

Ela chegou mais perto e colocou as mãos em seus estreitos ombros, aliviada.

– Que beleza, Luigi, fico contente!

– Você já vai me levar hoje, Maria?

A mulher virou as costas e olhou para o diretor. Ele estava perplexo; parecia que tinha acabado de ver um guarda-voador circulando pelo teto.

– Eu acho que é possível – disse ela. – Sim, vou levar você agora mesmo. No dormitório da nossa clínica ainda temos uma vaga.

Roma, primavera de 1897

As janelas para o pátio interno estavam escancaradas, e o aroma adocicado de macieiras em flor entrava com a brisa no quarto de dormir. Um ramo com flores brancas podia ser visto da cama onde Maria e Giuseppe estavam deitados. Eles tinham feito e refeito amor. Não era a primeira vez, e torciam para que também não fosse a última. Eles tinham de tomar cuidado, pois Maria não podia, de jeito nenhum, engravidar. Mas ela jamais tinha estado tão apaixonada. Na presença de Giuseppe, ela se sentia completa, como se até então tivesse lhe faltado uma parte para ser feliz.

– Giuseppe, você está dormindo? – Ela mordiscou o lóbulo de sua orelha e fez carinho em sua face. Ela estava áspera, ele tinha de fazer a barba outra vez.

– Agora não estou mais – murmurou ele, sonolento. Como sempre, depois do ato amoroso, ele tinha pegado no sono, enquanto Maria transbordava energia.

– Vamos fazer um passeio às margens do Tibre hoje? – sugeriu ela.

Os dois estavam de folga à tarde, o que era uma raridade. Na maioria das vezes, um deles tinha de trabalhar.

– Minha família me convidou para almoçar – disse Giuseppe, endireitando-se. – Mas você é bem-vinda. Minha mãe adoraria enfim poder conhecer você. Há semanas ela vem pressentindo que existe uma mulher na minha vida. As mães têm um faro especial para isso.

Maria perdeu o humor imediatamente.

– Giuseppe, já conversamos sobre esse assunto várias vezes, e você sabe que temos de manter segredo sobre nossa relação.

Giuseppe revirou os olhos. Para ele, a questão não era tão complicada quanto para Maria, claro. Para ela, tratava-se menos de uma mácula deixada por um romance ilegítimo que poderia ser removida por um casamento, pois, mesmo se decidisse oficializar o relacionamento, se ficassem noivos e mais tarde se casassem, isso significaria o fim da carreira de Maria. A sociedade italiana tinha a convicção de que uma mulher não podia ser esposa e cientista ao mesmo tempo. As esposas tinham de se concentrar apenas no bem-estar da família. Não se confiava às mulheres a capacidade de conciliar essas atividades. Ao menos não na Itália. Talvez fosse esse o caso de países nórdicos mais avançados, mas em Roma isso era impensável.

Maria se debruçou nos ombros de Giuseppe.

– Antes de pensarmos nos próximos passos, deveríamos terminar nosso experimento na clínica, sem falta, e só podemos fazer isso em dupla – disse ela. – As crianças são fantásticas. Ontem, o Luigi juntou letras pela primeira vez. Ele formou meu nome e em seguida tentou escrevê-lo com giz em um quadro. Infelizmente ele ainda não tem destreza com os dedos, mas já entendeu o princípio da escrita.

– O menino parece ser inteligente. Além disso, ele ama você.

– É, ele é de fato inteligente. Eu tenho certeza de que vai concluir a escola.

Giuseppe se espreguiçou e bocejou.

– Aquele artigo que escrevemos com Vittorio Sergi por acaso já foi publicado? – perguntou Maria. Ela tinha passado semanas à espera da notícia. O artigo sobre o delírio seria publicado numa revista especializada. Giuseppe tinha pedido permissão a ela para usar um excerto de sua tese de doutorado, e Maria naturalmente tinha colocado o trecho à sua disposição.

– O artigo foi publicado semanas atrás – disse Giuseppe de passagem.

– Posso vê-lo? Você deve estar com ele aqui.

Giuseppe saltou da cama sem a menor vontade, andou até sua escrivaninha e voltou com uma edição da revista médica.

Maria pegou a revista, curiosa, abriu a capa e folheou a publicação até encontrar o artigo. Ela passou os olhos no texto, procurando, porém, em vão por seu nome.

– Você nem mencionou que uma parte do artigo é de minha autoria.

– Eu não pensei que isso fosse tão importante para você – disse Giuseppe, desculpando-se. Ele voltou para junto dela na cama e tentou abraçá-la, mas Maria se esquivou.

– Agora a sua especialidade são as crianças – continuou Giuseppe. – Eu não sabia que você também queria se destacar no campo dos adultos. Além disso, você luta pelos direitos das mulheres. Desde que você voltou de Berlim, não se passou uma semana sem que tivesse participado de um encontro da *Associazione femminile di Roma*.

Maria ignorou a acusação de sua voz. Ela sabia que Giuseppe apoiava a causa das mulheres em sua luta por igualdade. Agora, o que estava em questão para ela era outra coisa.

– Eu quero que as pessoas saibam que eu colaborei neste artigo – insistiu Maria.

– De que isso lhe serviria? – Giuseppe pareceu não entender o motivo da raiva de Maria. – O mundo inteiro já conhece você. Você é a médica mais conhecida da Itália, entre os médicos também não há ninguém que seja mais famoso. Você reivindica salários melhores para as mulheres e dá palestras sobre o estímulo a crianças com debilidade mental.

– Isso é um problema para você? – perguntou Maria.

– Não, claro que não – Giuseppe respondeu após hesitar levemente. – Mas eu não imaginei que esse tema fosse tão importante para você. Se tivéssemos escrito juntos sobre as crianças com debilidade mental, é evidente que eu teria mencionado seu nome. Mas um artigo irrelevante sobre o delírio?

Maria pôs o artigo de lado. Giuseppe tentou lhe dar um abraço novamente, e dessa vez ela cedeu.

– Eu estou orgulhoso da minha sábia *dottoressa* – soprou-lhe ao ouvido. Maria pôde sentir o calor que emanava de seu corpo. A proximidade de Giuseppe despertou seu desejo, e ela se aconchegou a ele.

– Se nós escrevermos sobre as crianças que em breve terminarão a escola, seu nome ficará ao lado do meu, prometo – disse Giuseppe.

Maria se deteve por um momento.

– Quem escreverá este artigo sou eu – disse, decididamente. – Eu dou aulas às crianças, deixarei os resultados por escrito e colocarei à disposição do mundo todo. Esse experimento significa muito para mim.

– Eu sei, meu bem, afinal de contas, eu observo você trabalhando com as crianças todos os dias. E, mesmo quando dividimos a cama, você não para de pensar nelas.

– Não é verdade – defendeu-se Maria. – E agora vou provar para você. – Ela se aconchegou com todo seu corpo perto dele e o beijou com tanta paixão que os dois se esqueceram de tudo nos minutos que se seguiram.

Clínica psiquiátrica em Roma, outono de 1897

O dormitório das crianças tinha mudado substancialmente nos últimos meses. As camas tinham sido afastadas para os fundos, a parte da frente era destinada às brincadeiras. Ali havia estantes com os mais diversos materiais, e a eles se juntavam coisas novas toda semana. Como não havia dinheiro para as mesas, Maria trabalhava com as crianças no chão. Sua mãe tinha comprado no bazar da igreja tapetes baratos para ela que, num piscar de olhos, podiam ser desenrolados e guardados, poupando espaço.

Maria estava impressionada com o desenvolvimento das crianças. Todos os dias, elas a surpreendiam com novas habilidades. Sobretudo Luigi tinha um aproveitamento máximo. O menino tinha aprendido a ler e a escrever no menor tempo possível. Ele já fazia contas até o número cem e lia e compreendia textos complexos perfeitamente. Era como se durante todos aqueles anos seus talentos estivessem adormecidos dentro dele e tivessem apenas esperado que alguém os despertasse gentilmente. Luigi não largava de Maria. Assim que ela entrava na sala, ele grudava ao seu lado e só se afastava dela quando ela voltava para casa. Quando ela se sentava no chão ao seu lado para lhe explicar um problema de aritmética ou lhe mostrar como usar o quadro de trançar, ele pousava a mão em seu antebraço. Como que para se certificar de que ela estava ali e não se dissolvia no ar.

Maria seguia o mesmo princípio quaisquer que fossem os conteúdos que transmitia às crianças. Ela tentava convocar o máximo de sentidos possível. Se uma das crianças tivesse dificuldades com a audição, ela podia compensar o déficit com as mãos. Outras crianças careciam de habilidades motoras. Elas não conseguiam pegar os objetos de maneira adequada, mas, em compensação, usavam os olhos para perceber o mundo à sua volta.

Maria registrava meticulosamente tudo o que observava. Giuseppe a ajudava na tarefa. Ele, como cientista, também estava acostumado a observar. Às vezes ele percebia mudanças no comportamento das crianças que Maria não reparava, ou o contrário. Depois do trabalho, eles comparavam seus apontamentos e juntos pensavam em como melhorar as coisas. Muitas vezes, passavam horas no pequeno e sóbrio gabinete ao lado do escritório fartamente decorado de Sciamanna e discutiam sobre a qualidade dos novos materiais. Esqueciam-se do tempo e pulavam as refeições. Não raro acontecia de, já tarde da noite, eles se darem conta de que não haviam comido nada desde o café da manhã. Então Giuseppe ia correndo até a trattoria da esquina e voltava com uma massa cheirosa em um tacho que eles raspavam até o fim.

Nas semanas e meses de intenso trabalho, sobrou pouco tempo para Anna, a amiga de Maria. Elas só se viam durante as reuniões do movimento feminista ou quando Maria lhe pedia uma tradução de um texto científico em inglês. Conversas com a mãe aconteciam com ainda menos frequência do que antes. Maria culpava o trabalho duro, mas sua mãe era menos tolerante que Anna. Ela não se mostrava nem um pouco compreensível com o comportamento de Maria, motivo pelo qual, certa noite, elas acabaram brigando. Sua mãe se queixou de que ela não lhe dava mais atenção. Ela a acusou de ingratidão, ao que Maria reagiu interrompendo a conversa. Na manhã seguinte, Maria pediu desculpas à mãe por seu comportamento infantil, e esta a perdoou, mas a relação até então harmoniosa entre as duas agora estava rachada. Antes, era uma rachadura fina como um fio de cabelo, mas a cada dia que Maria não reservava tempo para conversar com a mãe, ela se aprofundava.

Renilde parecia intuir que havia um homem na vida de sua filha, o que a preocupava.

– Eu não posso impedir você de nada – disse, com firmeza. – Desde que não provoque um escândalo, não me intrometerei nas suas coisas, você é uma mulher adulta. Mas não permitirei que destrua seu futuro com seu comportamento. O caminho até o sucesso foi árduo e cheio de pedras. Seria estúpido destruir sua fama por um mero capricho.

Cada vez mais, ela dirigia críticas e palavras duras a Maria. Graças aos esforços de Alessandro, aquilo não tinha passado de uma discussão acalorada. Mas, debaixo da superfície aparentemente lisa, algo fermentava. Maria se encontrava às escondidas com Giuseppe, mas também trabalhava duro. Pouco depois do Natal, ela inscreveu quatro crianças da clínica no exame público de conclusão escolar. As exigências eram idênticas às das crianças saudáveis. Era preciso ler um texto e responder algumas perguntas sobre ele, escrever um pequeno ditado e resolver algumas contas até o número cem. Maria estava certa de que Luigi, Clarissa, Marcello e Vanessa passariam no exame.

Logo que Maria anunciou seu plano às autoridades educacionais, saíram os primeiros artigos nos jornais. O ensino italiano foi questionado. Como é que as crianças com debilidade mental podiam resolver exercícios se as crianças saudáveis fracassavam? Dois repórteres foram à clínica e quiseram entrevistar Maria, mas teriam de esperar até depois do exame.

– Os senhores certamente entendem que agora tenho de me concentrar totalmente nas crianças – disse, jogando seu charme. – Assim que os quatro tiverem resolvido seus exercícios, e não tenho dúvidas de que o farão, terei uma conversa nos mínimos pormenores com os senhores e responderei a todas as perguntas que me fizerem.

– Como a senhorita tem tanta certeza de que as crianças com debilidade mental passarão no exame?

– Desde que recebam o apoio adequado, todas as crianças são capazes de aprender.

Diferentemente de Maria, Giuseppe tinha disposição de conversar por horas com os homens da imprensa. Mas ele ficava cada vez mais em segundo plano, o que também se devia ao fato de que quem trabalhava com as crianças e tomava todas as decisões importantes era Maria. Ela determinava quem podia fazer o exame e por quanto tempo as crianças deveriam se preparar. Além disso, ela tomava cuidado para que seu nome não fosse ignorado mais uma vez. Quando o experimento saísse num artigo, seu nome deveria ser citado, incondicionalmente. Ela não ficaria novamente de fora, isso ela garantiu, e Giuseppe se precavia para evitar que seu nome não fosse mais uma vez esquecido.

Na noite anterior ao exame, o nervosismo tinha aumentado na clínica.

– Não somos tão inteligentes quanto os estudantes normais – disse Clarissa, desalentada.

Em um ano, a menina tinha se transformado completamente. Suas tranças agora estavam sempre bem amarradas e seu rosto, limpo. Suas roupas estavam impecáveis, e, quando ela descobria um furo em algum lugar, logo o tapava com tanto cuidado que ele se tornava imperceptível. Serafina a tinha ensinado a tricotar, e a menina amava fazer cachecóis. Ela tinha tricotado para Maria uma echarpe rosa-clara com uma borda de renda cinza. No dia do exame, Maria queria usá-la em volta dos ombros.

– Besteira – respondeu Maria. – Vocês são tão inteligentes quanto todas as outras crianças, e é isso que vocês provarão amanhã ao país inteiro.

– Mas eu estou com medo – confessou Clarissa.

– De quê? – perguntou Maria. – Do ditado? Você praticamente já escreve sem cometer nenhum erro.

– Eu não sei fazer contas tão bem quanto o Luigi.

Nos meses anteriores, o menino tinha passado pela transformação mais assombrosa de todas. O garotinho calado e mirrado tinha se tornado um rapaz confiante que sempre tinha fome. O que quer que lhe fosse servido ele comia vorazmente. Maria dava muita importância às refeições saudáveis.

– Um cérebro só pode se desenvolver com uma alimentação saudável – ela tinha explicado ao professor Sciamanna, e desde então havia verduras com massa, arroz ou polenta. Toda sexta-feira era servido peixe fresco e, aos fins de semana, um pedacinho de carne para cada criança. Luigi amava compartilhar as refeições com os outros. Ele queria que as crianças com deficiências físicas também comessem à mesa e as ajudava a se sentar.

Somente às vezes, quando não se sentia notado, ele olhava triste pela janela. Maria sabia que não podia substituir seus pais, mas ela fazia com que essas fases passassem rapidamente atribuindo-lhe sempre novas atividades e estimulando seu intelecto.

Então Luigi envolveu o ombro de Clarissa com o braço.

– Vai dar tudo certo amanhã – disse ele, confiante. – Maria nos preparou para tudo.

A menina não parecia convencida.

– Eu prometo a vocês que nada de grave vai acontecer – disse Maria. – Vocês vão ler, escrever e calcular, como fazem há semanas. Depois disso, os professores do Ministério verificarão os trabalhos de vocês. Se vocês forem tão bons quanto eu acredito que são, as fotos de vocês sairão nos jornais, e todos ficarão felizes com seu desempenho.

A expressão no rosto de Clarissa ainda estava séria.

– Se formos aprovados no exame, o que acontecerá? Vamos ter de sair daqui e ir para um orfanato?

Só então Maria compreendeu o que a menina realmente receava. Não era o exame que a amedrontava, mas sim o que poderia acontecer depois. Clarissa tinha passado os primeiros anos de sua vida em um orfanato. As experiências que tinha acumulado naquele lugar pareciam não ter sido muito positivas.

– Vocês ficarão aqui pelo tempo que for preciso até que tenham idade suficiente para conseguirem cuidar de si mesmos – prometeu Maria.

– Mesmo se formos aprovados no exame?

– Sim, claro – disse Maria. – As outras crianças precisam da ajuda de vocês. O que faria o Adriano se você não lhe amarrasse os sapatos, e como ficaria a Sílvia se você não a ajudasse a costurar? O Vittorio também teria dificuldades se o Luigi não lhe desse de comer.

As crianças citadas se aproximaram e se sentaram junto deles. Elas tinham se tornado um grupo. Possivelmente era o maior milagre que havia ocorrido nas semanas e meses anteriores. Elas não estavam mais sozinhas. Muitas vezes prescindiam da ajuda de Maria, pois se apoiavam mutuamente. Maria sentiu uma onda de orgulho. Aquelas crianças eram fantásticas.

– Nas últimas semanas eu fui a professora de vocês – disse ela, comovida. – Mas na verdade foram vocês que me ensinaram.

– Nós ensinamos algo a você? – perguntou Luigi, com curiosidade. – O que foi?

– Vocês me ensinaram que têm autonomia – disse Maria. – A única coisa que tive de fazer como professora foi mostrar a vocês que podiam resolver os exercícios sozinhos.

Seus olhos umedeceram-se.

– Eu tenho muito, muito orgulho de vocês. – Ela abriu os braços e todos se atiraram para cima dela para serem abraçados. Eles se engalfinharam de leve.

Maria riu. Demorou algum tempo até que eles se soltassem.

– Amanhã provaremos aos professores que somos inteligentes – disse Clarissa. Seu rosto tinha uma expressão séria, porém decidida.

Em nenhum momento Maria duvidou que eles passariam no exame.

O interesse da imprensa era enorme. Todos os jornais do país queriam cobrir o caso das crianças com debilidade mental que participariam do exame público de conclusão escolar. Independentemente dos resultados obtidos, o simples fato de elas terem feito o exame causou uma sensação.

Maria tinha providenciado uniformes escolares para seus alunos: aventais brancos sobre batas azuis. Ela, por sua vez, tinha escolhido um de seus vestidos mais bonitos e caprichado no penteado. Além disso, tinha colocado a echarpe de Clarissa em volta dos ombros.

– Estou torcendo por você – Renilde tinha dito pela manhã antes de lhe dar um beijo no rosto. A desavença entre as duas tinha ficado para trás. Como havia sido durante anos, ela vibrava junto com a filha, e o pai também tinha lhe desejado sucesso de todo o coração.

– Obrigada – Maria tinha respondido. – As crianças não vão me decepcionar!

Junto com os quatro examinandos, ela agora estava sentada no corredor de uma escola pública em meio a outros alunos impacientes e seus respectivos pais. Pairava no ar o cheiro de sapatos velhos e pães com embutidos rançosos, de pisos lavados e esponjas de mesa molhadas. Era a mistura de odores que Maria conhecia de sua época de escola. Nada havia mudado. Nem mesmo o aspecto deprimente das salas. A escola era um lugar para adultos, não para crianças. As escrivaninhas eram altas demais, a lousa se achava na altura dos professores. As crianças tinham de torcer o pescoço dolorosamente para ver o que estava escrito. Não havia nada colorido, atraente. Nada que alegrasse as crianças, que despertasse o interesse natural delas.

Quanto mais Maria ficava sentada no banco duro de madeira, maior era seu desejo de sair daquele edifício frio e desumano. A escola não deveria ser um lugar onde as crianças gostassem de passar o tempo? Ela olhou para o rosto de Luigi, que estava sentado ao seu lado. O menino, que por anos tinha vivido encarcerado, parecia sentir algo semelhante. Ele tinha encolhido a cabeça e tremia de leve.

– O que você está pensando? – sussurrou Maria.

– Eu quero voltar para a clínica.

– Vai demorar mais um pouquinho – disse Maria. – Assim que soubermos dos resultados, iremos a um parque, e convidarei todos vocês para comer uma grande fatia de bolo.

A perspectiva de comer bolo pareceu levantar o ânimo de Luigi, que sorriu marotamente.

Nesse momento, abriu-se a porta atrás da qual os homens da autoridade educacional tinham se recolhido para corrigir os exames. Um funcionário sisudo de terno escuro apareceu no corredor. Ele segurava uma lista e olhou ao redor, com ares de importância. De imediato, vários pais que estavam aguardando se levantaram de um salto e se aproximaram, curiosos.

– Minha filha passou no exame?

– Como se saiu o meu filho?

O funcionário ergueu as mãos diante deles, defensivamente.

– Um momento – pediu. Atrás dele, saíram mais dois examinadores da sala. Os três caminharam até Maria.

– Temos de falar com a senhorita – sussurrou o homem com a lista.

Maria se pôs de pé.

– É um prazer – disse. – Posso saber os resultados das crianças?

– É disso que se trata – disse o homem num tom de voz tão baixo que só ele pôde ouvir. – Há algo esquisito.

– Esquisito? – repetiu Maria.

O homem pigarreou, constrangido. Ele olhou por trás de seus ombros, onde já havia dois repórteres impacientes à espera de que se manifestasse mais claramente sobre os resultados.

– Com exceção de quatro crianças, todas passaram no exame – disse então o funcionário. Ele levantou a voz para que todos no corredor pudessem ouvir. Os repórteres imediatamente rabiscaram a notícia no papel. Podia-se ouvir um burburinho.

– Devem ser os débeis mentais – disse um pai, aliviado.

Maria não pôde acreditar no que tinha acabado de ouvir. Ela balançou a cabeça negativamente.

– Quatro crianças? – perguntou em seguida.

– Sim.

– Mas é impossível que sejam as crianças que eu inscrevi no exame. Elas estavam muitíssimo bem-preparadas.

O burburinho se intensificou. Houve um zum-zum-zum, e alguém riu da jovem *dottoressa* que, óbvio, só podia ser megalomaníaca.

– Ela acreditou mesmo que os idiotinhas passariam no exame?

O funcionário com a lista se sentia visivelmente desconfortável. Ele pegou no colarinho de sua camisa e tentou afrouxá-lo, como se assim pudesse respirar melhor.

As vozes de fundo eram cada vez mais ruidosas e maldosas.

– Era óbvio que os débeis mentais seriam reprovados – disse uma voz. – Eles não sabem ler nem escrever, e como saberiam calcular com seus cérebros doentes?

– Pois é, não se pode esperar nada diferente de uma mulher – disse outra voz.

Maria tentou ignorar os comentários odiosos. Ela olhou para as quatro crianças, que estavam espremidas umas contra as outras, o puro retrato da miséria.

A raiva crescia dentro dela. Enfurecida, ela encarou o examinador.

– Quem obteve os melhores resultados? – perguntou, irritada.

Sua tentativa de intimidar o homem funcionou. Ele pigarreou outra vez.

– Foi um menino, o nome dele é... – Ele hesitou.

– Ande logo, diga... quem obteve a maior pontuação?

– O menino se chama Luigi Tassilo.

Demorou algum tempo até que Maria compreendesse. Nos documentos de Luigi que ela tinha trazido de Ostia havia um ponto de interrogação junto ao sobrenome Tassilo. Ninguém tinha certeza se o sobrenome do menino era esse, mas Maria tinha que dar um e por isso escolhera esse mesmo. Luigi também parecia não entender. Mas, assim que soube da novidade, ele se levantou de um pulo e aplaudiu. Maria se virou para ele e o abraçou com força.

– Luigi, você provou a todos o que é capaz de fazer!

Clarissa e os outros também se levantaram de um salto e se agarraram ao pescoço de Luigi. Um fotógrafo fez um retrato. O cheiro de enxofre queimado se espalhou pelo ar. Maria e as crianças abriram uma roda e começaram a dançar.

– Depois que vocês se acalmarem, podemos comunicar os resultados das outras três crianças também – disse o funcionário, olhando preocupado ao longo do corredor, onde os pais avançavam cada vez mais para saber do desempenho de seus filhos.

– Sim, por favor! – Maria se virou para ele.

– Todas as quatro crianças passaram no exame – disse, sério. Ele mencionou ainda a pontuação obtida, mas Maria já não ouvia. Ela comemorou tão alto que abafou todos os outros ruídos.

– *Signorina*, por favor, acalme-se – disse o funcionário, embaraçado.

– Depois! – exclamou Maria, descontraidamente. – Primeiro, eu quero só celebrar.

– E a senhorita tem todos os motivos para isso! – comentou um dos repórteres. – O que a senhorita realizou é inacreditável. Por favor, conte como conseguiu preparar de uma vez só quatro crianças com debilidade mental para o exame final.

Maria se dirigiu a ele irradiando alegria.

– As crianças se preparam por conta própria – disse ela. – Se os sentidos delas são deficientes, é preciso despertá-los. É só isso.

– Agora vamos comer bolo? – perguntou Luigi.

– Sim, vamos.

Maria e as quatro crianças deixaram o edifício de mãos dadas. Funcionários perplexos e pais confusos ficaram para trás. Maria sentia só uma coisa: infinita alegria. Ela iria se esbaldar com uma porção dupla de profiteroles e uma xícara grande de chocolate quente. Não havia dúvidas de que ela merecia.

– Seu sucesso é incrível, *signorina dottoressa*. Graças aos resultados do exame, seu nome se tornou conhecido muito além da fronteira italiana. Questionou e virou de cabeça para baixo todo o nosso sistema educacional! – O rosto do professor Sciamanna incandescia. Ele andava de um lado para o outro em seu escritório, arrebatado. Ao lado do tigre e do leão, agora também pendia na parede um crocodilo empalhado que exalava um cheiro levemente azedo.

Giuseppe pigarreou, mas, antes que tomasse a palavra, Maria constatou:

– O dr. Montesano e eu realizamos esse experimento juntos.

– Sim, sim – retrucou o professor, fazendo um gesto de desprezo com a mão. Nos relatórios por escrito que ele regularmente recebia para ler constavam os nomes de ambos, no entanto, Sciamanna parecia saber muito bem quem tinha sido responsável pelo bom desempenho das crianças no exame.

– Nem o governo municipal nem o Ministério podem ignorar os resultados e simplesmente voltar à ordem do dia – continuou.

– As matérias nos jornais são inequívocas. A imprensa está reivindicando uma nova forma de lidar com os pequenos pacientes com debilidade mental.

– O que isso significa para nós? – perguntou Maria. Havia meia hora que eles estavam no escritório do diretor, sentados à mesa com chá e *cantuccini* sem saber do que se tratava. Sciamanna tinha convocado Maria e Giuseppe porque queria lhes comunicar uma novidade de "suma importância".

– O Ministério reconheceu que, com o incentivo adequado, as crianças com debilidade mental também podem se tornar membros valiosos da sociedade. Por isso, o ministro competente decidiu, no futuro, treinar melhor as educadoras para o trabalho com os pacientes com debilidade mental.

Giuseppe e Maria se olharam confusos.

– Será criada uma escola para educadoras – explicou o professor. – Mulheres como Serafina deverão usufruir de uma formação no futuro. A escola se chamará *Scuola Ortofrenica* e será parcialmente custeada pelo Ministério. À instituição será incorporado um centro de investigação e ensino onde novos métodos devem ser desenvolvidos. E, naturalmente, haverá dinheiro para os materiais didáticos.

– É uma notícia extraordinária – disse Maria. Não lhe ocorreu dizer mais nada.

– A senhorita e o senhor concordam? – perguntou Sciamanna, olhando primeiro para Maria, depois para Giuseppe.

– Concordam com o quê? – Giuseppe também parecia bem desnorteado.

– Ué, com a direção da escola, afinal, é para isso que estamos aqui – disse Sciamanna com naturalidade, como se já tivesse mencionado aquilo desde o início. – O senhor e a senhorita devem assumir a direção da escola: um diretor e uma diretora.

Maria ergueu as sobrancelhas, perplexa.

– Nós seremos os diretores de uma escola?

– Não foi isso o que eu disse? – Sciamanna, confuso, tomou um gole de sua xícara de chá. – Os senhores realizaram um trabalho fantástico, e agora ele deve ser recompensado. Além do mais, há a esperança de que muitas crianças com debilidade mental possam sair da clínica e encontrar um rumo na vida profissional. Assim, o estado poderia poupar bastante dinheiro. Para a sociedade, um operário robusto numa fábrica custa bem menos que um débil mental que tem de ser alimentado e supervisionado permanentemente numa instituição.

– É uma grande honra dirigir uma instituição como essa – disse Giuseppe, comovido.

– Bem, era a consequência lógica do que o senhor e a senhorita Montessori realizaram nos últimos meses.

Maria olhou para Giuseppe e teve de se controlar para não sair pulando e dançando animada pelo escritório. O que de melhor poderia lhe acontecer a não ser continuar trabalhando com Giuseppe em seu projeto? Eles teriam financiamento para a pesquisa e poderiam transmitir seus conhecimentos às educadoras. Giuseppe também parecia arrebatado. Esfuziante, ele mirou Maria com brilho nos olhos. Pena que não podiam se agarrar um ao pescoço do outro.

– Além disso, fomos convidados para ir até lá e falar sobre nossos métodos – disse Sciamanna. – Um congresso pedagógico nacional acontecerá na cidade no próximo outono.

– Será um prazer falar perante as pedagogas – exclamou Giuseppe. Ele parecia já estar se preparando para a missão. Seu entusiasmo era patente.

– O senhor não, dr. Montesano – corrigiu Sciamanna. – Eles querem ouvir a senhorita Montessori falar. O mundo inteiro sabe que ela é uma oradora talentosa, capaz de cativar seu público. Ela representou nosso país em Berlim de maneira extraordinária.

Maria viu o rosto de Giuseppe desbotando. Ele tentou manter o sorriso simpático, mas por trás de sua fachada aparentemente tranquila o ressentimento fervilhava.

– Nós podemos fazer uma apresentação juntos – sugeriu Maria. – Afinal, nós dirigiremos juntos a escola. Um homem e uma mulher juntos no púlpito passariam uma mensagem fabulosa.

– Não faz o menor sentido – disse Sciamanna. – Os organizadores do evento convidaram expressamente a *dottoressa* Montessori. Então por que deveríamos enviar Montessori e Montesano? Isso tudo acarretaria despesas adicionais. Nós deveríamos investir o dinheiro de maneira mais útil. Os subsídios do Ministério infelizmente não serão generosos a ponto de eu poder pagar uma viagem a um funcionário sem motivos urgentes.

Como Maria deveria reagir? Ela se sentia lisonjeada, mas temia que Giuseppe pudesse invejar seu sucesso.

Ele se virou na direção dela, e por um instante ela pôde ver seus olhos faiscando de raiva. Mas ele logo recuperou a compostura.

– Estou certo de que a senhorita, minha colega, é capaz de fazer sozinha um discurso igualmente bom. Nesse meio-tempo, darei seguimento aos trabalhos na clínica seguindo todos os seus princípios.

Sciamanna se levantou e espichou o corpo esguio.

– Maravilha! – Ele esfregou as mãos, satisfeito. – Nós teremos nosso próprio instituto de pesquisa. E devemos agradecer aos senhores. À sua ambição desmedida e à sua perseverança. – Ele falava aos dois, mas olhava apenas para Maria.

Ela queria que ele também destacasse o nome de Giuseppe. Mas, como não o fez, Maria sabia que depois dessa conversa teria de passar um bom tempo aplacando o rancor de Giuseppe e tentando convencê-lo de que seu prestígio como cientista era tão grande quanto o renome internacional dela.

Infelizmente, ela só conseguiu fazê-lo em parte. Giuseppe estava realmente magoado. Maria lhe deu alguns dias para que ele processasse seu rancor. Embora entrassem juntos na clínica todas as manhãs e se dedicassem conjuntamente ao trabalho, eles quase não trocaram uma única palavra. Mas, uma semana depois da conversa com Sciamanna, Maria não aguentou mais. Após um exame de rotina dos pacientes, surgiu uma boa oportunidade. Ela teve o cuidado de esperar até que todos os colegas tivessem saído da sala e então fez um aceno para Giuseppe e pediu que ele esperasse.

– Você está se esquivando de mim – desabafou ela.

Giuseppe reagiu com surpresa, mas ele era um ator nato.

– De onde você tirou essa ideia? – Agora ele também queria escapar dela e ir atrás dos outros.

– Faz uma semana que você não fala comigo. É por causa de Turim? Para mim não faz a menor diferença. Você pode ir no meu lugar.

Como sempre, Maria escolheu a via direta e abordou o assunto sem rodeios. Giuseppe parecia ter ficado constrangido por um momento. Ele se calou e comprimiu seus lábios carnudos. Maria queria muito beijá-los e sentir sua maciez e delicadeza. Mas na clínica era perigoso demais. Ela e Giuseppe não estavam sozinhos no prédio, a qualquer momento alguém podia entrar na sala e os flagrar no ato.

– Nós podemos ir agora mesmo dizer ao Sciamanna que por algum motivo inventado eu não poderei ir a Turim e você dará a palestra no meu lugar.

Por um momento, Maria acreditou que Giuseppe assentiria. Ele pareceu gostar da ideia. Mas, então, uma grande prega se formou em sua testa, e ele disse, seriamente:

– Não, Maria, não seria certo. Eles convidaram você, e, por isso, quem tem de discursar diante das pedagogas é você.

– Mas isso não tem importância para mim – retrucou Maria, antes de elevar a voz. – Desde que meu nome seja mencionado na pesquisa, eu me dou por satisfeita. Se você quiser ter o prazer de discursar, tudo bem por mim. – Ela fez uma pausa. – Mas, por favor, não me puna com o seu silêncio, isso me machuca. – Então, ela silenciou. A última frase tinha simplesmente lhe escapado. Agora ela estava consciente do quanto tinha se afeiçoado a Giuseppe. Ela ansiava muito por seu afeto.

Maria teve receio de que a pressão pudesse apavorá-lo, mas o que aconteceu foi o contrário. A sua vunerabilidade pareceu comovê-lo. Ele deu um passo em sua direção e a abraçou, apesar do risco de serem descobertos. Maria pôs o nariz bem perto do pescoço dele e inalou seu cheiro. O perfume familiar lhe arrancou um suspiro.

– Você é uma cientista fantástica – disse. – Por isso, você tem de dar a palestra.

– Mas eu quero que você volte a falar comigo. Eu não suporto quando você me trata como se eu fosse invisível.

Giuseppe acariciou os cabelos dela. Seu toque delicado despertou em Maria o desejo de ir além. Ela aproximou seu corpo do dele.

– Nós dois estamos trabalhando muito, é só isso.

– Vamos passar esta noite juntos – sugeriu Maria. Ela sabia que ele sempre folgava às quartas-feiras. Até recentemente, antes de irem parar na casa de Giuseppe, eles saíam para jantar ou passear nessas noites.

– Hoje infelizmente não dá – disse Giuseppe. – Eu já tenho outros planos.

– Quais planos?

Giuseppe se soltou dela.

– Isto agora é um interrogatório?

– Não... é claro que não – tartamudeou Maria, constrangida. Ela se sentiu como sua própria mãe, o que lhe era penoso.

Giuseppe riu.

– Não precisa se preocupar, *mia cara*. – Seu ciúme parecia lisonjeá-lo. – Meu pai está de visita na cidade, e eu marquei um jantar com ele.

– Entendo – Maria mal pôde esconder seu alívio. – E que tal amanhã à noite? Posso cancelar o encontro com a associação de mulheres.

– Não é preciso – disse Giuseppe. – Amanhã irei com antigos colegas de faculdade a um café.

– A noite inteira?

Giuseppe indulgentemente balançou a cabeça. Ele alisou os cabelos de Maria novamente. Ela aconchegou a cabeça em sua mão.

– O domingo é nosso, prometo.

Maria estava prestes a abrir um sorriso, mas logo se lembrou de que no domingo acompanharia a mãe a um bazar beneficente. Ela já tinha avisado Giuseppe semanas antes. Teria ele se esquecido ou deliberadamente escolhido o domingo, pois sabia que ela não teria tempo?

– Não posso no domingo. Mas nós arranjaremos outra data – disse Maria.

– Com toda a certeza.

Giuseppe a beijou com tanta paixão que por um segundo Maria esqueceu sua decepção. Ela desfrutou da proximidade, tocou os ombros de Giuseppe e alisou suas costas. Ele também acariciou sua cintura e pressionou o corpo contra o dela. Maria podia sentir que ele a desejava. Nesse momento, eles ouviram passos se aproximando no corredor. De imediato, Maria largou Giuseppe e deu um passo para trás. Tropeçou numa cadeira, que bambeou, e, envergonhada, colocou atrás da orelha uma mecha de cabelos que tinha se soltado. Tensa, ela se pôs a escutar os ruídos do lado de fora. Giuseppe também ficou calado, mas nem de longe estava em pânico como Maria.

Os passos se afastaram. Quando por fim silenciaram, Giuseppe saiu de sua posição de estátua.

– Temos de achar uma solução – disse, seriamente. – Estou ficando cansado desse jogo de esconde-esconde. – Sem esperar que Maria respondesse, ele abriu a porta e foi embora. Maria ficou para trás, como que atordoada. Não havia uma solução. Não era só ela que sabia disso, mas também Giuseppe.

Roma, outono de 1898

O Sol do outono banhava a cúpula da Basílica de São Pedro em luz cor de abóbora claro. As folhas das árvores às margens do Tibre e nos grandes parques da cidade perdiam pouco a pouco suas cores. O Sol já estava nitidamente mais baixo no horizonte e agora não ardia tão impiedosamente sobre as casas, igrejas e templos da cidade eterna.

Maria amava esse esplêndido jogo de cores que se repetia ano após ano, transformando Roma num mar de tons vermelhos, amarelos e marrons. As muitas e diversas nuances lembravam-na da caixa de tintas que tinha ganhado de sua avó nos seus tempos de menina, quando passava dias apenas observando as cores por saber que aquilo que queria passar para o papel jamais corresponderia às expectativas que tinha de si mesma. Por medo de se decepcionar com o resultado de seu próprio trabalho, Maria nunca havia usado a caixa de tintas. E ela permanecia intocada dentro da gaveta de sua escrivaninha.

Desde criança, Maria sabia exatamente quais eram seus pontos fortes e fracos. Ela era uma cientista, ela amava a exatidão. Preferia deixar aos outros a inventividade artística. Por exemplo, à sua amiga Anna, que estava sentada ao seu lado. Maria a observava enquanto passava, com um traçado firme e elegante, a silhueta da cidade para o papel.

– Hum – disse. – Que tal? A Basílica de São Pedro está reconhecível?

Maria inclinou a cabeça para o lado.

– Sim, com certeza. O desenho vai ficar bom.

– Obrigada.

Mas naquele dia Anna já tinha feito o suficiente. Ela arrumou seus materiais de desenho, guardou o papel e o lápis em sua bolsa de couro e dobrou o banquinho onde tinha se sentado.

– Vamos ao Caffè Greco – sugeriu. – Uma xícara de café e um pedaço de bolo de laranja seriam o ideal agora.

– Uma excelente ideia – concordou Maria. Fazia semanas que ela não se encontrava com a amiga. Só agora ela percebeu o quanto sentia falta das tardes com a amiga. A despreocupação de Anna era contagiante até mesmo quando Maria se sentia para baixo.

– O que foi? – perguntou Anna. – Você deveria ser a mulher mais feliz da Itália.

– Por quê? Porque sou bem-sucedida profissionalmente?

– Você está se subestimando demais – retrucou Anna, aos risos. – Você fez um discurso arrebatador em Turim. A imprensa esteve por semanas a seus pés. Ficaram desconcertados e escreveram sobre sua beleza e inteligência.

Maria sorriu, cansada. O discurso em Turim de fato tinha sido um sucesso. Ela tinha conseguido, mais uma vez, tirar proveito do momento. Com muita habilidade, tinha se utilizado da chocante notícia do assassinato da imperatriz austríaca para transmitir sua mensagem, e sua linha de argumentação funcionou. Durante a apresentação, reivindicou escolas especiais para crianças com debilidade mental a fim de incentivá-las e proporcionar a elas um ensino com um objetivo em vista. "Afinal, o assassino da imperatriz da Áustria também foi uma criança", tinha dito Maria. "Uma criança com debilidade mental que talvez jamais tivesse se tornado uma assassina se tivesse recebido uma educação adequada no momento certo."

– Eu acho que você trabalha demais – disse Anna. – Olhe só para sua imagem no espelho, você está com olheiras porque não pensa em nada além dos seus idiotinhas.

Maria balançou a cabeça negativamente. Não era o trabalho que a afligia. Ela estava acostumada à alta produtividade. Muito pelo contrário, a pesquisa, as aulas, as atividades como professora, tudo isso a ajudava a se distrair.

Anna ficou parada, fitando Maria com olhos semicerrados.

– É o seu *dottore*? Você precisa ficar tão amargurada por causa dele?

Como sempre, Anna tinha acertado na mosca. Ela era uma de suas poucas confidentes que sabia de seu relacionamento com Giuseppe.

– Eu acho que ele está saindo com outras mulheres além de mim.

– Se for assim, ele é um cretino – retrucou Anna. – Ele deveria tratar você muito bem. Ele jamais arranjará outra mulher igual a você.

Maria puxou ainda mais seu sobretudo. Um vento frio e refrescante soprava em sua direção.

– Talvez ele já esteja até me traindo – disse, em voz baixa. A ideia de que Giuseppe podia estar indo para a cama com outra mulher a estava perseguindo havia dias. As cenas que ela imaginava quase a enlouqueciam. Era o ciúme que a consumia, como uma doença nociva. Afinal de contas, ele tinha garantido que ela era a única mulher que ele desejaria. O que tinha sido feito dessa promessa? Por um lado, ele ainda lhe lançava o mesmo olhar apaixonado de antes, mas invejava seu sucesso. Disso Maria tinha certeza.

– Você sabe com quem ele está saindo?

Maria balançou a cabeça negativamente.

– É só uma suspeita. Talvez não seja verdade. Eu acho que ele não foi capaz de se contentar com meu sucesso em Turim.

Anna fez silêncio, e Maria se lembrou das palavras da amiga da primeira vez que tinha lhe contado sobre seu caso com Giuseppe. Na época, Anna a tinha alertado de que homens ambiciosos não toleravam que mulheres fossem mais bem-sucedidas do que eles próprios.

– Nós quase não nos vemos mais – continuou Maria. – Sempre que eu proponho um encontro, ele já tem outros planos.

– Vocês passam ao menos oito horas juntos por dia, na clínica e na escola.

– Não estou falando desse período – suspirou Maria. – Eu acho que, quando chega a noite, ele já está farto de mim. Ele me vê o dia todo, pois estou constantemente ao lado dele.

– E como você se sente nessa situação? – indagou Anna. – Você prefere ver outro rosto de homem depois do expediente?

– Não – Maria deixou escapar, indignada. – Eu não quero de jeito nenhum outro homem. Jamais. Ele é tudo aquilo com que eu sempre sonhei. Giuseppe é perfeito.

Ela fez uma pausa e então acrescentou, em voz baixa:

– Eu o amo de verdade, do fundo do meu coração. Não é só um simples namorico.

– Pelo amor de Deus, Maria – disse Anna, não conseguindo se conter. – São palavras graves.

– Não é nada além da verdade. Ele é carinhoso, inteligente, charmoso e bonito. Ele sabe exatamente o que penso e entende minha paixão pela ciência.

– Por acaso ele sabe o que você sente por ele?

Maria ficou parada e olhou para as mãos, que já estavam avermelhadas de tanto que as apertava de nervosismo.

– Não tenho certeza.

– Então você deveria dizer isso a ele a todo custo – disse Anna.

– Eu devo dizer a ele que o amo?

– Sim, claro!

– E se ele não corresponder aos meus sentimentos? Eu faria papel de ridícula.

– Ele é quem está fazendo papel de ridículo. Você é uma mulher fantástica. – Anna pôs o braço em volta dos ombros de Maria. – Se ele não ama você, é porque também não merece você. E, confie em mim, você conhecerá outros homens.

Maria deu um passo para o lado.

– Anna! – Às vezes, a amiga tinha opiniões tão modernas quanto escandalosas. Mas justamente por isso Maria a estimava tanto.

Roma, primavera de 1899

– Luigi, você quer vir comigo à loja do senhor Renzi? Vamos buscar um jogo de peças de madeira.

O menino se levantou de um pulo de sua escrivaninha e foi correndo ao encontro de Maria. Ele estava frequentando, já havia alguns meses, uma escola técnica, mas ainda não tinha conseguido se adaptar a ela. Os professores o descreviam como teimoso, preguiçoso e desinteressado. Para Maria, aquilo era incompreensível. Ela tinha corrigido seus exercícios com ele, e ele tinha se mostrado capaz de resolver todos eles sem cometer nenhum erro. A impressão de Maria era a de que exigiam pouco de Luigi. Infelizmente, os professores pensavam de outra forma. Assim que o menino entrava no prédio da escola, todo o conhecimento parecia escorrer dele como de um barril cheio de furos. O diretor quis que ele retrocedesse na escola, o que, aos olhos de Maria, era um absurdo completo e contraproducente. Essas medidas apenas serviriam para desencorajar o menino. Luigi tinha vivido anos de pavor, essa sensação ainda parecia bloquear seu pensamento. A partir do momento em que sentia medo de alguém, não conseguia aprender.

Na escola, os professores acreditavam que incutir medo nas crianças fazia parte da aula. Eles confundiam respeito com temor e incorriam no erro de pensar que apenas crianças caladas prestavam atenção. Na verdade, muitos alunos quietos eram distraídos, não acompanhavam a aula e torciam para não ser chamados à lousa para resolver um exercício. Luigi tinha uma mente inteligente e criativa que propunha soluções de maneira muito individual. Dois dias antes, ele havia encontrado uma solução alternativa para um problema de aritmética, mas o professor não lhe dera nenhum ponto por isso.

– Eu expliquei nos mínimos detalhes ao menino como ele deveria resolver o problema, e ele tem de obedecer. Nossa escola forma técnicos que devem seguir regras. Nada de pensadores livres, anarquistas ou artistas.

"Uma coisa não exclui a outra. Leonardo da Vinci, por exemplo, foi cientista, pintor e escultor", seria o que Maria teria explicado a ele, porém, não havia sido ela quem tinha ido à escola buscar Luigi, e sim Serafina. Depois de ter ouvido a crítica do professor, não tinha ocorrido a ela nenhuma ideia melhor do que dar um sermão no menino. Desde então, Luigi não queria mais ir à escola. A simples menção à escola o empalidecia. Maria planejava fazer uma visita ao diretor na semana seguinte. Não era possível nem aceitável que um menino inteligente fosse impedido de aprender.

– Apanhe um cesto grande, por favor, Luigi – disse Maria. – Nós temos de transportar os materiais de algum jeito.

Luigi subiu numa escada e apanhou um cesto em uma das estantes, em seguida enfiou seu casaco e ficou pronto antes mesmo que Maria pudesse pegar sua bolsa.

Logo depois, os dois iam juntos ao centro da cidade.

– Você já foi a uma marcenaria? – perguntou Maria. Ela havia notado que Luigi manuseava objetos de madeira com um cuidado especial. Às vezes, quando mergulhava em seus pensamentos, ele passava a ponta dos dedos sobre uma peça ou um cilindro e o levava ao nariz para cheirá-lo. Então, fechava os olhos e parecia se lembrar de outra coisa. Quando ela perguntou, ele encolheu os ombros, como que não fazendo ideia, e disse:

– Sei lá, eu só gosto do cheiro de madeira.

Em pouco tempo, eles chegaram à lojinha da Via Sacra. Como sempre, o senhor Renzi estava atrás do balcão, apertando um parafuso de uma pequena caixa, com as costas curvadas. A caixinha de música ressoou notas isoladas enquanto o homem a colocava de lado.

– *Signorina* Montessori, que alegria! – disse. Em seguida, olhou para Luigi. – Trouxe uma visita. Que bom.

Maria puxou o menino para a frente.

– Este é o Luigi. Ele é um dos meus alunos mais inteligentes e dedicados. – Luigi olhou para o chão, envergonhado.

– Seja bem-vindo – disse o senhor Renzi. – Você sabe mexer em caixinhas de música? – Ele apontou para a caixinha à sua frente, mas não parecia esperar por uma resposta.

Luigi tinha ficado curioso e se aproximou com um passo. Ele observou a caixinha e sua engrenagem, então a puxou cuidadosamente para junto de si e a abriu. Duas notas soaram. Então, ele empurrou uma mola para trás, puxou uma outra e girou com cuidado uma rodinha. Imediatamente, soou uma melodia encantadora que, apesar de duas breves engasgadas, tinha ficado claro que era de autoria do compositor austríaco Wolfgang Amadeus Mozart. Luigi se pôs a escutar, com atenção. Quando a melodia terminou, ele fechou a caixinha à sua frente. Ele a encarou com tanta reverência que parecia estar diante de um valioso tesouro.

– Você é um geniozinho – disse Renzi, aos risos. – Exatamente como o pequeno Mozart, autor da *Pequena Serenata Noturna.*

– É esse o nome da música?

– Sim – disse o senhor Renzi.

– A música é maravilhosa.

– Eu também acho. Por isso queria tanto que a caixinha voltasse a funcionar.

Luigi assentiu com a cabeça, com seriedade. Depois, olhou admirado para a loja ao seu redor e examinou os muitos objetos de madeira nas estantes.

– Você pode tocar nas coisas – disse o marceneiro. – Nada disso é frágil.

– Posso? – Luigi pediu permissão também a Maria. Ela assentiu com a cabeça. Sem mais, o menino foi até uma das estantes e puxou uma tábua de corte. Ele passou a palma da mão por cima dela, em seguida levou a madeira ao nariz e sentiu a fragrância. Exatamente como tinha feito com os cilindros de madeira. Uma expressão muito peculiar tomou conta de seu rosto, como se aquele cheiro lhe lembrasse alguma coisa que se encontrava num passado longínquo.

– Luigi? – perguntou Maria, baixinho. – No que você está pensando?

O menino olhou para cima. Em vez de responder, perguntou ao marceneiro:

– O senhor também tem uma oficina, *signor* Renzi?

– Sim, claro – respondeu o velho. – Você quer vê-la?

– Adoraria.

– Venha comigo, rapazinho. – O senhor Renzi chamou Luigi com um aceno e o levou até sua oficina, passando pelo pequeno pátio dos fundos. Maria seguiu os dois. Assim que entrou na sala ampla e iluminada, o garoto foi até a bancada de trabalho que havia sido usada pouco tempo antes. Havia serragem debaixo dela. Luigi se agachou no chão. Com ambas as mãos, alisou os rolos de maravalha, rindo baixinho.

– Ao que parece, esta não é a primeira vez que você vai a uma oficina. – O marceneiro se voltou para Maria, mas ela deu de ombros, desajeitada. Ela não fazia ideia do motivo de Luigi parecer sentir-se tão bem ali. Sua postura encolhida, apreensiva, tinha desaparecido. Exatamente como se tivesse voltado para casa após uma longa viagem.

– Alguém da sua família é marceneiro? – perguntou o senhor Renzi.

– Eu não sei – admitiu Luigi.

– Como você se chama, meu querido?

– Luigi.

– Na verdade, eu me referia ao seu sobrenome.

Ele olhou para Maria, procurando ajuda.

– Em seus documentos constava o sobrenome Tassilo – disse. – Mas não sabemos com certeza se é esse realmente seu nome de família.

– É bem possível – disse o senhor Renzi. – Eu conheci um Ricardo Tassilo lá em Ostia, cuja oficina há alguns anos foi completamente destruída por um incêndio, sobrando apenas os alicerces. O próprio Ricardo, a esposa e os filhos morreram. Será que um de seus filhos sobreviveu?

A tábua de cortar escorregou dos dedos de Luigi, mas ele reagiu no mesmo instante e a apanhou agilmente.

– Eu consigo facilmente imaginar você como filho do Ricardo Tassilo – disse o senhor Renzi. – Até onde sei, seu filho mais novo tinha por volta de 6 anos no momento do incêndio.

Luigi ficou olhando para o velho, boquiaberto.

– Nessa idade, a criança deveria se lembrar dos pais – disse o senhor Renzi. – Mas disso a senhorita Montessori entende melhor. A senhorita estudou medicina.

Maria tinha ouvido aquela conversa estarrecida. Será que o incêndio tinha sido tão terrível para Luigi a ponto de simplesmente apagá-lo da memória? Era possível, e isso significaria que Luigi não só tinha um nome, mas havia sido criado por pais que o amavam e não era, como afirmava o diretor do instituto em Ostia, filho de uma prostituta que o abandonara.

– Eu acho que eu morava ao lado de uma igreja – disse Luigi. – Eu consigo me lembrar do badalar dos sinos.

– Tem razão – disse o senhor Renzi. – A oficina ficava muito perto da igreja. Ao lado dela havia um grande chafariz público, que, infelizmente, não conseguiu impedir o incêndio.

– É, havia um chafariz – disse Luigi, emocionado. Seus olhos brilhavam. – Eu via essa imagem à minha frente toda vez que ouvia os sinos da Chiesa Sant'Aurea. – A sombra que Maria conhecia tão bem voltou a cobrir o rosto do menino. A simples menção dos sinos da igreja que ele tinha ouvido durante sua estadia no manicômio em Ostia o empalideceu.

– O tempo do manicômio ficou para trás – Maria o tranquilizou.

– Se você quiser, posso perguntar a um colega sobre Ricardo Tassilo. Ele o conheceu pessoalmente. Talvez você possa visitá-lo algum dia. Ele pode lhe contar algo sobre seu pai – sugeriu o senhor Renzi.

– O senhor faria isso por mim? – Luigi olhou cheio de admiração para o velho.

– Sim, claro. – O senhor Renzi parecia um pouco constrangido com a clara manifestação de carinho. Ele parecia refletir enquanto examinava Luigi com um olhar penetrante. Algum tempo depois, disse: – Você parece gostar de madeira. – Luigi assentiu, prontamente. – E você também não é uma barata tonta. Senão, a senhorita não o levaria para fazer compras nem faria os melhores elogios a você.

Luigi não respondeu. Ele ainda estava completamente arrebatado com o que acabara de descobrir.

– Eu estou procurando um aprendiz esperto – continuou o senhor Renzi. – Ainda não encontrei ninguém com quem tenha ficado satisfeito. O que você acha, Luigi Tassilo, de Ostia? Quer começar aqui?

Maria ficou em choque. Tudo estava acontecendo rápido demais. Ela queria que o marceneiro tivesse falado com ela primeiro antes de tentar o menino. Mas, de imediato, Luigi se encheu de entusiasmo.

– Eu já tenho idade para isso?

– Tem, claro.

Maria sabia que a sugestão do senhor Renzi era mais que uma simples proposta de formação técnica em sua oficina. Luigi poderia trabalhar e morar ali. A *signora* Renzi cozinharia uma comidinha gostosa para ele e o trataria como o filho que jamais tivera.

– Ou a senhorita tem outros planos para o menino? – O marceneiro se virou para Maria, que se sentiu pega em flagrante.

Luigi era tão inteligente que ela e Giuseppe o tinham imaginado primeiro em uma escola técnica e, mais tarde, talvez, até mesmo em uma universidade. Uma semana antes, o professor Sciamanna tinha dito que era possível conseguir uma bolsa para o menino assim que ele estivesse apto a ingressar na universidade. Mas o próprio Luigi parecia escolher outro caminho.

– Posso, Maria?

Maria engoliu em seco. Sempre estivera evidente que Luigi deixaria a clínica, mas foi uma surpresa perceber que talvez já fosse a hora. Ela veria o menino só de vez em quando, toda vez que fosse buscar os materiais ou que ele lhe fizesse uma visita. Diante da perda iminente, ela se deu conta do quanto tinha se afeiçoado a Luigi.

– É uma decisão de grande impacto – disse, observando o menino que tinha voltado à bancada de trabalho e passava o dedo indicador na empunhadura de uma plaina. – Nós deveríamos pensar com calma sobre isso, Luigi. Você não está querendo ir à escola agora por temer os professores. Mas não tem de continuar assim. Eu posso conversar com eles.

Os cantos da boca do menino se voltaram para baixo outra vez, de decepção.

– Mas é claro que você pode decidir por si só – acrescentou Maria.

Era espantosa a dificuldade com que as palavras saíam de sua boca.

– Certamente o senhor não espera que Luigi tome uma decisão aqui e agora, não é, *signor* Renzi?

O velho encolheu os ombros. Pelo visto, era exatamente isso o que ele esperava. Em voz alta, disse:

– Deixarei aberta a vaga de aprendiz por mais um tempo. Eu ficaria feliz se Luigi a aceitasse.

Era visível que o menino preferia ter dito "sim" em alto e bom som, mas Maria insistiu para que ele refletisse mais sobre a ideia. Luigi concordou, embora àquela altura sua escolha já estivesse estampada em sua expressão radiante. Da mesma forma, o senhor Renzi parecia estar ansioso pela chegada do menino, e Maria teve de admitir que Luigi ficaria mais feliz ali do que na escola técnica, ainda que ela estivesse ansiosa para brigar com os professores. Ela gostaria muito de provar àqueles homens presunçosos que Luigi era mais inteligente do que alguns deles. Agora, Maria teria de dar a notícia a Sciamanna e a Giuseppe da maneira mais suave possível. O aluno exemplar escolhera seu próprio caminho, e ela o ensinara que ele também podia fazer isso.

Roma, 1899 a 1901

Florence Piavelli havia convidado a elite intelectual da cidade para um recital. Pintores, músicos e atores de renome constavam na lista de convidados, bem como cientistas famosos do campo da medicina e da tecnologia. É claro que os dois diretores da recém-fundada *Scuola Ortofrenica* também não podiam ficar de fora.

Como eram colegas próximos, Maria e Giuseppe podiam aparecer juntos no evento sem que chamassem a atenção. Durante o trajeto de ida, eles tinham tido uma discussão. O motivo tinha sido a viagem que Maria planejava fazer a Londres. Maria havia sido convidada para um congresso internacional de mulheres na Inglaterra, onde deveria se encontrar com a rainha Victoria, o que era uma grande honra. Giuseppe, porém, alegava que sua presença em Roma era imprescindível.

– Quem deve assumir todo o trabalho na escola nesse meio-tempo? – Giuseppe tinha perguntado, fazendo caso. – E as palestras que você tem de apresentar às futuras professoras nas próximas semanas? Quem vai substituir você?

– Eu achei que você pudesse fazer isso – disse Maria, com cuidado. Quando, por algum motivo, Giuseppe estava fora de Roma, fosse para visitar a família, fosse para viajar ao norte do país para fazer uma palestra, Maria assumia suas funções sem hesitar. Na verdade, ele nunca havia se ausentado por mais de dois ou três dias, mas ela também o teria substituído por mais tempo, se necessário.

Giuseppe torceu a boca.

– Você não pode ficar exigindo constantemente que eu faça seu trabalho por você.

– Mas eu não faço isso – indignou-se Maria. – Trata-se de uma viagem a Londres. É uma oportunidade única. Posso apresentar nossa escola lá e relatar as mais recentes descobertas que fizemos no trabalho. Quanto mais pessoas conhecerem nossas ideias, mais apoio receberemos. As crianças com debilidade mental têm de ser incentivadas também em outros países.

– Toda vez você fala em oportunidade única – retrucou Giuseppe. – Primeiro em Berlim, depois em Turim e agora em Londres. E ainda por cima vai ficar fora por algumas semanas desta vez.

A saudade soara em sua voz, e Maria cedera. Ele sentiria falta dela, só por isso estava tão chateado.

– Mas eu vou voltar – Ela tinha dito, em tom conciliatório, e apertado suas mãos com carinho até que o coche tivesse chegado a seu destino e os dois saltassem.

Agora, Maria estava junto do bufê com a anfitriã Florence e conversava sobre o tempo que a essa época do ano faria em Londres.

– Não deixe de colocar na mala alguns casacos pesados de malha – aconselhou Florence. Nessa viagem, Anna, a amiga de Maria, a acompanharia e a ajudaria como intérprete, uma vez que Florence tinha compromissos familiares em Roma e Rina estava sem tempo.

– Um guarda-chuva também não pode fazer mal – acrescentou um homem mais velho que conversava ao lado. – Em cada uma das minhas estadias em Londres choveu torrencialmente, sem parar. Eu tive a impressão de que todo o volume de chuvas caía sobre a Inglaterra. Para o restante da Europa não sobraria nada.

– Parece que em muitos aspectos somos imoderados – disse Florence, aos risos. Mesmo depois de vinte anos em Roma, ela ainda se sentia como uma britânica. O clima, porém, não lhe fazia falta.

Maria acompanhava a conversa sem que lhe desse muita atenção. Tão logo haviam deixado seus sobretudos no bengaleiro, Giuseppe tinha se recolhido no salão de fumantes. Ele estava sentado ao lado de uma moça com quem conversava com empolgação. Ela era bonita, mas não de uma beleza fora do comum. Tinha uma figura esbelta, cabelos castanhos comportadamente presos num coque e usava um vestido elegante e discreto de tecido nobre. Seu rosto era harmônico, porém mediano, tanto que um observador poderia esquecê-lo caso saísse de sua frente. Sua única característica digna de nota era o sorriso. Ele era caloroso e cativante.

– Quem é aquela com quem o dr. Montesano está conversando? – Maria esperava que seu comentário soasse casual. Mas o simples fato de ela ter mudado de assunto no meio da conversa revelava seu grande interesse.

Surpresa, Florence inclinou o corpo para a frente para olhar o interior do salão de fumantes.

– Não sei o nome dela – confessou. – Mas ela é prima do seu colega, dr. Andrea Testoni. – O nome despertou em Maria lembranças desagradáveis. Giuseppe tinha de estar justamente com uma parente de Testoni? Exatamente como Maria sempre havia intuído, Testoni tinha acabado no governo municipal e agora cuidava do financiamento de hospitais públicos. Um cargo no qual tinha de decidir sobre muito, mas muito dinheiro arrecadado com impostos.

A jovem percebeu que estava sendo observada. Ela ergueu a cabeça e olhou bem o rosto de Maria. Como não se conheciam, pareceu intrigada com a intensidade daquele olhar. Giuseppe também não havia escapado do interesse de Maria. Ele sussurrou algo no ouvido da jovem, ao que ela lhe deu um sorriso desapontado. Ele então se levantou e foi ao encontro de Maria.

– Parece que você acabou de ter uma ótima conversa. – O comentário ácido tinha saído sem querer da boca de Maria.

– Eu queria evitar as conversas sobre Londres – admitiu ele. – Elas só me lembram de que você vai ficar muito tempo fora.

Novamente, Maria não conseguiu se aborrecer com ele.

– Mas eu não irei agora. Antes da partida com certeza teremos alguns dias para nós – disse ela, baixinho.

– Puf! – bufou Giuseppe. – E o que fazemos nesses momentos? Trabalhamos dez horas por dia na clínica e à noite nos sentamos para falar sobre o dia seguinte de trabalho. Planejamos e trabalhamos, trabalhamos e planejamos.

– Mas só assim podemos prosperar – lembrou-lhe Maria.

– Às vezes me pergunto se é certo ver o sucesso profissional como único objetivo na vida. – Havia insatisfação na voz de Giuseppe.

– Até agora o nosso trabalho sempre foi muitíssimo importante para você.

– E ele ainda é – reconheceu Giuseppe. – Mas de vez em quando eu simplesmente tenho vontade de passar uma noite agradável com você.

– É o que estamos fazendo agora.

Ele torceu a boca, fazendo uma cara de sofrimento.

– Por acaso você acha este lugar aqui confortável?

Maria se sentiu lisonjeada. Aparentemente, ele não tinha achado a conversa com a moça muito estimulante, caso contrário teria ficado por lá.

– O que você preferiria fazer? – perguntou ela, baixinho, de modo que só ele pudesse ouvir.

Em vez de responder, ele lhe ofereceu um olhar tão apaixonado e sôfrego que Maria enrubesceu.

Pouco depois, eles se despediram da anfitriã sob o pretexto de que tinham de terminar um trabalho na clínica. No coche, os dois já não conseguiam largar um do outro e se entregaram aos beijos. Mais tarde, na residência de Giuseppe, o vestido de Maria já desceu deslizando até o chão quando estavam na antessala, e seu espartilho acabou parando ao lado da arara no quarto de dormir.

Eles se amaram com uma intensidade renovada, como se seus corpos quisessem se fundir. A proximidade entre os dois era quase dolorosa. Agarravam-se como um casal que tivesse de se separar para sempre depois daquela noite. Era como se cada beijo fosse o último, e por isso permitiam-se dar outro beijo na sequência. Contra todas as convenções e regras, Maria pernoitou ali. Foi somente quando os primeiros raios de sol reluziram sobre os telhados de Roma que ela saiu sorrateiramente da cama e na ponta dos pés apanhou sua roupa.

– Maria? – Giuseppe pestanejou, olhando sonolento para ela.

– Sim?

– Por quanto tempo mais você quer manter esse segredinho?

– Do que você está falando, Giuseppe?

– De você sair na ponta dos pés da minha casa em vez de se sentar à mesa comigo no café da manhã.

Maria estremeceu. Outra vez, a vontade de Giuseppe de ter um relacionamento oficial.

– Giuseppe, você sabe que não posso me casar com você. Eu teria de abrir mão do meu trabalho.

Eles tinham sido feitos um para o outro, pensou Maria, e não fazia a menor diferença se tinham ou não contraído o sagrado matrimônio.

– Eu acho que isso a longo prazo não me bastará – disse Giuseppe, subitamente. Suas palavras atingiram Maria como um tapa na cara.

– Como assim?

– Eu quero viver com uma mulher que não tenha vergonha de mim.

– Mas eu não tenho. Eu amo você!

Era a primeira vez que ela pronunciava aquelas palavras. Giuseppe parecia tão surpreso com aquilo quanto ela. Por um instante, ele ficou contente e sorriu. Mas logo uma sombra voltou a cobrir seu rosto.

– Mas o seu trabalho você ama mais.

– Não é justo! – Maria indignou-se.

Giuseppe estava realmente exigindo que ela renunciasse à sua carreira para que eles não tivessem mais de se encontrar às escondidas?

Ela enfiou as roupas depressa e saiu da casa sem se despedir.

Londres, 1899 a 1901

Embora a viagem à Inglaterra fosse muito mais longa e laboriosa do que a viagem a Berlim, Maria estava muito menos nervosa. Talvez porque tinha a companhia de sua melhor amiga, Anna, talvez porque agora sabia que era uma oradora talentosa e não precisava ter medo de falar diante do público. Na verdade, Maria poderia ter aproveitado ao máximo a viagem. Mas o que aconteceu foi o contrário. Na semana anterior à sua partida, ela já não conseguia tirar da cabeça a conversa com Giuseppe. Pensava sem parar no que ele faria se ela não quisesse se casar com ele. E assim continuou durante a viagem de trem.

Três dias depois de partir de Roma Termini, chegaram a Londres. Elas passaram por Turim, que Maria já conhecia do último congresso, seguiram adiante em direção a Calais e lá pegaram uma balsa com destino a Dover.

Na verdade, Maria amava o mar, mas ficou tão enjoada durante a travessia do Canal da Mancha que nem mesmo as fortes ondas e o vento cortante a impediram de subir ao convés. Com estômago fraco, ela se segurou na amurada e ficou olhando para as ondas cinza-escuras agitadas sobre as quais a espuma branca dançava como um monstro atrevido. Estava frio demais para Anna do lado de fora, razão pela qual ela havia se recolhido no restaurante, onde desfrutou de uma xícara de chá com *scones* e manteiga. Quando, horas mais tarde, os penhascos brancos da costa inglesa por fim surgiram em seu campo de visão, Maria sentiu um grande alívio.

Mas o enjoo persistiu mesmo em terra firme. Anna e Maria tiveram de esperar uma eternidade até que as formalidades de entrada no país estivessem resolvidas. Crianças chorosas agarravam-se a mães cansadas, aqui e ali havia pessoas sentadas em suas malas grandes tirando uma soneca. Os pés de Maria estavam doloridos, e ela sentia dor nas costas. Até que, finalmente, a hora chegou. Um funcionário da alfândega carimbou o brasão do Império nos passaportes italianos, e as duas mulheres puderam seguir para o próximo trem que as levaria direto a Londres. Quanto mais a locomotiva se aproximava da capital, mais apertadas ficavam as fileiras de casas. O campo verde e viçoso dava lugar a fábricas enormes de cujas chaminés saía uma fumaceira negra. Maria nunca tinha visto uma cidade com tantos tons de cinza diferentes como Londres. Os telhados dos edifícios colados uns aos outros desapareceram numa nuvem de poeira e fumaça que pintava o céu de cinza em vez de azul. De tanto que a fuligem lhe coçava a garganta, Maria teve de cobrir o nariz com a mão para evitar tossir demais.

Na estação de Kings Cross, chamaram um coche. Levou uma eternidade até que finalmente conseguiram um. Maria teve a impressão de que em Londres havia ainda mais gente na rua do que em Berlim. Em toda parte pululavam fiacres, bondes e ônibus puxados por cavalos. Ao lado de uma placa em que se lia a palavra "Metrô", homens e mulheres apressados desciam as escadas que levavam para debaixo da terra. Ali devia ficar o trem subterrâneo que transportava os passageiros de uma extremidade à outra da cidade. Talvez, nos próximos dias, Maria pudesse andar naquele trem pela primeira vez. Mas agora ela só queria uma cama para dormir bastante.

Anna também estava cansada, mas nem de longe tão exausta quanto Maria.

No dia seguinte, Maria continuava se sentindo indisposta. Apesar de ter tomado um farto café da manhã, o enjoo não tinha passado. Pelo contrário, o bacon frito e os ovos em cima do prato reviraram seu estômago.

– Eu amo o café da manhã inglês – disse Anna, arrebatada, mordendo vorazmente uma fatia de pão branco torrado de cujos cantos caíam pingos de manteiga derretida com sal. Maria desviou o olhar e preferiu ficar com um biscoito seco. – Eu não posso nem dizer o quanto fiquei feliz de poder vir junto com você – continuou Anna, besuntando outra torrada com manteiga. – Que bom que você entrou para o nosso movimento feminista. Você agora é a nossa integrante de maior destaque. A Itália inteira admira você.

– Hum – murmurou Maria. Para ela, aquele não era o momento para louvações, pois estava lutando contra os enjoos.

– Lembre-se da fantástica palestra que você deu em Berlim – continuou Anna, imperturbada.

Maria mastigava o biscoito sem vontade.

– A palestra foi inútil – resmungou. – Aposto com você que daqui a um século as mulheres não terão alcançado o mesmo salário que os homens.

Anna pôs a torrada de volta no prato.

– Maria, por favor, não seja tão pessimista – protestou. – Você está destruindo meu apetite. É claro que essas mudanças levam tempo. Mas os males precisam ser apontados, e isso você fez de um modo único e extraordinário. Eu tenho orgulho de você.

Maria quis revidar outra vez, mas guardou o comentário para si e, em vez disso, tomou um gole do excelente chá preto. Ela não queria estragar o dia de Anna.

A visita à rainha estava marcada para aquela tarde. Anna mal podia esperar e experimentou todos os três vestidos que tinha trazido na mala, um após o outro. Não tendo ficado satisfeita com nenhum, tentou convencer Maria a ir às compras.

– Em Knightsbridge fica a maior e mais moderna loja de departamentos de todo o reino. É ainda mais impressionante do que as enormes lojas de departamento de Paris – disse Anna, entusiasmada. – As mulheres modernas podem perambular por lá e olhar as mercadorias sem compromisso.

– É mesmo? – perguntou Maria, espantada. Normalmente, quando uma pessoa entrava numa loja, levava uma parte das mercadorias que lhe haviam sido mostradas. Era considerado grosseiro não comprar nada.

– A Harrods é o templo do luxo – continuou Anna, com brilho nos olhos. – Nós não podemos deixar de conhecê-la. Não há nada que não possa ser comprado lá. Roupas, artigos para a casa e de papelaria, livros e alimentos de todos os tipos com que se poderia sonhar. Pena que, há alguns anos, a loja foi completamente destruída por um incêndio. Desde então, ela está sendo reformada, mas felizmente a maioria das seções já foi reaberta.

– Eu não sei – disse Maria, hesitando. Ela preferia se recolher no quarto, deitar na cama e dormir o dia inteiro.

– Você está doente? – Preocupada, Anna colocou a mão na testa da amiga. – Mas você não está com febre – constatou, embora ainda estivesse apreensiva. – É claro que você não precisa ter febre para estar doente. Você é a médica. O que diz? Acha que está doente?

Maria deu de ombros.

– Eu só estou exausta da viagem. Se você não tiver nada contra, vou me deitar um pouco e descansar para poder estar bem-disposta à tarde.

– Eu tenho de ir sozinha à Harrods?

– Seria tão ruim assim para você?

Anna parou para refletir.

– Na verdade, não – disse, em seguida. – Vou tomar um coche e pedir para que me leve até a porta da loja de departamento. Lá dentro, posso perambular sozinha. É mais uma vantagem das lojas de departamento. As mulheres não precisam ir com uma acompanhante.

A ideia de visitar um templo comercial sozinha lhe agradava. Ela logo foi até a recepção e pediu ao funcionário do hotel que chamasse um fiacre.

Enquanto isso, Maria subiu para o quarto. Talvez ela estivesse mesmo doente. Decidiu se examinar e verificar se havia alguma erupção na pele. Mas, assim que se deitou na cama, adormeceu.

Depois de um breve cochilo, Maria se sentia visivelmente melhor, ainda que não tivesse recuperado todas as energias. Seu coração acelerou ao pensar que seria recebida pela rainha, e ela escolheu seu melhor vestido. Junto com Anna, que estava deslumbrante, ela tomou um coche até o Palácio de Buckingham, onde, à esquerda e à direita de uma importante avenida, já havia curiosos à espera da rainha Victoria. Anna e Maria saíram do coche, pagaram o condutor e tentaram encontrar um vão no meio do público.

Após algum tempo, que mais pareceu uma eternidade, vários cavaleiros uniformizados atravessaram a avenida a cavalo e olharam sérios para a multidão que esperava. A eles se seguiu um coche puxado por seis cavalos que levava vários passageiros, incluindo a rainha. Ela acenou graciosamente para o público, que respondeu com gritos entusiasmados e acenou de volta, alvoroçado com seus lenços de mão e bandeirinhas. O coche passou por elas tão rápido que Maria só conseguiu ver a rainha de relance, e então elas se dirigiram a um acesso lateral que era vedado ao público. Agora os convidados podiam, após apresentar seus convites, passar pelo portão preto de ferro forjado e continuar esperando no pátio interno.

Maria sentiu frio mesmo usando um sobretudo por cima de seu fino vestido de verão. Para piorar, começou a chuviscar. Infelizmente, nem ela nem Anna tinham levado um guarda-chuva. Pouco tempo depois, algumas madeixas de Maria começaram a se soltar e se enrolar espevitadamente sobre suas têmporas.

Por sorte, os portões se abriram com relativa rapidez, mas no Palácio de Buckingham foi preciso esperar novamente. Primeiro, num imponente salão decorado com pinturas da família real e, depois, num salão que era usado especificamente para recepções como aquela.

Maria sentia dor nos pés e, sem paciência, apoiava-se cada vez em uma perna, alternadamente. Num dia qualquer ela teria se distraído estudando os convidados e imaginando quantas personalidades importantes já tinham estado ali e, assim como ela, passado o tempo esperando. Mas, naquele dia, o passado lhe era tão indiferente quanto o presente, e ela se aborrecia com as horas desperdiçadas. Como não havia comido nada no café da manhã, seu estômago roncava e fazia tanto barulho que as pessoas ao redor ouviram. Maria o apertou com a mão para acalmá-lo, mas não funcionou.

– Você deveria ter comido alguma coisa no almoço – sussurrou Anna, repreendendo-a.

– Mas eu ainda estava passando mal.

A mulher que estava bem ao lado se virou para elas, melindrada, e chiou:

– Psiu!

Maria não entendeu por quê. Afinal de contas, não havia acontecido nada até aquela hora. Elas ainda estavam naquele salão excessivamente decorado com estuques dourados no teto e afrescos que aparentavam ser medievais nas paredes, e continuavam esperando.

Quando mesmo os convidados mais pacientes começaram a ficar inquietos, um dos homens de uniforme foi até a frente do salão. Ele bateu no chão com um cajado dourado e anunciou a chegada da rainha. Duas horas inteiras foi o tempo que a rainha tinha levado para saltar do coche e entrar no salão. Agora ela avançava com passos lentos e mancos em direção ao estrado, onde havia uma cadeira à sua espera. Não era seu trono, mas era tão suntuosa quanto.

A rainha parecia ainda mais severa e triste do que nas fotos que a retratavam. Uma mulher séria que passava a impressão de não ter rido durante anos. Ela era obesa, tinha os cabelos ralos amarrados em um rígido coque e usava um vestido preto de gola alta. Dizia-se que, após a morte do marido, ela não usava mais nenhuma outra cor. Seu rosto era pálido e as bochechas, inchadas e pesadas.

A espera, então, continuou. Os convidados foram chamados, um após o outro. Também foi lido em voz alta o motivo por que lhe tinha sido concedida a grande honra de ser recebido ou recebida pela rainha. Só então os convidados podiam dar um passo à frente e saudar a rainha individualmente. Por isso Maria ficou mais duas horas na fila para apertar a mão da chefe do Império Britânico. Todo o procedimento demorou tanto porque cada convidado era fotografado com a rainha. Maria também levaria uma cópia para casa. Ela esperava que pudesse trocar algumas palavras com a rainha Victoria, mas isso não estava previsto.

Por um milésimo de segundo, ela teve a impressão de que a rainha mostrou interesse por ela ao ouvir que Maria era médica, mas a impressão logo se desfez. Maria deu um passo à frente, fez a reverência que havia ensaiado anteriormente e posou para o fotógrafo. Um clarão rebentou, o cheiro de enxofre queimado ascendeu no ar e logo Maria estava liberada e podia, junto com Anna, se misturar aos outros convidados. Depois que todos os convidados tinham se postado diante da rainha Victoria, ela desapareceu de vista outra vez. Numa sala separada, foram servidas bebidas, além de sanduíches de pepino e mostarda.

– Eu quero comer alguma coisa de verdade – lamuriou Maria.

– Você quer ir embora de novo? – Para Anna, a diversão estava apenas começando.

– Você não ouviu meu estômago agora há pouco?

– Mas você pode comer os sanduíches, Maria!

– Eu estou com fome!

A amiga revirou os olhos, contrariada.

– Se eu soubesse que você era tão difícil em viagens, eu teria ficado em Roma.

Nos dias seguintes, Maria também se sentiu estranhamente indisposta. Ela proferiu dois discursos diante de um público internacional bastante interessado, mas, apesar dos efusivos aplausos, não sentiu nenhuma alegria genuína. Ela tinha constantemente a sensação de que vomitaria a qualquer momento – quer tivesse comido alguma coisa, quer tivesse pulado uma refeição. A isso se juntou um cansaço que ela jamais havia sentido antes.

Assim como em Berlim, os repórteres em Londres também se superaram em suas louvações à médica charmosa, bonita e inteligente que viera da Itália. Anna traduziu todos os artigos para Maria, mas ela não se entusiasmou com o sucesso.

– O que é que você tem? – perguntou a amiga.

Maria não sabia.

– Você por acaso está menstruada? – A própria Anna não escondia da amiga que ficava terrivelmente caprichosa antes de cada fluxo. Esse era um tema sobre o qual só se podia conversar com uma amiga íntima. Anna e Maria eram unidas por uma amizade desse tipo.

Maria fez a conta na cabeça, depois arregalou os olhos, em pânico.

– O que foi? – perguntou Anna.

– Eu deveria ter ficado menstruada antes da nossa partida.

Anna não fez mais que dar de ombros.

– Uma viagem é capaz de perturbar completamente o ciclo feminino. Minha menstruação às vezes não vem quando fico fora por algumas semanas, e, para ser sincera, isso também não me incomoda.

Mas Maria balançava a cabeça com convicção.

– Não, minha menstruação nunca atrasou.

– Então agora é a primeira vez.

Mas Maria não se deixou enganar.

– Estou grávida – disse com uma certeza que não deixava margem para dúvidas.

– Mas ainda é cedo demais. Por enquanto você ainda não tem como saber. – Agora Anna não parecia estar mais tão certa. Ela conhecia Maria desde a infância. Quando ela se convencia de alguma coisa, quase sempre tinha razão.

– Estou enjoada, meus seios estão inchados e doloridos, minha menstruação não veio. De quantas provas mais você precisa? – Seus olhos se encheram de lágrimas.

Anna segurou suas mãos.

– Seria tão terrível se você tivesse um filho?

Maria puxou seus dedos bruscamente.

– Seria o fim da minha carreira – disse, indignada.

– Mas o Giuseppe ama você. Ele se casaria com você.

– Mas eu não quero me casar! – Maria falava tão alto que os outros fregueses do restaurante olharam irritados para ela.

Em tom bem mais baixo, acrescentou:

– Mesmo se eu me casar, terei de abrir mão da profissão de médica. Todos os anos de faculdade, as noites de trabalho árduo, as aulas horríveis de dissecação, tudo isso teria sido em vão.

Anna comprimiu os lábios e se calou.

– Eu não posso ter este filho – disse Maria, decidida.

– Vamos esperar mais alguns dias. Talvez tudo vá embora do nada e você volte a menstruar normalmente – disse Anna, tentando acalmar a amiga.

Maria não acreditou naquilo, mas ficou em silêncio. Em sua cabeça, já tinha imaginado os mais diferentes cenários. Um aborto não era apenas proibido, mas também perigoso, e, além disso, ela jamais seria perdoada por Deus e não poderia nunca mais se olhar no espelho caso matasse uma vida humana. E o que Giuseppe teria a dizer sobre toda essa história?

Maria passou os dias seguintes se sentindo presa dentro de um pesadelo. Em sua mente só havia um assunto: o filho que ela não queria. Ela teve de fingir que estava acompanhando as palestras das participantes do congresso com muito interesse. Depois dos eventos, andou pelas ruas de Londres na companhia de Anna. A amiga não deixou passar nenhuma atração turística na esperança de distrair Maria. Mas seu cálculo deu errado. As duas caminharam até a Torre de Londres e atravessaram a Tower Bridge. Visitaram o Big Ben e andaram de barco sobre o Tâmisa, passando pelo parlamento. Quando Anna quis visitar a Catedral de São Paulo, Maria se recusou.

– Eu tenho de voltar ao hotel – disse ela.

– Você não quer ir ao menos ao Hyde Park?

– Não, quero ir para o hotel.

Então, as duas voltaram e passaram a última noite da viagem no quarto do hotel.

A viagem de volta foi tão cansativa quanto os dias na Inglaterra. Embora Maria amasse viajar, dessa vez não pôde aproveitar nenhum segundo do percurso. Agora ela tinha certeza de que estava grávida. Todos os sintomas apontavam para uma gravidez. Anna também tinha desistido de convencê-la do contrário. Mas ela continuou tentando animar Maria e estava convencida de que para cada problema havia uma solução. Como as duas amigas dividiam um compartimento na primeira classe, estavam sentadas em bancos de estofado e tinham bastante espaço à sua disposição. Regularmente lhes serviam bebidas e lhes traziam jornais do dia de cada país por onde passavam. Maria não entendeu as manchetes, mas reconheceu seu próprio retrato na capa de cada um deles. Ela era uma cientista badalada, e, naquele momento, ao lado da rainha Margherita de Saboia, seguramente a mulher mais famosa da Itália. Mas Maria não conseguia ficar feliz com seu sucesso. Ela o estava destruindo por conta própria.

Abatida, olhou pela janela e observou sem interesse a paisagem que passava. Como ela deveria contar a Giuseppe sobre sua gravidez? Ele faria questão de que se casassem? E como seria com seus pais? O que eles diriam quando soubessem do deslize de Maria? Era um escândalo, uma vergonha para toda a família a filha ter uma criança bastarda. Maria fechou os olhos, cerrou os punhos e apertou os olhos com força até ver intensos clarões. O enjoo de que tinha sido poupada por algumas horas retornou. Por um segundo ela pensou que o mais fácil seria saltar do trem. Esse pensamento era tão assustador que ela ficou apavorada consigo mesma. Ela tinha de se controlar e de modo algum permitir que aquela ideia voltasse a surgir. Anna tinha toda a razão, para cada problema havia uma solução. Restava saber qual.

Quando o trem, quase quatro semanas depois, chegou à estação em Roma, Maria olhou aflita para a plataforma. Giuseppe certamente estaria em algum lugar ali fora à sua espera. Até então, ele tinha ido buscá-la todas as vezes que ela voltava de viagem. Ele sabia em que trem ela chegaria. No entanto, por mais que tivesse procurado em toda a plataforma, Maria não conseguiu enxergar seus cabelos escuros e cacheados no meio da multidão que esperava.

– Talvez ele esteja no saguão da estação. Lá é mais agradável – murmurou. Chuviscava, e, apesar da época do ano, fazia frio.

– Parece que trouxemos o clima londrino para cá – respondeu Anna, aos risos. Mas Maria não estava para brincadeiras. Onde estava Giuseppe?

Elas colocaram suas malas no chão da plataforma e chamaram um carregador de bagagens. Este levou ambas as malas para o saguão da estação, que estava apinhado de passageiros e pessoas esperando. Ali Maria também procurou por Giuseppe, mas não o encontrou em lugar nenhum.

– Ele não está aqui – disse, decepcionada. Ela tinha passado horas pensando em como lhe contar sobre sua gravidez, e agora ele não estava lá. Como pôde deixá-la na mão desse jeito?

– Giuseppe é médico – disse Anna, tentando tranquilizá-la. – Talvez ele tenha precisado atender um paciente. Você mesma é médica e sabe muito bem que, quando ocorre uma emergência, os planos podem ir por água abaixo de uma hora para a outra.

– Ele sabia que eu chegaria hoje – insistiu Maria, pressentindo que a ausência de Giuseppe tinha outro motivo.

– Vamos juntas tomar um coche – sugeriu Anna. – Já, já você vai ver o seu Giuseppe.

Renilde passou horas esperando pela filha junto à janela aberta da sala de estar. Antes mesmo de Maria subir a escada que dava para a casa, ela foi correndo ao seu encontro, de braços abertos.

– Maria, finalmente! – exclamou, radiante. Em seguida parou, de modo abrupto, deu um passo para trás e olhou para a filha, estudando-a. – O que aconteceu? – perguntou.

– Nada, eu só estou cansada – Maria mentiu e tentou se esquivar da mãe e ir para seu quarto.

Renilde a deteve. Quando Maria olhou nos olhos preocupados de sua mãe, seu autocontrole veio abaixo como um castelo de cartas. Ela não podia conter as lágrimas por mais tempo. A tensão das últimas semanas veio à tona, com intensidade. Diante dos participantes do congresso e dos repórteres, ela tivera de sustentar por muito tempo uma fachada sorridente e radiante, que agora estava desabando. Soluçando, ela se jogou nos braços de Renilde e chorou com amargura. Ela se sentiu como um bebê e desejou que a mãe consertasse tudo com uma botija de água quente e um curativo. Na verdade, era Giuseppe quem deveria consolá-la. Mas ele não tinha aparecido.

– Eu tenho de abrir mão da minha carreira – confessou, enquanto as lágrimas corriam por sua face. – Foi tudo em vão. Todo o trabalho não valeu de nada. E a culpa é toda minha.

Renilde logo entendeu o que se passava.

– Você está grávida – disse, em voz baixa.

Maria tinha esperado que a mãe ficasse decepcionada, que lhe fizesse acusações ou lançasse uma enxurrada de impropérios. Em vez disso, Renilde pôs o braço em volta dos ombros de Maria e a acolheu.

– Primeiro, chegue direito em casa e se acalme. Eu preparei chocolate quente. Depois, conversaremos sobre tudo com calma.

Maria teve a sensação de que nada mudara nos últimos vinte anos. Ela ainda era a menina que voltava para casa chorando e se queixava de um colega na escola que tinha lhe passado a perna. Um profundo sentimento de gratidão a inundou. Maria se recostou no peito da mãe, que tinha o mesmo cheiro de antigamente. Naquele momento, ela se sentiu segura. Ainda que soubesse que daquela vez o chocolate quente não bastaria para resolver seus problemas.

⁂

Infelizmente, a sensação de proteção não durou muito. Depois que Maria parou de chorar, Renilde resumiu todas as opções da filha. Parecia que ela já tinha se preparado meses antes para uma notícia daquelas. O pai de Maria também parecia pouco surpreso. Enquanto o velho relógio de chão na sala de jantar fazia um tique-taque ruidoso, Renilde falava tão baixo que Flávia, que de vez em quando gostava de escutar atrás da porta, não conseguiu ouvir nada.

– Ou você se casa com o dr. Montesano e se torna mãe e esposa, ou você se recolhe, dá à luz escondida e entrega o filho para adoção. Tenho contato com a diretora de um convento de freiras muito confortável em Bolonha onde entendem de obstetrícia. Você será acolhida lá.

– Ninguém adotaria uma criança assim – objetou Maria. – Ela teria de crescer em um dos orfanatos de Roma. – Maria não conseguiu deixar de pensar em Luigi e em todo o sofrimento pelo qual ele tinha passado. Ela pôs a mão na barriga, protegendo-a.

– Então você vai ter de abrir mão da sua carreira. Talvez o dr. Montesano permita que você continue fazendo suas pesquisas às escondidas. Mas ele reivindicará o sucesso para si.

Maria sabia muito bem do que a mãe estava falando. Havia inúmeras mulheres que trabalhavam ao lado de seus maridos e cuja produção jamais era conhecida publicamente, uma vez que, oficialmente, o sucesso era atribuído a seus esposos. Havia exemplos tanto na arte quanto na ciência. Normalmente, não eram os esposos que cometiam injustiças, mas sim a sociedade que não permitia que as mulheres casadas ocupassem altos cargos. Ainda predominava a opinião de que uma mulher podia se dedicar ou à família ou à carreira, jamais às duas coisas.

– Vocês dois não poderiam adotar a criança? – perguntou Maria, com cautela. A ideia lhe tinha vindo à cabeça durante a viagem de trem, pouco antes de elas terem cruzado a fronteira italiana. Se ela desse à luz em segredo e seus pais acolhessem a criança, Maria poderia criá-la sem ter de abrir mão de nada. Eles seriam uma família pequena, mas feliz. Por enquanto, ninguém poderia saber quem eram os verdadeiros pais. E, quando a criança tivesse idade para descobrir, talvez as regras sociais tivessem afrouxado e Maria pudesse reconhecer o filho. Era uma solução perfeita.

– Negativo – disse Renilde, rigorosamente. – Eu teria de viver com uma criança nascida em pecado. Você se meteu nessa enrascada, agora tem de dar um jeito de sair dela.

Maria tinha temido essa reação. Ela se lembrou da empregada que tinha trabalhado lá antes de Flávia. Renilde tinha mandado a mulher para a rua pouco antes de parir. Ainda bem que, com a própria filha, agiu de modo diferente.

– Ela seria sua neta, mamãe. – Maria não tinha desistido.

– Não – disse Renilde, e tão veementemente que Maria sabia que não adiantava insistir. Sua mãe a ajudaria a dar à luz às escondidas e a abafar o escândalo para que pudesse continuar trabalhando. Mas ela jamais cuidaria de um filho ilegítimo, ainda que fosse seu único neto.

O pai de Maria manteve-se longe. Para a sua surpresa, ele não tinha lhe feito nenhuma única acusação. Havia tristeza em seus olhos? Decepção? Não, havia compaixão. Talvez ele estivesse disposto a adotar o neto. Mas, enquanto Renilde fosse contra, não fazia sentido perguntar a ele. Maria conhecia a mãe muito bem para saber que ela não seria persuadida.

– Em todo caso, você tem de conversar com o dr. Montesano – sintetizou Renilde. – Afinal de contas, não dá para ignorar a participação dele na coisa toda.

Contrariando sua habitual determinação, Maria inicialmente evitou Giuseppe. Ela sabia que devia falar com ele, mas ao mesmo tempo tinha receio de fazê-lo. Após aquela noite maravilhosa que acabara em briga, cada um tinha ido para o seu lado, e Giuseppe ainda estava furioso, caso contrário, teria ido buscá-la na estação.

Ou será que era outra coisa que o afligia? Quando ela o viu no corredor da clínica na companhia do professor Sciamanna, ele pareceu contente, mas também envergonhado, como se estivesse escondendo algo dela. Ah, era tudo tão terrivelmente complicado. Maria jamais teria imaginado que acabaria numa situação dessas. Ela pôs a culpa em Giuseppe. Naquela noite, foi ele quem tinha insistido para que fossem embora do evento.

Demorou uma semana inteira para Maria finalmente juntar coragem de chamar Giuseppe para uma conversa. Eles se encontraram no Caffè Greco. O garçom lhes ofereceu uma mesa em um nicho que os blindava contra olhares e ouvidos desagradáveis. Depois de uma conversa superficial sobre o congresso, a cidade de Londres e a viagem, um silêncio que parecia interminável se impôs. Giuseppe mexeu seu café, e Maria notou que ele também se sentia desconfortável.

– Você está escondendo alguma coisa de mim – constatou ela.

– Existe uma... – Ele ficou olhando para o café como se fosse encontrar ali as palavras que não pronunciara. Maria de repente entendeu. Como ela pôde ter sido tão cega?

– ... outra mulher – completou ela, com a voz rouca.

Giuseppe ergueu os olhos, arrasado.

– Foi só uma vez – explicou. – Eu não amo essa mulher, mas, depois da nossa última noite, eu me senti arrasado. Eu tinha certeza de que você jamais se casaria comigo.

Uma avalanche de explicações e pedidos de desculpas jorrou da boca de Giuseppe, mas Maria não ouviu. Ela estava tonta, seu ouvido rumorejava, e as paredes vermelho-escuras do café ameaçavam desabar em cima dela.

– Quem foi? – Maria quis saber.

– Isso é irrelevante – disse Giuseppe, constrangido.

– Quem? – insistiu Maria. Ela acreditava já saber a resposta.

– Você não a conhece.

– A prima do Testoni?

Cabisbaixo, Giuseppe fez que sim com a cabeça, e Maria fechou os olhos. Tinha de ser justamente uma parente do Testoni? Era o cúmulo do mau gosto.

Giuseppe tentou pegar em suas mãos, mas Maria as recolheu, com rapidez.

– Eu achei que já tivesse chegado aos seus ouvidos e fosse esse o motivo por que você queria me encontrar – disse Giuseppe.

– Era por outra razão que eu queria conversar com você – disse ela, friamente.

Giuseppe ergueu as sobrancelhas, curioso.

– Eu estou grávida.

Agora estava claro. Maria observou a reação de Giuseppe. Ela jamais o tinha visto tão perplexo. Ele ficou olhando fixo para ela por um tempo, em seguida um sorriso se abriu em seu rosto.

– Isso é... é... – gaguejou.

– É a coisa mais terrível que podia me acontecer – constatou Maria.

– Você acha terrível esperar um filho meu? – Agora ele estava magoado.

– Você me traiu! – explodiu Maria. Ela imaginou Giuseppe na cama com a prima de Testoni, despindo-a e beijando-a, acariciando-a... Ela ficou nauseada e sentia que alguma coisa dentro de si havia se partido para sempre.

Giuseppe ficou olhando para ela por muito tempo. Ele se reclinou e cruzou os braços na frente do peito.

– Você está dizendo que se casaria comigo se eu não tivesse dado esse passo em falso?

– É possível – disse ela.

– Então escute aqui, Maria. – Ele se inclinou outra vez para a frente, apoiou ambos os cotovelos na mesinha e lhe cobrou um contato visual. – Em toda a minha vida, nunca amei tanto uma mulher quanto você. Você é inteligente, bonita e fascinante. Eu quero que você se case comigo e que possamos criar nosso filho juntos. Eu lamento, de verdade, ter passado uma única noite com outra mulher. Eu prometo que isso jamais voltará a acontecer. Eu não quero mais ninguém além de você.

Ele ficou à espera da resposta de Maria. Ela parou para ouvir sua intuição. Tudo o que podia sentir era dor. Giuseppe a tinha decepcionado. Como ela poderia algum dia voltar a ter confiança nele? Ela não tinha dúvidas de que não queria se casar com ele.

– Eu não quero ver você nunca mais – disse, com a voz rouca.

– Será muito difícil, nós dirigimos uma escola juntos, esqueceu?

Maria desviou o olhar e comprimiu os lábios.

– Maria, você está magoada. Eu entendo muito bem – disse Giuseppe, agora muito delicadamente. – Reflita sobre tudo isso com calma. Se nos casarmos, você continuará se dedicando aos nossos projetos de pesquisa. Nada mudará.

– Ah, sim – bufou Maria, furiosa. – Eu trabalho nos bastidores e só você colhe os louros. Meu nome como médica e cientista sairá do radar enquanto o do dr. Montesano poderá ser lido em toda parte. Com certeza, agradaria a você.

– Você também carregaria esse nome – disse Giuseppe. – Os casamentos só funcionam se o homem e a mulher se mantiverem unidos. – Pela voz, ele parecia machucado. – Mas aparentemente a sua carreira é mais importante do que todo o restante. Inclusive mais importante que o nosso filho.

– Como você se atreve a falar em união? – chiou Maria. – Você é um homem. Para você, tudo é fácil. Quando você está a fim e quando sua mulher ou sua amante não, você simplesmente vai atrás de outra e a leva para a cama.

– O que o meu deslize tem a ver com a sua carreira ou o nosso filho? Eu já pedi desculpas pelo meu erro. Eu sinto muito, Maria, de verdade. Vou me arrepender disso pelo resto da vida.

– E é isso mesmo o que você deve fazer – disse Maria, implacável.

– O que você pretende fazer se recusar meu pedido de casamento?

– Vou ter o filho clandestinamente.

– E depois? – O rosto de Giuseppe corou de raiva. – Eu não vou permitir que você entregue nosso filho a um orfanato.

– Ah, não? – Maria riu com rancor. – O que você vai fazer para impedir?

– Vou dar meu nome à criança – disse Giuseppe. – Vou reconhecê-la e sustentá-la.

– Ah, claro. Você compraria sua liberdade, simples assim.

Giuseppe balançou a cabeça, com tristeza.

– Você sabe que isso não é verdade. Eu queria que você mudasse de opinião e se casasse comigo. Mas do jeito como está reagindo, parece que não posso nem esperar que isso venha a acontecer um dia.

Maria virou o rosto e não respondeu.

– Vou tentar encontrar uma família que tenha boas condições e crie crianças no campo. Assim, nós dois podemos visitá-la. Talvez chegue o dia em que você também queira reconhecer a criança – continuou Giuseppe.

– Eu não quero que meu nome conste na certidão de nascimento – disse Maria.

– É uma decisão que só cabe a você.

Giuseppe chamou o garçom com um aceno. Ele pagou a conta, se levantou e foi embora do café.

Maria deveria estar aliviada, mas o que aconteceu foi o contrário. Seus olhos se encheram de lágrimas. Elas correram por sua face, pingaram na gola de seu vestido e encharcaram o tecido na altura do peito. Quando Maria percebeu os olhares curiosos das mulheres na mesa ao lado, sacou um lenço do bolso e assoou o nariz. Depois, foi embora do café. Ela não deixaria de ser médica. Mas nada jamais voltaria a ser como antes.

Nas semanas seguintes, Maria tentou se anestesiar com o trabalho. Enquanto dava palestras, cuidava de pacientes e fazia hora extra na clínica, ela esperava por um milagre. Não havia nada por que ansiasse tanto quanto acordar de manhã e ter sua antiga vida de volta.

É verdade que os enjoos passaram, mas seu corpo logo mostrou os primeiros sinais de gravidez, que ela teve de ocultar. Ela apertava o espartilho com tanta força que em certos dias ficava sem ar e sentia tontura quando se levantava bruscamente. Apesar de seus esforços, em pouco tempo ela se tornou uma mulher que visivelmente se entregava sem moderações aos prazeres da gula. Ela tentava se esquivar de Giuseppe, o que foi muito mais difícil do que havia imaginado, afinal, eles trabalhavam juntos. Enquanto ela logo se desviava dele quando o encontrava no corredor ou em uma das salas de conferências, ele procurava estabelecer contato. Toda vez que a via sozinha, ele lhe pedia que refletisse sobre sua escolha e que se casasse com ele.

– É a melhor e mais elegante solução para nós dois, e, você vai ver, o tempo cura todas as feridas – implorava.

Maria não deu atenção às suas asseverações. A princípio, ela via seus olhares cheios de culpa como uma remição, mas isso logo mudou. Após Giuseppe ter aceitado o fato de que ela não se casaria com ele de jeito nenhum, da noite para o dia ele se voltou para a prima de Testoni outra vez. Ele se encontrava com a moça e a cortejava. Maria no começo só desconfiava da relação, até que se deparou com os dois às margens do Tibre. Maria tinha saído para dar um passeio com Rina Faccio quando deu de cara com Giuseppe e a parente de Testoni, que estavam diante de um homem tocando um realejo e escutavam a música atentamente. A visão daquela terna paixão fez Maria paralisar, dando mais uma punhalada em seu coração já machucado. Desrespeitando todas as regras de boas maneiras, ela se desculpou com Rina e simplesmente a abandonou ali.

Ela percorreu todo o caminho a pé e, chegando à casa de seus pais, se trancou em seu quarto e se jogou na cama, aos prantos. Ela não queria ver ninguém e se sentia muito machucada. Com os punhos cerrados, ela socou primeiro o colchão, depois sua barriga e gritou:

– Eu não quero você!

Preocupada, Renilde tentou acalmá-la, e bateu à porta da filha.

– Por favor, abra! – pediu.

Maria, porém, ignorou o pedido. Ela também não reagiu à pressão do pai. Ela se negava a comer e a beber. Ela se sentia vítima de um abuso, enganada e machucada. Giuseppe a havia iludido. E mesmo Renilde, que por toda a vida estivera do seu lado, agora a deixava na mão por não querer acolher o neto.

Maria se contorcia de costas e encarava o teto com desespero no olhar. Ela parou para ouvir sua intuição e se deparou com um vazio quase infinito e amedrontador. Foi nesse momento de solidão que ela se deu conta de que jamais poderia voltar a confiar em alguém incondicionalmente. Com a traição de Giuseppe, algo que havia se partido dentro dela não podia mais se curar.

Levou horas para que Maria conseguisse se levantar da cama e sair do quarto. Deixou sem resposta as perguntas consternadas de sua mãe e inclusive nos dias seguintes trocou com ela apenas as palavras mais necessárias.

Dois dias depois do encontro às margens do Tibre, Giuseppe esperava uma oportunidade de abordar Maria em frente à clínica. Ele parecia já estar ali por muito tempo e, apesar de bem agasalhado, sentia frio e se apoiava cada hora em uma perna. Maria não queria falar com ele. Ela estava cansada do longo expediente e da gravidez em curso e tentava se esquivar dele. No entanto, assim que Giuseppe a avistou, foi imediatamente ao seu encontro e a obrigou a ouvi-lo. Giuseppe falou rápido.

– Maria, eu sei que você não quer mais falar comigo. Mas é sobre o nosso filho.

Maria teve um sobressalto ao ouvir aquelas palavras. O ser vivo em sua barriga não pertencia nem a ela nem a ele. Ela ficou parada, cruzou os braços sobre o peito e encarou Giuseppe friamente.

– Eu encontrei uma família – explicou ele, com muita calma. – Eles moram numa propriedade rural maravilhosa, em Florença. Mediante um bom pagamento, eles estão dispostos a acolher nosso filho lá. Quando ele estiver na idade, frequentará uma boa escola. A propriedade fica numa suave colina. A paisagem é paradisíaca. Você quer conhecer a família?

– Não.

Giuseppe parecia irritado. Levou algum tempo para responder.

– Eu não acredito que para você pouco importa onde nosso filho será acolhido.

– Eu jamais quis ter um filho.

– Mas você está grávida, mesmo não gostando da ideia.

– E tudo graças a você.

Giuseppe deu uma gargalhada sem graça.

– Você está colocando toda a culpa da sua gravidez em mim?

– Em quem mais eu colocaria? Eu não fui para a cama com nenhum outro homem, você é o pai.

Giuseppe engoliu em seco.

– Eu sei que magoei você e já me desculpei várias vezes por isso. Você está cometendo um grande erro, Maria. Você acha que pode se proteger sabendo o mínimo possível do futuro do nosso filho. Mas você está enganada. Assim que a criança nascer, não vai mais deixar você em paz. Cada criança que cruzar seu caminho fará você se lembrar da nossa, e você vai ter vontade de saber como ela está.

– Que bom que você sabe o que se passa aqui dentro. – Maria cruzou os braços diante do peito, desafiando-o.

– Eu não quero brigar com você – disse Giuseppe, em tom conciliador. Ele tirou um papelzinho dobrado do bolso de seu casaco e o entregou a Maria. – Aqui está o endereço. Eu já combinei tudo com a família. Assim que a criança nascer, pode ser entregue à família. Nós dois temos o direito de visitá-la a qualquer hora. – Ele fez uma pausa. – É claro que antes disso você já pode conhecer as pessoas que vão criar nosso filho. São camponeses sérios e respeitáveis.

Maria hesitou. Ela ficou olhando para o pedaço de papel como se fosse um inseto nojento. Depois de uma aparente eternidade, ela o apanhou e o colocou no bolso de seu sobretudo. Então, deu meia-volta e foi embora.

– Maria!

Algo na voz de Giuseppe a deteve. Ela se virou na direção dele e olhou para um rosto desesperado.

– Eu sinto muitíssimo.

– Você já disse isso.

– Eu queria que você ao menos conhecesse a família. Lá, não vai faltar nada ao nosso filho.

Maria não respondeu. Ela se afastou de novo e saiu dali literalmente correndo. Ela tinha engolido as palavras que estavam na ponta de sua língua. É claro que faltaria alguma coisa a seu filho. Mas ela própria não queria ouvir essa resposta.

Pouco antes do Natal, Maria foi à Via Sacra buscar mais uma série de letras de madeira. As crianças adoravam esse material. Era admirável a rapidez com que algumas delas aprendiam a ler com ele.

Embora se esforçasse para apertar firme a barriga, Maria parecia um barrilzinho de vinho. No mais tardar, no Natal, ela teria de se recolher no campo. Já estava tudo preparado. A mãe tinha mexido seus pauzinhos. Um convento de freiras em Bolonha lhe daria abrigo e lá ela poderia dar à luz seu filho em paz. Ela tinha tentado adiar o momento o máximo possível, pois tinha medo de se concentrar apenas na gravidez. O risco de ela desenvolver um vínculo cada vez maior com o filho ainda não nascido era grande demais. Agora mesmo ela já se pegava fazendo carinho no ventre na tentativa de acalmar o bebê, que se mexia cada vez mais violentamente. Às vezes, Maria tinha a impressão de que a criança se rebelava contra a liberdade limitada de movimento. Era espantoso ver como ela chutava com muito menos força assim que Maria colocava as mãos no ventre. Mas ela não queria dar importância demais àqueles diálogos tácitos. Maria sabia que tinha de se proteger. Ela desde já se prevenia para a perda iminente.

De repente, seus pensamentos foram interrompidos. O coche parou diante da marcenaria, e Maria saltou do veículo com dificuldades. Ela pagou a conta e entrou na loja. O habitual sino junto à porta soou e, como sempre, lhe invadiu o cheiro de madeira recém-aplainada.

– *Signorina* Montessori! – gritou o marceneiro. – Está bonita!

Maria torceu a boca, aborrecida. Aquela era uma maneira educada de dizer que ela tinha engordado. Mas ela não tinha nada a alegar. Ela tinha de fato engordado.

– Luigi, olha só quem acabou de chegar! – O senhor Renzi deu um grito que atravessou o pátio e chegou à oficina.

– Como é que o menino está se saindo? – Maria quis saber.

– Ele é a melhor coisa que aconteceu a mim e à minha esposa em anos. Nós somos muito gratos à senhorita. – Renzi chegou mais perto de Maria e pegou suas mãos. Seus olhos estavam umedecidos, e lágrimas caíram quando ele piscou. Maria não sabia o que deveria lhe responder. Foi então que a porta se abriu violentamente, e Luigi entrou correndo. Atrás dele, vinha um cachorrinho. O filhotinho devia ter poucas semanas de vida, no máximo. Ele cambaleou pela loja, desastrado, e pulou na perna de Luigi assim que o menino parou. Quando avistou Maria, Luigi pulou em cima dela e lhe deu um abraço curto, porém impetuoso.

– Maria, que bom que você está aqui.

Ele parecia saudável e feliz. Agora, ele estava bochechudo e corado, e seus olhos irradiavam energia e alegria de viver. Desde que Maria o tinha visto pela última vez, ele tinha crescido um bocado. Ele se abaixou e ergueu o filhotinho. Na mesma hora, o felpudo preto e branco deu uma lambida na testa de Luigi.

– Eca, Cesare, pare com isso! – Ele riu.

– A cadela da nossa vizinha teve filhotinhos. Quando o Luigi viu o pequeno Cesare, foi amizade à primeira vista – explicou o senhor Renzi. – Eu achei que seria bom o garoto ter um cão. Assim, ele tem com o que se distrair da saudade da senhorita e das outras crianças da clínica.

Maria observou Luigi. Ele não parecia sentir falta de nada. Ela nunca havia visto o menino tão alegre e animado. O senhor Renzi também parecia mudado. Ele havia rejuvenescido. As rugas profundas em sua testa tinham-se suavizado.

– Você está gostando do trabalho na marcenaria? – indagou Maria.

– Muito – respondeu Luigi. Ele pegou um objeto de um cesto na estante e o entregou a Maria, orgulhoso. Era uma letra de madeira. Um M com entalhe perfeito.

– M de Maria – disse Luigi. – Eu fiz para você.

Maria o aceitou, comovida. A madeira tinha sido polida, e estava lisa e macia ao toque.

– Que maravilha – disse ela.

– Obrigado! – Luigi ficou contente com o elogio.

– O menino fez a letra sozinho. Ele é muito jeitoso. Ele já me dá uma grande ajuda na oficina – disse o senhor Renzi. Como um pai que elogiasse um filho, ele tocou no ombro do menino.

– Fico feliz com isso – disse Maria.

O menino havia encontrado seu lugar no mundo. Ali, ao lado do senhor Renzi, ele podia, depois de todas aquelas terríveis experiências, se desenvolver em seu próprio ritmo. Ali o enchiam de amor e de reconhecimento, e ele crescia como uma planta que, após uma longa seca, enfim recebia água. Maria se lembrou de Fröbel, o pedagogo alemão que denominara seus estabelecimentos de jardim de infância.

De repente, ela teve um sobressalto. A criança dentro dela chutou sua barriga com força, como se quisesse lembrar-lhe de que tinha, assim como Luigi, o direito de se desenvolver com saúde. Para isso, precisava não necessariamente dos pais biológicos, mas de um entorno amoroso.

Subitamente Maria soube qual seria seu próximo passo. Antes de se recolher no convento em Bolonha, ela viajaria a Florença para visitar um certo sítio. Ela pôs a mão no bolso do sobretudo onde ainda se encontrava o papelzinho com o endereço. Com as mãos trêmulas, ela o puxou e o desdobrou. E reconheceu a caligrafia de Giuseppe. Eram suas as letras pequeninas e precisas que lembravam um texto impresso. Maria tentou esquecer quem havia escrito aquelas palavras. Com o coração batendo forte, leu: Giovani e Allegra Mancini. Ela torceu muito para que eles acolhessem seu filho com o mesmo carinho com que o senhor Renzi e a esposa haviam acolhido Luigi.

Florença, janeiro de 1902

O veículo descoberto andava aos solavancos sobre um caminho acidentado, e Maria deslizava de um lado para o outro no banco de madeira duro e desconfortável. Ela colocou ambas as mãos sobre a barriga a fim de protegê-la. A criança dentro dela parecia gostar da viagem. Ela esperneava com vontade, como se quisesse participar da ginástica.

Já a distância Maria avistou a propriedade, uma construção baixa e alongada com paredes de pedras cinzentas e um telhado vermelho-escuro. Ciprestes altos flanqueavam o caminho até o sítio. O condutor parou ao lado de um poço.

– Chegamos – disse ele.

Maria saltou do veículo com alguma dificuldade. Sua face estava corada do vento da viagem, embora tivesse apertado o cachecol quentinho muito bem, na altura do queixo. Ela ficou um pouco desnorteada diante da habitação. Duas galinhas circulavam no pátio, um galo cantou de longe. De um curral aberto escaparam balidos de ovelhas. Em volta da casa havia um imenso jardim. Oliveiras nodosas dividiam o espaço com laranjeiras e macieiras. Agora todas estavam peladas, mas em poucas semanas já começariam a florescer.

– A senhorita é a *dottoressa*? – Maria teve um sobressalto. Uma mulher nitidamente mais velha do que ela tinha saído de um dos edifícios anexos quase sem fazer barulho. Ela trajava um vestido simples e limpo e uma capa de tricô. No braço, carregava um cesto com pães fresquinhos. O cheiro do pão rústico crocante subiu às narinas de Maria.

– Sim, sou eu. *Buongiorno*. – Ela estendeu a mão à mulher, que prontamente a segurou.

– Nós já estávamos à espera da senhorita – disse a camponesa. – Meu nome é Allegra Mancini. Meu marido não está em casa. – Ela não era nenhuma beldade, mas em seu rosto havia um calor cativante. – A criada assou pão hoje, a senhorita quer um pedaço? Talvez com manteiga fresca?

Maria aceitou, agradecendo a oferta, e seguiu a camponesa até a casa. A *signora* Mancini abriu uma porta baixa de madeira para o lado esquerdo, atrás da qual ficava a sala. As vigas grossas de madeira que sustentavam o teto eram tão baixas que um homem de alta estatura teria de baixar a cabeça. Intensos raios de sol entravam pelas janelinhas dos muros de pedras e batiam numa mesa de madeira quadrada que ficava no meio da sala. Ela estava coberta por uma toalha de festa que tinha flores multicoloridas bordadas na barra. A camponesa provavelmente a colocara ali especialmente para Maria. Em cima da mesa havia um buquê com flores secas, uma jarra de leite e dois copos.

– Sente-se.

– Obrigada. – Maria se acomodou. Ela abriu seu sobretudo, mas não tinha certeza se deveria tirá-lo ou não.

A camponesa colocou o cesto de pães em cima da mesa, na frente de Maria, foi buscar a manteiga, dois pratos e uma faca do aparador, e então se sentou.

– Parece que já está quase na hora – disse, apontando para a barriga de Maria.

– Está previsto para março – respondeu Maria, colocando a mão no ventre. Nas últimas semanas, ela fazia isso com cada vez mais frequência.

– Vou pedir ao meu esposo que pegue o berço no sótão para que eu possa limpá-lo bem – disse a camponesa. – Já faz alguns anos que ele não é usado.

– Eu achei que a senhora já tivesse um bebê – perguntou Maria, confusa. Ela se perguntou como a mulher alimentaria seu filho se não tinha leite.

– Há duas semanas, nossa Francesca deu à luz uma criança. Ela também amamentará a da senhorita. A menina tem tanto leite que poderia alimentar uma tropa inteira.

– Quem é Francesca?

– Nossa criada. Ela é um pouco limitada, mas perfeitamente saudável. A senhorita não precisa se preocupar com a qualidade do leite dela.

Era como se a camponesa estivesse falando de uma vaca leiteira.

– Fique à vontade! – *Signora* Mancini estendeu o cesto de pães à visita, e Maria prontamente se serviu.

– O que a senhora quer dizer com limitada? – perguntou, cautelosamente.

– Bom, ela não pode ser muito esperta se embarriga de um rapaz que veio sabe-se lá de onde.

O pão caiu da mão de Maria. Por sorte, pousou no prato. A camponesa não parecia perceber que seus comentários eram indelicados.

– Mas nós não enxotamos a menina – continuou a *signora* Mancini –, jamais faríamos isso. Francesca é uma empregada obediente, e uma criança a mais ou a menos não faz diferença aqui no sítio.

Vozes risonhas vindas do jardim entravam na sala. Maria esticou o pescoço e olhou para fora. Um grupo de crianças brincava de pega-pega no campo não cultivado. Elas pareciam estar se divertindo para valer. Uma menina gritava com gosto. Atrás dela, duas tranças escuras esvoaçavam alegremente.

– São todos seus? – perguntou Maria.

– Os três mais velhos são meus, os dois mais novos são de criação, assim como o seu será. – Enquanto falava, ela cortou um pedaço de manteiga, pôs no prato de Maria e lhe estendeu uma faca. – Mas eu não faço nenhuma distinção entre as crianças. A senhorita pode ficar sossegada quanto a isso. Todos são tratados igualmente, não importa se são meus ou se são de criação.

Maria espalhou a manteiga no pão com a faca e deu uma mordida. Um gosto único e delicioso se difundiu em sua boca. Desde quando ela não comia um pão tão fantástico?

– Está gostoso? – A camponesa sorriu.

Maria fez que sim com a cabeça, de boca cheia.

– Que escola os seus filhos frequentam? – perguntou em seguida.

– Na aldeia vizinha há uma escola – explicou a camponesa. – Mas o dr. Montesano disse que o seu filho, quando estiver apto a frequentar a escola, deve estudar num liceu. Por mim, tanto faz. A senhorita só tem de me avisar no momento certo.

Na verdade, Maria deveria ficar contente com o empenho de Giuseppe, até então ela mesma não tinha conseguido pensar em tudo aquilo. Mas ela não conseguiu sentir gratidão. Ao contrário, a manteiga doce lhe saiu num arroto ácido.

– O dr. Montesano disse que eu posso visitar meu filho a qualquer momento, é verdade?

– Se a senhorita avisar com antecedência, não há problema. – A camponesa serviu o leite da jarra nos copos de barro simples. – A única coisa de que faço questão é que a senhorita não revele à criança quem realmente é.

– Eu não devo dizer que sou sua mãe?

A camponesa fez que sim com a cabeça.

– Isso só causa aborrecimento. É melhor a criança acreditar que a senhorita esteja morta ou que tenha se mudado. Do contrário, ela não vai parar de perguntar por que a senhorita não quis ficar com ela e quando finalmente virá buscá-la. Isso aconteceu aqui há alguns anos com uma garotinha. E queremos nos poupar disso no futuro, acredite em mim, *signorina*.

Maria engoliu em seco.

– Não é questão de querer – disse, um pouco zangada. – Se eu ficasse com a criança, não poderia mais trabalhar como médica.

A camponesa deu de ombros. Visivelmente, o motivo por que Maria não criava o filho por conta própria não tinha importância para ela.

– Que seja – disse. – A senhorita pode vir a qualquer hora, mas tem de se apresentar como tia da criança.

A expressão no rosto da *signora* Mancini era clara. Nessa questão, ela não toleraria nenhum meio-termo. Maria nem sequer tentou persuadi-la. Mais uma vez, as risadas infantis alcançaram o interior da sala. Agora uma menina e um menino estavam sentados num carrinho de mão puxado por outros dois meninos.

– Vou deixar que fiquem lá fora mais um tempinho – disse a camponesa. – Depois, vou trazê-los à sala para lancharem. Só depois disso é que eles devem fazer os deveres de casa. Quem é que consegue fazer soma sem antes ter movimentado bem o corpo? – Ela sorriu, desculpando-se. – Os pequenos têm de ficar sentados e quietos a manhã toda, eu não aguentaria.

Sem que soubesse, ela tinha acabado de tirar parte das dúvidas de Maria. Aquele sítio era um lugar onde as crianças podiam brincar e se divertir, eram bem alimentadas e estimuladas a aprender. Maria deveria estar satisfeita. Mesmo assim, não sentiu nenhuma alegria genuína, por mais que tentasse ver todos os lados da situação. Ainda faltaria algo à criança: a mãe.

Bolonha, março de 1902

Maria estava vivendo numa cela frugal do Santuario della Madonna di San Luca havia poucas semanas. Ela apreciava o silêncio que lhe permitia, após anos de trabalho árduo, concentrar-se em si mesma. As freiras faziam inclusive as refeições caladas. Somente entre as orações, durante o trabalho na horta ou na farmácia do convento, elas sussurravam baixinho. Maria passava a maior parte do dia sozinha no jardim. Ali, ficava debaixo de um cipreste alto, escutando o vento que soprava por entre os ramos. Os últimos meses tinham virado sua vida completamente de cabeça para baixo. Agora, era preciso reinventar-se, pois a velha Maria estava morta.

Giuseppe lhe escrevera inúmeras cartas, mas ela as tinha rasgado e jogado na lixeira sem ter lido. Ela não queria mais ter nenhuma ligação com ele. Sua mãe havia lhe contado que pouco antes do Natal ele tinha se casado com a prima de Testoni. Sua amada havia aceitado o pedido. E a alma ferida de Maria sofrera mais um arranhão.

Depois de dias em desespero, ela tinha recuperado suas forças e tomado decisões. Ela não podia continuar trabalhando com ele, portanto só havia uma solução: Maria tinha de abdicar do trabalho na clínica e na escola por algum tempo. Ela havia explicado a Sciamanna que precisava descansar. O que não chegava a ser uma inverdade. Ela de fato precisava de algumas semanas de sossego.

Havia quanto tempo ela tinha dado à luz o filho Mario sob o abrigo dos muros do convento? Duas semanas? Ou eram três? Ela havia perdido qualquer noção de tempo. O parto estava tão vivo em sua memória que era como se tivesse acontecido um dia antes.

Mario era o ser mais bonito, mimoso e perfeito que ela já tinha visto. Bochechas macias como seda, uma boca pequenininha e cachos escuros como os de Giuseppe. Por sua própria vontade, logo após o nascimento, as irmãs o haviam levado aos pais de criação. Maria tinha imaginado que dessa forma seria mais fácil entregar o filho. Cada minuto a mais com ele tornaria a separação mais difícil.

Mas ela havia se enganado. Aquele foi mesmo o passo mais doloroso e amargo que ela tinha dado em toda a vida. Ela jamais se esqueceria do momento em que a irmã Bonifácia tomara o pacotinho adormecido de seus braços e cuidadosamente o carregara para fora da cela. Maria tinha gritado tão alto atrás dela que todas as freiras do convento tinham ouvido.

Maria chorou durante uma semana inteira. Ela não tinha condições de fazer uma refeição nem de conversar com ninguém. Sua mãe também a tinha mandado embora, já que não suportaria vê-la. Bastava fechar os olhos para que a imagem de Mario aparecesse diante dela. Esse pacotinho de gente indefeso, à mercê dos adultos e totalmente dependente de seu amor. Maria se sentia culpada por não poder lhe oferecer esse amor. Ela sabia que a família Mancini lhe daria o melhor de si. Ali, Mario passaria uma infância feliz. Ele cresceria cercado por cavalos, cabras, galinhas e porcos. Talvez ele até ganhasse um cãozinho, assim como Luigi. Mas ele jamais saberia quem era sua mãe.

Giuseppe tinha cumprido com sua palavra e registrado seu nome na certidão de nascimento de Mario enquanto o de Maria fora deixado de fora. O risco de ser descoberta era grande demais. A imprensa mergulharia naquele escândalo e teria o prazer de acabar com a carreira de Maria. Que bom que ela podia visitar o menino a qualquer hora. Ela teria de se contentar em ver o filho só de vez em quando. Se tivesse a impressão de que ele estava infeliz, poderia intervir imediatamente.

Era esse o preço que ela tinha de pagar por sua liberdade e por seu futuro profissional. Maria torcia muito para que as futuras gerações tratassem as mulheres de outra maneira. Ela própria não deixaria de lutar por um mundo mais justo que concedesse às mulheres direitos iguais aos dos homens.

Os sinos do santuário tocaram, convidando à meditação. Será que Mario já estava nos braços de Francesa, sua ama de leite, e também ouvia os sinos tocarem enquanto se nutria de seu seio? Os sons metálicos reverberaram por muito tempo. Depois, veio o silêncio, que Maria apreciava mais a cada dia. Ele lhe proporcionava o vazio absoluto. Às vezes ela conseguia, por alguns minutos, não pensar em nada. Sua mente se livrava de imagens, acusações e lembranças. Maria inspirou e expirou profundamente. Ela se concentrou em sua respiração e por alguns instantes conseguiu esquecer a terrível perda que por vezes lhe roubava o ar.

Mas naquele dia não lhe fora permitido que a tristeza lhe desse trégua. O silêncio foi interrompido de repente. No longo corredor, passos se aproximavam. Quem podia ser? Os saltos de sapato batiam com força no chão de ladrilhos, não era uma das irmãs. Antes que pudesse adivinhar quem tinha vindo visitá-la, Maria ouviu batidas de leve à porta.

– Pois não?

A porta se abriu com lentidão. O rosto redondo da irmã Bonifácia apareceu.

– Há visita para a senhorita – disse, em voz baixa. Atrás da religiosa baixinha de olhar suave e braços robustos que também não se furtavam a um árduo trabalho físico, Maria viu um par de olhos de um azul intenso: era Anna. Uma semana antes, ela tinha mandado a amiga embora, mas hoje não se opôs a receber visitas. Anna havia intuído em que momento Maria estaria pronta para uma conversa e escolhera a ocasião perfeita.

– Vou deixar as senhoritas sozinhas – disse a freira, fechando cuidadosamente a porta atrás de Anna. Depois, ela se retirou sem fazer barulho, da mesma forma como havia chegado.

– Anna. – Maria estendeu os braços, e Anna se atirou neles.

– Como você está? Eu queria vir antes, mas depois pensei que você precisaria de mais tempo.

– Você acertou em cheio – disse Maria.

Anna se desvencilhou do abraço e esmiuçou Maria com o olhar.

– Você parece triste – disse a seguir.

– Eu estou triste – admitiu Maria. – Eu tive de abrir mão da coisa mais magnífica que jamais serei capaz de criar.

Anna cerrou os olhos como sempre fazia quando não compreendia algo por completo.

– Mas o cansaço desapareceu da sua postura – constatou.

– Eu me sinto muito saudável, física e mentalmente – disse Maria. – É a alma que me dói.

Anna tirou sua bolsa de couro pendurada no ombro e a abriu.

– Eu trouxe um presente para você – disse, entregando a Maria um livro embrulhado em papel pardo.

– O que é?

– Pode abrir – disse Anna.

Com cuidado, Maria abriu o embrulho e leu: *Report on Education*, de Édouard Séguin.

– Anna! – Pela primeira vez, desde o nascimento de Mario, não havia tristeza na voz de Maria. – Você conseguiu as obras de Séguin, como arranjou isso? – Ela falou tão alto que os pássaros esvoaçaram de sua janela apavorados. Eles não estavam acostumados àquele registro.

Anna deu um sorriso maroto.

– Eu tenho meus contatos – disse, misteriosamente. Em seguida acrescentou: – Meu primo dos Estados Unidos está de passagem por Roma. Eu pedi a ele que trouxesse uma cópia.

– Você tem de traduzir o texto para mim, sem falta – pediu Maria. Uma fração mínima de seu antigo entusiasmo estava de volta.

O sorriso maroto de Anna se abriu ainda mais. Ela colocou a mão de novo na bolsa e então pegou um caderno.

– Dito e feito.

– Anna, você mora no meu coração – disse Maria, comovida.

– Assim eu espero.

– Eu refleti muito nas últimas semanas.

– Como se aqui fosse possível fazer outra coisa – observou Anna, antes de olhar em volta da cela quase vazia, torcendo o nariz.

– Vou voltar para a faculdade.

– Como é que é? – Anna procurou um assento, encontrou um banquinho e deixou seu peso cair sobre ele. – Ser médica não é mais o suficiente para você? Agora você também quer ser arquiteta ou capitã de um navio?

– Eu vou estudar pedagogia e psicologia aplicada.

– Mas por quê? Você é uma médica reconhecida. A Europa inteira conhece você.

Maria não desmentiu a amiga.

– Eu sei disso e vou usar essa notoriedade para desenvolver um método educacional para crianças completamente novo.

Anna abriu a boca para replicar, talvez quisesse perguntar por que Maria havia deixado o próprio filho se queria se dedicar à educação. Em vez disso, olhou confusa para a amiga.

– Eu trabalhei com crianças que tinham debilidade mental e as ensinei a ler, escrever e fazer contas – continuou Maria.

– A Itália inteira já sabe disso.

– Agora eu defendo que as crianças saudáveis podem alcançar resultados ainda mais fantásticos com os mesmos métodos. – Ela pensou em Luigi. Se ele tivesse tido outros professores na escola técnica, teria concluído um curso universitário sem problemas. Felizmente, ele encontrou seu próprio rumo do mesmo jeito, mas foi um ponto fora da curva.

– Ah, sim.

– Eu vou desenvolver um método radicalmente distinto de todos os outros. Vou mostrar ao mundo como se deve lidar com crianças e exigir respeito a elas.

Os olhos de Maria então se iluminaram. Era o velho brilho que Anna já conhecia muito bem. Desde o congresso em Londres ela não o via. Anna temia que ele tivesse se apagado para sempre, mas naquele momento ele estava mais intenso do que nunca.

– Eu darei meu próprio nome ao método – elucidou Maria. – E as crianças deste mundo vão associar a ele o respeito, o amor e a consideração. Vou transformar as escolas em lugares onde reina a alegria.

As duas ficaram em silêncio por um momento.

– Que tal? – perguntou, por fim, Maria.

– É de fato um ótimo plano – disse Anna. Ela se levantou e abraçou Maria novamente. Ela estava feliz por ter a velha amiga de volta. Já era hora de Maria sair daquela cela e retornar à vida. Visões e ideias não lhe faltavam. Agora, era preciso concretizá-las.

O que aconteceu depois?

Maria, de fato, se matriculou novamente na universidade. Dessa vez, o curso transcorreu de forma bem mais simples do que o de medicina. Maria já era uma cientista conhecida e estava no auge de sua carreira. Em paralelo, trabalhou por mais alguns anos como médica e usou habilmente suas relações e contatos em prol de seus grandes planos. Ela escreveu seu primeiro livro, *Il Metodo*, e fundou uma nova linha pedagógica à qual deu seu próprio nome, o "método Montessori".

Graças à sua popularidade e ao sucesso de seu método, em 1907 ela foi convidada a dirigir uma casa das crianças (*Casa dei Bambini*) em San Lorenzo, bairro popular de Roma, em consonância com suas ideias. Como profetizado por Maria, ela conseguiu, no menor tempo possível, tirar os filhos dos trabalhadores das ruas e, com o auxílio de seu método, ensiná-los a ler, escrever e fazer contas. Muitas ideias que hoje nos parecem naturais, como, por exemplo, os móveis infantis nos jardins de infâncias e nas escolas, foram desenvolvidas por Maria ao longo de sua carreira como professora. Ela lutou durante toda a vida por um tratamento respeitoso às crianças e partia do princípio de que toda criança deseja aprender.

Renilde Montessori morreu em 20 de dezembro de 1912. Logo após sua morte, Maria resgatou seu filho, Mario, e lhe comunicou que não era sua tia, mas sua mãe. Mario acompanhou a mãe, exceto por uma breve interrupção, em todas as suas viagens, e esteve todo o tempo ao seu lado até sua morte. Maria rompeu o contato com Giuseppe Montesano após o nascimento de Mario. Ela não teve nenhum outro relacionamento depois disso. Maria morreu em 6 de maio de 1952 aos oitenta e um anos, na Holanda. Seu método continua vivo até hoje. Setenta anos após sua morte, escolas e jardins de infância do mundo todo empregam seus materiais e aplicam seu método de ensino.

Posfácio da autora

Quando, no verão de 2019, minha agente Franka Zastrow me telefonou e perguntou se eu queria escrever um romance biográfico sobre Maria Montessori, aceitei com muito entusiasmo. Enquanto pedagoga de formação e mãe de três crianças que frequentaram escolas montessorianas, eu tinha a convicção de que estava preparada para o projeto da melhor maneira possível. Mas como me enganei... Assim que comecei a pesquisar, percebi o quão difícil seria a missão.

Existem inúmeras publicações sobre o método de Maria Montessori, seu trabalho e sua obra, mas pouquíssimas fontes contêm revelações sobre sua vida privada. Em toda parte, encontram-se sempre as mesmas anedotas. O arquivo mantido pela Association Montessori Internationale (AMI), em Amsterdã, permanece inacessível a pesquisadores. A única biógrafa que obteve permissão para consultá-lo foi Rita Kramer. Por isso, baseei-me principalmente em suas descobertas. Outro livro de que me servi foi o de Marjan Schwegman, que se ocupou igualmente da vida privada de Maria. No entanto, qualquer que seja o livro ou o artigo que se leia sobre Maria Montessori, pode-se sempre concluir que ela foi uma mulher extraordinária. Ela conseguiu ser ouvida num mundo dominado por homens e obter uma posição de destaque como médica e, mais tarde, como pedagoga.

Ela era uma figura multifacetada e aguerrida, além de uma excelente oradora. Em sua biografia, porém, existem lacunas. A que mais chama a atenção é, sem dúvida, o nascimento, às escondidas, de seu filho Mario. Ela declarava o ano de 1898 como sendo o de seu nascimento, mas tanto Rita Kramer quanto Marjan Schwegman põem a data em dúvida. 1898 foi o ano em que Maria esteve constantemente exposta aos olhos do público, viajando pela Europa e dando inúmeras palestras. Foi apenas em 1902 que ela se recolheu num convento por um período mais longo, para supostamente escrever seu primeiro livro. Porém é evidente que o verdadeiro motivo de seu recolhimento foi o nascimento de seu filho. O mais provável é que ela tenha escrito o livro posteriormente. Por isso, optei por essa versão. Os saltos temporais um pouco maiores, mais para o final da história, refletem as dificuldades de retratar essa época, já que a vida de Maria entre os anos de 1898 e 1902 está precariamente documentada e apresenta muitas controvérsias.

O pioneiro livro *Il Metodo*, que nasceu durante a clausura, foi o pontapé inicial de sua excepcional história de sucesso. Não apenas na Europa, mas também nos Estados Unidos e, mais tarde, na Índia e na África, o método Montessori ganhou adeptos apaixonados. Valendo-se de seu renome e de seus contatos, Maria desenvolveu seus métodos continuamente e conquistou popularidade internacional. As narrativas sobre sua vida depois do nascimento de Mario, no entanto, também permitem concluir que seu pensamento enrijeceu com a idade. Ela não admitia ideias novas e considerava muito importante que suas teorias fossem conservadas e permanecessem inalteradas. Ela também se apropriou de ideias de outros pedagogos. Ao mesmo tempo, rompeu com mulheres que estiveram ao seu lado por muitos anos, como Lili Roubiczek e Clara Grunwald. Cooperações bem-sucedidas, como aquela entre Anna Freud e o lar infantil da Rudolfsplatz, em Viena, eram tidas como espinhos atravessando sua garganta. Tal atitude não condiz nem um pouco com a pedagogia que ela defendia, que tinha como valores centrais a tolerância, o respeito e a liberdade.

Mas foram justamente essas contradições que me atraíram. Em meu romance, quis contar como a jovem, cosmopolita e curiosa

Maria se tornou uma guerreira solitária, que usava um espartilho apertado e que colocava a defesa de seu nome e de seu método acima da cooperação com terceiros. Evidentemente, um romance não passa de uma abordagem e de uma tentativa de se aproximar ao máximo da verdade. A existência da maioria dos personagens descritos tem comprovação histórica. Para evitar que eventuais descendentes se sentissem ofendidos, dei nomes fictícios a alguns deles. Para retratar o período com autenticidade, contei com o auxílio de Barbara Ellermeier, que me forneceu vários detalhes incríveis: desde o Schwarzer Austernkeller em Berlim, passando pelo menu do restaurante até o dicionário de viagens de Maria. As citações dos discursos de Maria estão historicamente documentadas, bem como os excertos de jornal.

Luigi e seu destino trágico nasceram exclusivamente da minha fantasia. Ele representa todas as crianças a quem Maria Montessori proporcionou uma vida mais livre e autônoma.

Ainda que algumas concepções de Maria Montessori possam parecer obsoletas aos olhos do presente, grande parte de seus materiais e de suas ideias segue profundamente atual.

Escrever este livro foi um grande prazer para mim, e espero que vocês, queridas leitoras e queridos leitores, também tenham gostado dele. Talvez vocês tenham descoberto um lado desconhecido dessa mulher de personalidade forte que, no auge da carreira médica, decidiu se tornar pedagoga.

Por último, gostaria de agradecer a todas as pessoas que me ajudaram ativamente na criação desta história: à Franka Zastrow, por estabelecer o contato com Anne Scharf, editora da Piper, que originalmente teve a ideia para este livro. À Barbara Ellermeier e à minha amiga Bettina Humer, da casa das crianças montessoriana em Klosterneuburg, que me abasteceu de informações. À Annika Krummacher, que revisou o texto e encontrou algumas inconsistências não apenas no que se refere à linguagem, mas também às narrativas. À minha família, principalmente à minha filha Ida, que leu as provas, e ao meu marido, que, como sempre, teve uma paciência de Jó.

As últimas palavras são para vocês, queridas leitoras e queridos leitores, livreiros e bibliotecários – porque sem o interesse de vocês os livros não existiriam. Muito obrigada a todos.

Cordialmente,

Laura Baldini